그대의 목소리가 되어

서옥자, 레인 에반스, 그리고 일본군 위안부

그대의 목소리가 되어

서옥자, 레인 에반스, 그리고 일본군 위안부

초판 1쇄 인쇄 2015년 6월 5일
초판 1쇄 발행 2015년 6월 15일

-

지은이 서옥자
펴낸이 이방원
편집 김민균 · 윤원진 · 김명희 · 안효희 · 강윤경
디자인 손경화 · 박선옥
마케팅 최성수

-

펴낸곳 세창미디어
출판신고 2013년 1월 4일 제312-2013-000002호
주소 120-050 서울시 서대문구 경기대로 88 냉천빌딩 4층
전화 02-723-8660
팩스 02-720-4579
이메일 sc1992@empal.com
홈페이지 http://www.sechangpub.co.kr/

-

ISBN 978-89-5586-248-5 03800

이 도서의 국립중앙도서관 출판시도서목록(CIP)은 서지정보유통지원시스템 홈페이지(http://seoji.nl.go.kr)와 국가자료공동목록시스템(http://www.nl.go.kr/kolisnet)에서 이용하실 수 있습니다.
CIP제어번호: CIP2015014854

그대의 목소리가 되어

서옥자, 레인 에반스, 그리고 일본군 위안부

서옥자 지음

세창미디어

* '일본군 위안부' 표현은 외교통상부의 공식자료에 의한 것임.

프롤로그

"겨눠 총, 발사!"

일곱 명의 미 해병 의장대원들이 쏘는 스물한 발의 예포에 놀란 숲 속의 새들이 날아올라, 차갑고 메마른 11월의 대지 위에 그림자를 너울거린다. 잔디에 굳세게 디딘 병사들의 발 위로 휘날리는 마른 낙엽들이 정오의 햇살 속으로 말려 들어갔다. 그는 예포소리와 함께 그렇게 떠나갔다. 그의 못다 한 말들이 초겨울, 끝없이 펼쳐진 창공에서 서럽게 메아리치고 있었다.

레인 에반스. 해병대 출신의 사나이. 평범한 자의 아들로 태어나 가난하고 소외된 이들을 위하여 고난 속에서 투쟁한 연방 하원 의원. 오바마는 무명의 자신을 키워 준 에반스의 죽음을 대하고 "오늘 우리는 미국의 한 위대한 영웅을 잃었다"고 슬픔을 표하였다. 그가 미국인에게는 위대한 영웅일지 몰라도 나에게는 단지 사랑했던 한 남자였다. 한국에서 온 학자 서옥자와 미국의 정치가 에반스는 모든 역경을 넘어 사랑을 완성하고자 혼신의 힘을 다했다. 중년에 만난 우리는 아이들처럼 스스럼없이 서로를 좋아했고 삶의 목표를 향해 함께 뛰었다. 그러던 그가 2014년 11월의 어느 날 내 곁을 떠났다. 시카고에서 서쪽 벌판으로 세 시간을 달려야 다다르는 일리노이의 시골 마을, 록아일랜드에서 홀로, 외롭게….

청년이던 31세에 미 연방 하원 의원이 되어 한국의 일본군 위안부 결의안, 고엽제 문제 등 약자를 위한 법안이라면 물불을 가리지 않았던 열혈 사나이의 발목을 붙잡은 것은 파킨슨병이었다. 46세에 병을 얻어 허물어져 가는 육체의 고통과 초연히 싸우다가 그는 63세에 세상에서 소외된 채 외롭게 세상을 떠났다.

지병으로 육신의 한계를 넘나들던 그를 만난 후 우리는 정신적으로 사랑하는 연인이자, 대의를 위하여 함께 투쟁하는 동지이자, 이 세상의 비정함을 함께 슬퍼한 친구였다. 우리는 예기치 못한 운명의 수레바퀴에 휘말려 지난 8년간을 만나지 못했다. 침묵의 기다림 속에, 말 한마디 남기지 못하고 그는 떠났다. 그가 차가운 관 속에 누워 내게 작별을 고하고 있었다. 성조기로 덮인 그의 관 위에 내가 놓은 장미 한 송이가 11월의 거센 바람에 꽃잎을 파르르 떨고 있었다. 핏빛으로 물들어 섬뜩하도록 명료한 무언의 외침으로. '잘 가요, 레인.' 조용히 속삭이며 내려다보는 내 손 위로 어렴풋이 그의 큰 손이 겹쳐 보였다. 가장 화려한 워싱턴의 봄날, 내가 잡았었고 그 촉감에 조용히 환희하며 새순 같은 정열을 느끼던 그 손.

차 례

제4장 조용한 함성

제5장 록아일랜드의 빛과 그림자

| 제1장 |

사랑을 위하여

워싱턴의 봄

워싱턴 D.C.의 봄은 만발한 벚꽃과 함께 시작된다. 제퍼슨 광장을 중심으로 한 타이들 베이슨 호수 위로 찬란한 빛깔을 뽐내는 벚꽃은 겨우내 웅크리고 있던 사람들의 가슴을 활짝 열게 하는 봄의 전령사였다.

레인 에반스라는 한 남자가 내 삶에 들어온 2000년의 봄은, 더 이상 예전의 봄과 같지 않았다. 그해의 봄은 너무나 화사한 부활의 서막이었다. 어느 화창한 봄날 오후, 우리 둘은 미 의회 의사당 옆에 있는 그의 집에서 나와 봄을 찬미하기로 했다. 그가 긴 팔로 내 어깨를 감쌌다. 나는 이 세상에서 가장 행복한 여자였다. 우리는 워싱턴의 연인. 누구의 시선도 개의치 않고 당당하게 앞으로 걸어나갔다. 대학 아파트에서 책 속에 파묻혀 여유 없이 살아왔던 나. 머리카락이 빠질 정도로 심한 스트레스를 받으며 밤낮으로 매달렸던 박사학위 논문도 거의 다 써갈 무렵이었다. 오랜만에 찾아온 봄날의 천국에서 시름을 모두 내려놓고 행복을 즐길 수 있는 여자가 되고 싶었다. 여자의 행복은 이렇게 단순한 것에서 시작되는 것을….

연방 정부 건물들이 늘어선 컨스티튜션 에비뉴Constitution Avenue에 오후의 봄 햇볕이 따뜻하게 내려앉고 있었다. 하늘을 향해 연필심같

벚꽃 만발한 워싱턴의 봄

이 뾰족하게 치솟은 워싱턴 기념탑과 워싱턴의 심장부인 제퍼슨 기념관, 그리고 그 옆에 잔잔히 흐르는 타이들 베이슨 강물이 잔영처럼 한 폭의 아름다운 수채화를 그려내고 있었다. 사열하듯 늘어선 벚나무들이 우리를 환영해 주고, 그 길은 마치 우리의 아름다운 앞날을 예언해 주는 것 같았다. 나는 이 순간들이 영원으로 이어지기를 바랐다. 그 길이 끝없이 이어진다면 우리는 몇 날 며칠이라도 지치지 않고 걸어갈 수 있을 것만 같았다.

마침내 서쪽 하늘에 황홀한 황금빛 노을이 물들기 시작했다. "이 절정의 시간에 사랑의 고백을…." 그가 읊조렸다. 그는 언제나 유머 감각이 뛰어났다. 그가 감싸 안은 내 어깨 위로 봄의 향기가 넘실거렸다. 우리는 그렇게 어깨를 나란히 한 채 벚꽃과 황금 노을이 연출하는 찬란한 봄의 향연 속으로 빠져들어 갔다. 온몸의 세포들이 행복에 겨워 날갯짓하며 일어나 춤을 추고, 온 세계가 우리를 위해 존재하는 듯했다.

2001년 오하이오 신시내티에서 레인과

워싱턴 정신대 대책위원회

1999년 12월, 워싱턴 정신대 대책위원회의 정기총회가 있던 그날, 나는 위원회의 사무총장을 맡게 되었다. 사회의 관심 밖으로 밀려나 버린 약하고 힘없는 일본군 위안부 할머니들의 손과 발이 되고, 그들의 한 맺힌 절규가 되어 이 일을 세상에 알려야겠다는 결심이 마음 깊은 곳에서 솟아났다.

나는 학교 강의가 끝나자마자 서둘러 총회 장소로 향했다. 볼티모어-워싱턴 파크웨이Baltimore-Washington Parkway를 달리는 차창 너머로 얼마 전까지만 해도 무성한 잎으로 여름을 뿜어내던 나무들이 앙상한 가지만을 드러낸 채 한 해의 마지막 순간들을 온몸으로 털어내고 있었다. 1987년에 미국으로 와서 뒤늦게 공부하며, 세상일에 관심을 접은 내게 언제부턴가 외로움은 익숙한 친구가 되어 있었다.

그러던 1992년, 학교 아파트에 들어앉아 공부만 하고 있던 나는 어떤 신문기사를 보고 버지니아 주 매클린 시에 소재한 워싱턴 연합감리교회를 찾아갔다. 뜻 있는 사람들 몇 명이 모여 앞으로 미국 내에서 일본군 위안부 문제를 어떻게 풀어 나가야 하는지 진지하게 의논하고 있었다. 나는 먼발치에서 가만히 그들의 모습을 지켜보다가 조용히 돌아왔다. 그 모임이 오늘까지 일본군 위안부 문제를 위해 활동하고 있는 워싱턴 정신대 대책위원회의 씨앗이었다.

그것이 인연이 되었던가. 그로부터 몇 년이 지난 1998년 5월, 미국 의회 의사당 라툰다 홀에서 일본군 위안부 사진전시회와 고故 김학순 할머님의 증언이 있었다. 나는 이 역사적인 치욕을 알고도 침묵할 수는 없다고 생각했다. 나는 생각이 확고해지면 바로 행동으로 옮기는 성격이다. 그리고 일단 손을 대면 대충 하고 넘어가지를 못한다. 어떤 일에 몰두하면 자다가도 일어나 떠오르는 일들을 마무리해야 한다.

그렇게 나는 워싱턴 정대위에 발을 들여 놓게 되었다. 뒤이어 김윤심 할머님이 증언하기 위해 서울에서 워싱턴으로 오셨다. 나는 당시 박사학위 공부로 시간이 빠듯했지만 보람 있는 소명이라 생각하고 초대 이 회장을 도와 함께 열심히 활동했다. 그러던 어느 날, 나는 학교 아파트에서 넘어져 뼈를 다치는 바람에 양쪽에 목발을 짚고 다니게 되었다. 그 와중에도 비 오는 날에는 비를 맞아가며 행사 기금을 마련하느라 여러 기관이며 사무실이며 음식점을 찾아다니는 등 못 말리는 정열을 쏟았다.

첫 만남

그날 정기총회에서 기조연설을 맡은 사람이 바로 연방 하원 의원 레인 에반스였다. 그는 1999년 11월, 역사상 처음으로 일본군 위안부 문제에 관하여 미 의회 회의록에 기록을 남기는 전환점을 만들어 냈다. 한인들에게 새로운 희망을 불어넣어 준 쾌거였다.

> … 미 헌법의 '모든 인간은 신으로부터 동등하게 창조되었으며 그들은 떼어놓을 수 없는 권리를 부여받았다'는 자명한 진리를 우리 모두가 신봉하고 있습니다. 하나님이 주신 이 권리들이 이 세상에 있는 우리 개인 각자, 그리고 모두에게서 침해되어서는 안 됩니다. 우리는 우리의 도움이 필요한 이들을 도와야 할 의무가 있습니다. 본인 스스로 일어설 수 없는 이들을 위해 일어서야 할 의무가 있습니다. 자신의 목소리를 낼 수 없는 이들을 위해 소리를 내야 할 의무가 있으며 정의롭

고 올바른 일들을 해야 할 의무가 있습니다. 우리 모두 우리의 힘을 그들에게 빌려줍시다. 우리는 이 모든 것을 행동에 옮기고, 분명히 말해야 합니다. 결국 사람들은 적의 말보다 친구의 침묵을 기억할 것이기 때문입니다. 우리는 침묵을 지켜서는 안 됩니다.

— 미 국회 기록 Vol. 145, Issue 156, E2307: '일본군 위안부', 1999.11.08.

레인이 의회의 연설에서 포효한 말이었다. 그때까지만 해도 나는 그런 그를 가끔 TV나 신문을 통해 대할 수 있을 뿐이었다. 그는 미국 정계에서도 고참 의원으로 이름이 알려진 사람이었고, 그의 이름 앞에는 늘 'Honorable'이란 칭호가 붙어 있었다. 내가 감히 가까이할 수 없는 귀족이 아닌가 싶은 생각도 들었다. 그런 그가 우리의 정기총회가 있던 음식점에서 사람들에 둘러싸여 끊임없이 대화를 나누고 있었다. 나에게는 인사할 차례가 오지 않아 그저 먼발치에서 "아, 저 사람이 그 유명한 사람이구나" 하며 바라만 봐야 할 사람으로 느껴졌다.

행사가 끝나고 뒷정리를 하다가 사람들이 떠나 썰렁해진 행사장에서 코트를 찾으러 소지품 보관소로 향했다. 그때 키가 훤칠하게 큰 남자가 옷걸이에서 코트를 꺼내고 있었다. 뒷모습만으로는 그가 방금 연설한 에반스 의원이라는 것을 알 수 없었는데, 내 쪽으로 돌아설 때 나는 내심 놀랐다. 갑자기 눈이 마주친 어색함을 모면하기 위해 내가 먼저 인사를 건넸다. 언제나 여자들이 더 용감하지 않은가.

"안녕하세요? 의원님."

"오! 알아요. 오늘 새로 사무총장이 된 사람이 당신이지요?"

그는 오랜만에 친한 친구를 만난 것처럼 싱그러운 미소가 가득 담긴 얼굴로 내게 손을 내밀었다. 스마트하게 잘생긴 그의 얼굴은 편안한 느낌을 주면서 인간적인 향기를 풍기고 있었다.

"예, 서옥자입니다. 의원님께 늘 감사한 마음을 갖고 있었어요. 앞으로도 계속 저희 일본군 위안부 일 많이 도와주세요."

"물론이죠. 일본군 위안부 문제는 저한테도 매우 중요한 일입니다."

"그렇게 생각해 주시니 감사합니다."

그가 싱긋 웃으며 반가운 듯이 대화를 이어나갔다.

"위층 라운지에 내 친구들이 기다리고 있는데 혹시 시간이 되면 나와 함께 갈 수 있겠어요?"

2층의 작은 바에서 에반스 의원의 친구들이 대화를 나누고 있었다. 내가 에반스 의원과 함께 나타나자 그 자리에 있던 사람들이 좀 놀라는 듯했다. 그 자리에는 윌리엄 루핀스키 의원의 보좌관인 제이슨 타이가 친구들과 어울리고 있었다. 나중에 알게 된 사실이지만 에반스 의원이 일본군 위안부 결의안에 관심을 가지게 된 것은 바로 이 중국계 보좌관의 영향이 컸다고 한다. 게다가 같은 일리노이 출신으로 에반스 의원과 친한 루핀스키 의원은 비록 일본군 위안부 문제에 대해 특별한 언급은 하지 않았지만 이미 1997년 7월 일본에 의한 세계대전 피해자들에게 사과하고 보상해야 한다는 미 하원 126호 결의안을 발의한 적이 있었다. 에반스 의원은 그들과 같이 어울리면서 자연히 한국의 역사에 대하여 알게 되었고, 아울러 일본군 위안부 문제에 깊은 관심을 가지게 된 것이었다. 나는 에반스 의원의 곁에서 따뜻한 정과 소시민적인 소박함을 느꼈다. 그게 우리의 첫 만남이었다. 나는 레인 에반스라는 사람이 내 인생에서 어떤 의미를 지니게 될지 그땐 미처 알지 못했다.

깊고 푸른 눈동자

그로부터 2개월이 지난 어느 날, 버지니아에서 치러졌던 에반스 의원의 후원행사에서 그를 다시 만나게 되었다. 나는 그때 그에 관한 충격적인 사실을 알게 되었다. 파킨슨병! 워싱턴 정대위의 이 회장으로부터 그가 파킨슨병을 앓고 있다는 사실을 전해 들었을 때 가슴 속 깊이 전율이 파고들었다. 아직 젊어 보이는데, 어쩌다 불치병이 그의 발목을 잡아챈 것일까? 생각에 잠겨 있는데 그가 행사장으로 들어오는 모습이 시야에 들어왔다. 입구에서 서성이던 그가 나를 발견하자, 기쁨과 흥분에 찬 모습으로 앞에 놓인 방명록에 서명을 하는 둥 마는 둥 하며 인파를 헤치고 다가왔다.

"아! 여기서 다시 만나게 되는군요. 반가워요. 옥자 씨."

"네. 오랜만에 뵙네요. 의원님."

그의 부드럽고 환한 미소가 나의 마음속으로 따뜻하게 스며들어왔다. 그의 얼굴에는 생의 정점에서 피할 수 없는 고통과 맞닥뜨린 사람이라고 보기는 힘든 행복한 미소가 있었다. 유난히 깊고 푸른 그의 눈동자를 들여다보며 우리는 연락처를 주고받았다. 남모르게 연결고리가 생긴 순간이었다.

"앞으로는 날 레인이라고 불러 줘요."

"네. 그럴게요."

알 수 없는 흥분과 설렘이 내 가슴속에서 출렁였다.

그러던 그가 갑자기 물 찬 제비처럼 테이블마다 손님들을 찾아다니며 활기차게 인사하고 힘찬 악수를 나누었다. 정치가로서 그의 말에는 힘이 있었고, 여유로운 유머는 많은 사람에게 웃음을 주었다. 사람들은 그의 매력에 흠뻑 빠져드는 듯했다. 그 와중에도 나와 눈이 마주칠 때마다 싱긋 웃는 그의 미소를 통해 비밀스럽고 짜릿한 파장이 오갔다. 아무도 우리의 교감과 흥분을 눈치채지 못한 채 많은 사람으로 떠들썩한 저녁 시간은 그렇게 무르익어 가고 있었다. 나는 엄청난 비밀이라도 간직한 듯 조심스럽게 소중한 만남을 가슴에 품고 집으로 돌아왔다. 집에 들어온 잠시 후에 전화벨이 울렸다. 에반스 의원이었다.

내가 잡은 손은

2000년 봄으로 접어들면서 나에게는 어느덧 지역구인 록아일랜드에서 일을 마치고 워싱턴으로 돌아오는 레인을 레이건 공항에서 기다리는 것이 새로운 즐거움이 되었다. 전에는 공항에 나가는 일이 그의 비서와 보좌관들의 일이었지만 이제는 내 몫이 되었고, 모두가 좋아했다. 레인은 시카고를 경유했기 때문에 밤늦게 공항에 도착하는 경우가 많았다.

처음으로 마중 나가던 그 밤을 잊을 수 없다. 밤 열 시가 훨씬 넘은 시간이었지만 나는 피곤함도 잊은 채 설레는 마음으로 일찌감치 공항에 나가 그를 기다렸다. 입국장을 빠져나오는 탑승객들의 물결 속에서 그의 모습이 보였다. 그가 나를 발견하자 특유의 미소로 싱긋 웃으며 내 쪽으로 걸어왔다. 그를 어떻게 맞아야 할지 망설이고 있던 참에 그가 나에게 다가와서 볼에 입을 맞추었다. 그러고는 나의 한 손을 덥석 잡고 너무도 자연스럽게 신나는 모습으로 걸어갔다. 힘을 제대로 주지 못해 느슨한 그의 손이 약간 차가웠다. 다른 손에는 서류가방이 들려 있었는데 제대로 들지 않아 그의 발걸음에 따라 멋대로 흔들리고 있었다. 그 순간 나의 가슴 속에서 어떤 소리가 메아리처럼 울려 퍼졌다.

'지금 잡은 이 손이 내가 돌봐 줘야 할 손이구나….'

처음으로 공항에서 그를 마중한 밤, 11시가 지난 늦은 시간이었지만 우리는 그의 집 근처 카페에서 대화를 나누었다. 그가 행복에 겨운 얼굴로 나의 머리카락을 쓰다듬었다.

그러더니 "아이고, 로맨틱하게 잘 안 되네" 하며 익살을 부렸다.

"옥자, 이제부터는 내가 당신을 돌봐 줄게요. 당신도 나를 돌보며 우리 가까이 지냅시다. 어때요?” 그가 제의했다.

우리의 사랑은 그렇게 싹텄다. 카페를 나와 활보하는 그의 두 발에는 파킨슨 환자들을 위해 특수 제작된 신발의 끈이 조금 풀려 있었다. 그 신발의 모습이 지금도 눈에 선하다. 사랑하는 여자를 만나 삶을 재충전한 남자의 자신 있는 발걸음, 나는 운명의 질병에 지배받지 않고자 하는 그의 씩씩한 발걸음을 어두운 밤빛 속에서 물끄러미 바라보았다.

공항의 익살

레이건 공항에서 그를 기다릴 때마다 사람들의 물결 속에서 걸어 나오는 그의 모습을 바라보며 많은 생각을 하게 된다. 약을 먹지 않고도 마음대로 움직일 수 있다면 얼마나 좋을까? 그의 몸속에 퍼져가는 약의 독소들을 생각할 때마다 소름이 끼쳤다. 환자는 병의 악화로 인한 증상보다 복용하는 약의 부작용과 독소로 더욱 심한 대가를 치른다는 것을 나는 익히 알고 있었다. 그는 다른 파킨슨병 환자같이 몸이 굳거나 떨리는 증상을 보이지는 않았다. 그러나 그의 뇌는 시간이 흐름에 따라 서서히 손상되고, 마비되어 가고 있었다.

한번은 그가 탑승한 비행기에서 승무원이 특별히 선물로 준 포도주 한 병을 내게 깜짝 선물로 주겠다고 가져온 적이 있다. 포도주 병은 하얀 수건에 싸인 채 그의 손에 소중히 들려 있었다. 저 멀리서 그가 싱글벙글 웃으며 걸어오고 있었다. 나는 그를 놀래 주려고 재빨리 기둥 뒤에 숨었다. 나를 찾지 못해 허둥대며 왔다 갔다 하는 그의 모습을 보며 쿡쿡 터져 나오는 웃음을 애써 참아야 했다. 어떤 날은 이미 나를 발견하고도 짐짓 못 찾은 척 다른 쪽만 쳐다보며 얼굴을 돌린 채 익살을 떨었다. 우리는 가끔 경주를 했다. 주차장에 누가 먼저 도착하는가 하는 경주이다. 나는 정상적으로 복도를 걸어가고 그는 무빙워크를 타고 재빨리 걸어간다. 물론 그가 늘 이긴다. 언제나 그렇게 몸을 잽싸게 움직일 수 있다면 얼마나 좋을까. 20여 년간 그를 보좌하던 비서 E씨가 내게 말한 적이 있다. 레인은 죽음이 다가오는 병을 앓고 있으면서도 언제나 주위 사람들을 밝고 유쾌하게 해 주는 유머가 넘친다고. 레인은 늘 내게 말했다.

"옥자, 나는 절대로 이 병에 지지 않을 거야. 나는 절대로 포기하지 않아. 운동하고 약을 먹으며 잘 버텨내다 보면 언젠가 좋은 의술이 나와 반드시 고칠 수 있어."

나도 그렇게 믿고 싶었다.

행복한 남자

레인이 거주하는 집은 레이번 국회 사무실 빌딩에서 5분이면 걸어갈 수 있을 만큼 가까운 거리에 있었다. 그 당시 그의 타운 하우스는 내부 공사를 하느라 발 들여 놓을 틈이 없었다. 내가 레인을 처음 만났을 때만 해도 그는 혼자서 세탁기를 돌릴 수 있었고, 셔츠의 첫 단추만 끼워 주면 나머지는 스스로 할 수 있을 정도로 건강했다. 그 당시만 해도 그는 몸이 피곤할 때에만 자리에서 일어날 수 있도록 두 손을 잡아 일으켜 주는 정도의 도움이 필요할 뿐이었다. 그러나 혼자 사는 남자에게, 게다가 파킨슨병으로 고생하는 그에게 여자인 내가 신경 써 돌볼 일은 점점 많아졌다. 그의 사무실에서는 파출부를 쓰자고 제의했지만 나는 내가 하겠다고 고집을 부렸다. 내가 한국식으로 마룻바닥에 구부리고 앉아 걸레질하는 모습을 눈여겨봤는지 레인은 가끔 사무실 직원들에게 이야기하곤 했다.

"지금쯤 옥자는 우리 집에서 주저앉아 바닥을 닦고 있을 거야."

나는 그의 세탁물을 챙기고, 옷을 입히고, 식사 시중을 드는 등의 일을 시작했다. 그와 있으면 모든 신경을 그에게 집중해야 했으므로 점점 몸은 바쁘고 힘이 들기 시작했다. 특히 힘든 것은 그를 일으켜 세우는 일이었다. 둘이서 호흡을 맞추기 위해 "원, 투, 쓰리" 하면서 온 힘을 다해 연약한 두 손으로 큰 키의 무거운 몸을 일으켜야 했다. 그를 돌보는 일이 늘어나면서 나는 학교 아파트와 그의 집을 바쁘게 오가야 했다.

그의 침대 위에 유난히 하얀 두 발이 시트 밖으로 나와 있는 것을 보며 나는 고요히 잠들어 있는 그의 두 발을 붙잡고 기도하며 다짐했다. '내가 이 사람을 정성껏 돌봐 주리라.'

어느 날 그를 데리러 의회 앞으로 갔더니 무슨 일인지 그가 싱글벙글 웃는 얼굴로 내게 다가왔다.

"무슨 좋은 일이 있나 봐요?"

"아. 오늘 의회에서 동료들 간에 당신이 화제였지 뭐요."

"예? 그게 무슨 소리예요?"

나의 두 눈이 둥그레지면서 호기심으로 가득 찼다.

"글쎄 나보고 세상에서 제일 행복한 남자라고 하더군. 당신같이 아름다운 여자를 만나서 늘 함께 있으니 말이야. 모두가 나를 부러워하더군."

그는 진심으로 행복해 하며 나를 자랑스러워했다.

하나님이 보낸 천사

언젠가부터 레인의 건강이 눈에 띄게 나빠지기 시작했다. 처음 만났을 때만 해도 행동이 약간 부자연스럽긴 했지만, 정상적인 생활에는 크게 불편함이 없던 그였다. 그런데 시간이 지날수록 다른 증상들이 나타나기 시작하면서 예전에는 그가 직접 하던 일들이 이제는 타인의 도움을 받아야 하는 단계로 바뀌기 시작했다. 그의 증세는 계단과 같았다. 어느 정도 현재의 증세를 유지하다가 한 계단 내려가 더 악화된다. 그러면 약을 새로이 바꾸거나 용량을 늘려 다시 지탱하게 된다. 그의 뇌와 육체는 서서히 손상의 길로 내닫고 있었다. 그를 제대로 돌보기 위해 그의 집에서 밤낮으로 시간을 보내는 날이 많아졌다. 몸 상태만 나빠지는 것이 아니라 정신 상태도 맑지 못할 때가 있었다. 그럴 때면 본의 아니게 나를 섭섭하게 하는 일도 많았다. 물론 건강하다면 그러지 않을 레인임을 알고 있었기에 속상해도 참고 넘어가곤 했다.

주위 사람들은 간병인 노릇을 하는 나도 정기적으로 상담을 받거나 그룹미팅에서 치유를 받아야 한다고 권유했다. 상담심리학을 전공한 나는 그동안 배운 지식과 경험으로 나 자신을 치유해 나가겠다고 고집을 부렸다. 하루가 다르게 악화되는 레인의 몸 상태를 지켜보던 나는 레인의 병세에 대해 좀 더 확실히 알 필요성을 느꼈다. 나는 파킨슨병에 대해 자세히 알아보았다. 1817년에 제임스 파킨슨 James Parkinson이라는 의사가 처음으로 발견했다고 해서 파킨슨병으로 명명됐으며 뇌 깊숙이 위치한 흑색질이라는 부위의 신경세포가 줄어드는 중추신경계 질환이다. 흑색질에서 생산되는 도파민이라는 물질은 운동이 조화롭게 이루어지게 하는 신경회로에 윤활유 같은 역할을 한다. 그런데 도파민이 정상 수준보다 80% 이상 줄어들면 수전증이 생기거나 몸이 뻣뻣해지고, 균형 장애 등의 증상이 나타나게 되는 것이다. 만성적으로 서서히 진행되는 이 병은 그 진행 속도가 개인마다 다르다. 보통 파킨슨 환자들은 표정이 우울하거나 어둡다. 그 이유는 '파킨슨병 가면'이라고 불리는 증상 때문인데, 얼굴의 근육을 마비시켜서 표정이 딱딱하게 굳어지게 하기 때문이었다.

그럼에도 불구하고 레인은 늘 유머러스한 성격으로 주위 사람들을 재미있게 하는 여유가 있어서 사람들은 그를 대단하게 여겼다. 그의 병을 낫게만 할 수 있다면 얼마나 좋을까? 안타깝게도 현재까지는 파킨슨병을 완치시킬 치료법이 없다고 한다. 치료법은 원인을 알 때만 개발될 수 있는데 아직 파킨슨병의 정확한 원인이 밝혀지지 않았기 때문이란다. 현대 의학으로는 단지 증상을 상당 기간 완화하여 큰 문제 없이 일상생활을 할 수 있도록 약과 시술에 의존하는 수밖에 다른 방법이 없었다. 나는 보통 강의가 끝나면 레인의 집으로 달려가 청소, 빨래 때로는 식사 준비로 바쁜 시간을 보냈다. 또한 레인과 함께 스케줄이 잡혀 있는 행사들에 동반하느라 분주한 시간을 보냈다. 그러나 행사장에 가면 언제나 보람 있고 흥미로운 일들과 여러 분야의 사람들을 만날 수 있었다. 나는 그가 내 곁에서 숨 쉬고 살아 있음이 귀하고 감사할 뿐이었다. 매일 그를 예수님 섬기듯 사랑으로 보살피자는 뜨거운 다짐이 내 마음 깊은 곳으로부터 솟아났다. 레인은 그런 나의 마음을 아는 듯 늘 내게 '당신은 하나님이 내게 보내신 천사야!' 하며 고마워했다.

지혜의 말씀

레인을 만난 이후 나의 삶은 설렘과 기쁨, 그리고 생동감이 넘쳤다.

모든 연방 하원 의원이 그렇듯이 레인도 주말이면 본인의 지역구로 가서 지역주민들의 민원사항 등을 점검하거나 다른 업무를 끝내고 그다음 주 초에 워싱턴으로 돌아왔다. 그가 록아일랜드로 갈 때 우리는 자연히 잠시 떨어져 있는 시간을 가지게 된다. 그럴 때면 그는 모든 일을 끝내고 보통 밤늦은 시간에 전화를 걸어오곤 했다. 외로운 학교 아파트에서 전화를 기다리다가 그의 목소리를 듣게 되면 나는 어린아이처럼 반가워했다. 가끔 그는 전화를 못 하거나 아주 늦게 할 때가 있었는데, 그럴 때는 내 전화번호를 잃어버린 경우가 대부분이었다. 그는 파킨슨병 때문에 다른 사람처럼 수첩을 갖고 다니지 않았다. 그러다 보니 여기저기 종이 쪽지에 전화번호를 적어 웃옷 주머니에 넣고 다녔는데, 그 때문에 쉽게 전화번호를 잃어버리곤 했던 것이다. 뒤늦게 전화를 걸어온 그는 오후 내내 나의 전화번호를 찾느라 애를 먹었다고 털어놓았다.

하루에 있었던 일들을 나누며 우리의 대화는 깊어 갔다. 그는 대화의 말미쯤에 잊지 않고 나에게 꼭 묻곤 했다.

"옥자, 오늘 나에게 주는 지혜의 말씀은 뭐지?"

나는 성경 구절들을 인용해서 대답해 주곤 했다.

"오늘은… 아, 이 말씀이 좋겠네요. '여호와를 경외하는 것이 지혜의 근본이니라.'"

"고마워!"

| 제2장 |

레인이라는 사나이

레인이라는 사람은

레인 에반스Lane Evans는 1951년 일리노이의 중서부에 위치한 록아일랜드Rock Island에서 에반스 집안의 둘째 아들로 태어났다. 모두가 남자 형제였다. 그는 고향에서 고등학교까지 마치고 해병대에 입대하였다. 신병훈련을 마치고 월남전에 자원했지만, 오키나와에서 복무하였다. 월남에 가지 못한 이유는 그의 형이 이미 월남전에 참전하고 있었기 때문이었다. 그는 형제가 같은 전쟁터에서 복무할 수 없도록 제정된 '설리반법' 때문에 월남으로 갈 수 없었던 것이다. 명예제대로 2년간의 복무를 마치고 일리노이에 있는 어거스타나 대학을 우수한 성적으로 졸업했다. 이어서 1977년에 조지타운 법대에 들어가 법학 박사학위Juris Doctor를 받았다. 그는 공부하던 몇 년 동안 조지 맥거번, 그리고 대중 운동가 프레드 해리스의 대통령선거 출마 캠페인에서 자원봉사를 했다. 또한 1980년대에는 에드워드 케네디의 대통령선거 캠페인에서 선거유세장 직원을 지휘하는 역할을 맡기도 했다.

조지타운 법대에서 학업을 마친 그는 고향으로 돌아와 가난한 사람들에게 무료로 법률 서비스를 제공하였다. 그러던 중 1982년, 레인은 민주당 후보로 미연방 하원 의원선거에 출사표를 던지게 된다.

레인의 해병대 시절

레인의 십대 시절

그리하여 그의 나이 31세에, 당시로서는 제일 젊은 연방 의원으로 당선되었다. 그는 곧바로 13명의 다른 민주당원과 함께 민중을 위한 의원 모임을 새롭게 조직하여 극빈층과 중산층들을 위하여 활약하기 시작했다.

그는 의회에서 재향군인위원회, 군사분과위원회와 국가안보위원회 소속으로 일했다. 특히 재향군인회에 관한 그의 업적은 각별하고 유명하였다. 재향군인들의 이익을 위하여 외상 후 스트레스 장애, 고엽제의 후유증 그리고 집이 없거나 마약중독과 정신건강치료 등의 문제가 있는 사람들을 위해 앞장서서 뛰었다. 그리하여 그들의 이익과 인권증진에 많은 업적을 남겼다. 이런 업적 덕분에 그는 재향군인회 기관들로부터 많은 훈장과 공로상을 받았다. 1994년에는 재향군인들의 최고영예인 은빛 헬멧 상을 받았다. 그가 받은 훈장에는 '한 위대한 남자, 자랑스러운 전역군인, 그리고 모든 전역군인과 그 일에 종사하는 직원들 모두가 깊이 빚을 지고 있는 한 사람'이라는 찬사가 새겨져 있다.

또한 레인은 노동조합, 환경, 록아일랜드의 병기공장 등의 문제를 위해서도 열심히 일했다. 그에게 있어서 가장 중요한 것은 그의 지역구 사람들과 함께 일한다는 것, 소위 그가 말하는 '가장 만족을 주는 일'이었다. 그는 정의를 위해서라면 사람들의 환경과 배경에 개의치 않고 발 벗고 나섰다. 그러한 그였기에 혈연관계가 전혀 없는 한국의 일본군 위안부 문제에 선두 주자로서 용감히 횃불을 들었던 것이다.

뛰고 또 뛰고

레인을 만나고 나서부터 나는 그에 대하여 조금씩 알아 가게 되었다. 한 예로 그는 비틀스를 미치도록 좋아하고 새벽마다 조깅을 한다. 이 일이 유명해져서 〈워싱턴포스트〉지의 첫 페이지에 그가 새벽에 의사당을 배경으로 뛰는 사진이 실리기도 하였다. '레인 에반스, 뛰고 또 뛴다Keep running and running'라는 제목 아래 그가 파킨슨병에 도전하는 의지의 표상으로 그려졌다. 가끔 함께 뛰는 날이면 그는 나를 자상하게 챙겨 주었다. 앞장서 뛰면서 잔 돌멩이나 파인 길이 있으면 뒤돌아서서 기다렸다가 가르쳐 주며 조심하라고 알려 주었다.

이른 새벽에 조깅하는 레인

그는 비틀스를 미치도록 좋아하고 새벽마다 조깅을 한다. 이 일이 유명해져서 〈워싱턴포스트〉지의 첫 페이지에 그가 새벽에 의사당을 배경으로 뛰는 사진이 실리기도 하였다.

또한 그는 해병대를 제대한 사나이 중의 사나이였고 나와 놀라운 공통점들이 있다는 것도 알게 되었다. 그것은 결혼하지 않고 평생 독신으로 '자유와 독립'을 구가하며 살아왔다는 점이다. 하나를 더 한다면 형제 중에서 둘째로 태어났지만, 야곱 증후군을 가진 것처럼 '두 번째이지만 언제나 최고로 산다second, but the best'는 신념 속에서 살아왔다는 것 등이다.

농구코치

그가 건강할 때는 농구를 비롯해 온갖 운동을 즐겼고, 그의 손에는 늘 책이 들려 있었다고 한다. 내게는 그러한 레인의 모습이 그려지지 않았다.

어느 늦은 오후, 그가 학교에서 국회로 막 도착한 나를 서둘러 택시에 태웠다. 어디로 가느냐고 물어도 가면 알게 된다고만 했다. 우리가 도착한 곳은 국회에서 그리 멀지 않은 곳에 위치한 조지타운 대학이었다. 여러 명의 경호원이 학교체육관 주위에 서성거리다가 우리를 보고 반가운 듯이 달려와 호위해 주었다. 레인은 숨 돌릴 새도 없이 손에 받아 쥔 티셔츠로 옷을 갈아입었다. 그러고는 신난 듯 농구경기가 한창인 체육관에 들어갔다. 조지타운 대학의 총장과 교수들이 레인을 반갑게 맞이했다. 함성과 함께 열띤 경기가 그곳을 메우고 있었다.

알고 보니 레인은 건강했던 시절에 모교인 조지타운 대학 교수팀과 연방 하원팀을 엮어 집 없는 사람들을 위한 자선 모금행사로 10여 년 동안 매해 경기를 주관해 왔다는 것이다. 그리고 레인이 연방 하원팀의 코치를 해 왔단다. 수년이 지나 레인이 건강상의 이유로 더 이상 앞에서 뛸 수 없게 되었는데도 그들은 레인의 이름을 그대로 지키며 계속해서 행사를 이어왔다. 이날 행사에서도 레인을 코치로 소개하며 일어나게 하여 영예롭게 박수를 받도록 해 주었다. 얼마나 자주 그를 일어나게 했던지, 레인이 곁에 앉았던 내게 물었다.

"나 또 일어나야 해?"

"그래요."

그가 일어나 관중을 향해 손을 흔들었다. 몸이 불편한 환자를 변함없이 따듯하게 예우해 주는 미국인들의 마음이 내 마음에 잔잔한 감동의 물결로 퍼져 갔다.

미 국회 안에서

내가 레인을 만났을 때 그는 이미 서열이 높은 민주당의 고참 의원이었기 때문에 다른 의원보다 더 널찍하고 편한 사무실에서 일했다. 만난 지 얼마 안 된 어느 날, 그가 나를 용감히 그의 사무실에 데리

국회 사무실의 레인

그가 나를 용감히 그의 사무실에 데리고 나타났다. 그의 직원들은 이미 나에 대하여 알고 있었지만 나를 직접 대면하자 모두 흥분하며 반가워했다. 그는 자랑스럽게 나를 그의 사무실에 '데뷔시켰다'고 말했다.

고 나타났다. 그의 직원들은 이미 나에 대하여 알고 있었지만 나를 직접 대면하자 모두 흥분하며 반가워했다. 그는 자랑스럽게 나를 그의 사무실에 '데뷔시켰다'고 말했다. 그 후로 나는 그의 사무실을 내 집 드나들듯이 다녔다. 미 의회의 경찰들과 직원들은 예우를 갖추어 언제나 친절하게 대해 주었고, 내 차를 의회 건물 정문 앞에 세우도록 배려해 주었다. 또한 의회 건물 입구에서 거쳐야 하는 보안 절차도 생략하고 언제나 그냥 통과하게 해 주었다.

천장이 유난히 높은 의회 건물 안은 복도의 타일 바닥이 얼마나 반들반들 잘 닦여 있던지 얼굴까지 비칠 정도였다. 각 주의 깃발이 그 주를 대표하는 의원 사무실 입구마다 죽 내걸린 복도를 또각또각 구두 소리를 내며 열심히 다녔다. 나는 레인 덕분에 늘 의원 전용 엘리베이터를 타고 다녔다. 그러나 우리는 뒤편의 계단으로 오르내리는 것을 더 즐겼다. 그때만 해도 레인의 건강은 좋은 편이었다.

그의 사무실은 레이번 빌딩에 있었다. 연방 하원 의원들이 근무하는 빌딩은 레이번Rayburn, 그 옆에 나란히 서 있는 롱워스Longworth, 그리고 캐넌Cannon 빌딩으로 나뉘어 있다. 그중 레이번 빌딩이 제일 크고 장엄하다. 각 건물에는 소분과 위원회실이 있다. 연방 전체의 안건을 결정하는 의사당은 의원 사무실 빌딩 앞을 가로지르는 펜실베이니아 에비뉴를 건너 널찍한 언덕 위에 둥근 돔 형태의 지붕 아래 있었다. 레인과 나는 그 건물들을 연결하는 지하통로의 레일을 이용하거나 시간 여유가 있으면 걸어서 다녔다. 그 긴 복도의 벽에는 미술작품 등이 걸려 전시공간으로 사용되기도 한다.

레인은 의회 의사당에서 발표나 투표를 할 때면 나를 데리고 갔다. 의사당 안에는 아래층의 메인 홀에서 일어나는 일들을 지켜볼 수 있도록 개방된 2층에 VIP 방청객을 위한 특별 갤러리가 있다. 그는 늘 나를 갤러리에 앉혀 놓고는 메인 홀로 내려가 본인의 차례가 되면 마이크를 잡고 의사를 발표했다. 얼마 후에는 아예 경찰이 본당 입구 옆에 특별히 마련해 준 의자에 앉아서 레인이 일을 마치고 나올 때까지 기다리곤 했다. 투표하러 가는 많은 연방 의원이 입구에 있는 나에게 반갑게 다가와 악수하거나 포옹을 해 주고 담소를 나누기도 했다. 나는 레인 덕분에 많은 의원과 어깨동무를 하고 다닐 정도로 친숙하게 지냈다.

내가 본 미국의 심장부

레인은 공식 행사에 늘 나와 동반했다. 나의 모교인 워싱턴 바이블 대학Washington Bible College에서 교수로 일하기까지 13년의 세월을 오로지 학교와 교회만을 맴돌 듯 살아온 나는 갑자기 그의 손에 이끌려 미국 정치와 세계 정치의 심장부인 워싱턴 정계에 눈을 뜨게 되었다.

"정말 미국에서 13년 넘게 살아온 것이 맞아요?"

어디를 가든 처음 보는 듯 생소한 표정으로 놀라는 내게 레인이 장난기 있게 물었다. 레인 덕분에 소위 이 세상의 유명 인사들을 많이 만나게 되었다. 그동안 공부만 하느라 내 안에 꽁꽁 묶여 있던 나의 활동적인 성향이 다시 제 빛을 발하는 것 같았다. 모든 것에는 때가 있는 것이었다.

미국에서 가장 유명한 저택을 꼽으라면 워싱턴에 위치한 정치의 중심인 백악관이라고 할 수 있다. 펜실베이니아 에비뉴 1600번지에 위치한 백악관 근처에는 워싱턴 기념탑과 내셔널 몰이 자리 잡고 있다. 또한, 바로 다음 구역에 유구한 역사의 윌라드 인터콘티넨털 호텔이 자리 잡고 있다. 이 호텔의 로비에서 수많은 활동가가 정치법안에 관해 이야기했다고 해서 그랜트 대통령이 '로비'라는 단어를 만들어 냈다고 한다.

12월 초가 되면 미국 대통령은 여러 의회 의원들과 장관들을 백악관에 초대하여 성대하게 연말파티를 베푼다. 레인은 나와 동반해 해마다 백악관 연말파티에 가곤 했다. 우아한 크리스마스 장식이 백악관을 꿈의 궁전처럼 보이게 했다. 동편 건물의 북쪽에 위치한 입구로 들어서면 로비 위로 드높은 천장에 휘황찬란한 샹들리에가 영롱한 빛을 발하며 환영인사를 해 준다. 복도를 따라 길게 깔린 레드카펫을 밟으며 걸으면 옆 벽면의 위쪽으로 미국의 역대 대통령들과 그 영부인들의 초상화가 위엄스럽게 걸려 있다. 은은하게 울려 퍼지는 미 해병대 실내악단의 크리스마스 캐럴, 섬세하게 하프를 뜯는 손가락 사이로 세계를 움직이는 심장부, 백악관이 보였고, 그곳에서의 크리스마스 축제는 나의 조그만 가슴을 설렘과 흥분으로 가득 넘치게 하기 충분했다.

파티 장소에는 수많은 정치인의 물결이 이어졌다. 백악관 1층 파티 장소에 여러 개의 방이 개방되어 손님들은 그곳에서 환담할 수 있었다. 방마다 고유한 특색을 지녔으며 우아한 예술작품들이 걸려 있고 역사적인 가구들이 균형 있게 잘 배치되어 있다. 유명한 화가 하삼Childe Hassam의 그림 〈빗속의 거리Avenue in the Rain, 1917〉는 대통령의 만찬실에 걸려 있다. 그리고 길버트 스튜어트Gilbert Stuart가 그린 조지 워싱턴 대통령의 초상화는 무척 강인한 인상을 풍기며 초대 미국 대

—
백악관에서

12월 초가 되면 미국 대통령은 여러 의회 의원들과 장관들을 백악관에 초대하여 성대하게 연말파티를 베푼다. 레인은 나와 동반해 해마다 백악관 연말파티에 가곤 했다.

통령의 위풍을 마음껏 뽐어내고 있는 듯했다.

2001년 12월, 나는 이 꿈 같은 파티에 어떤 드레스를 입을까 고민하다가 최고의 결정을 내렸다. 내 방에 오랫동안 간직해 온 우리 고유의 한복을 차려입고 가는 것이다. 미장원에 갈 시간과 여유가 없어도 머리는 내가 대충 만지면 그만이었다. 키가 훤칠하고 미남 소리를 듣는 레인이 턱시도를 차려입으면 기품이 흘러 보였다. 레인의 손을 잡고 걸어가면 마치 내가 신데렐라라도 된 듯한 기분이었다. 우리는 어디를 보아도 잘 어울리는 멋진 커플이라고 생각했다. 그 파티에 참석한 많은 미 의회 의원 부부들은 내가 입은 한복을 보며 탄성을 질렀다. 한국에서는 어디서나 볼 수 있는 평범한 한복 한 벌이 한순간에 나를 스타로 만들어 주었다. 나는 그곳에 초대된 사람 중 유일한 한국 사람이어서 우리나라를 대표하는 명예대사가 된 느낌이었다. '뷰티플!'을 연발하다가 구경만 하기에는 성이 차지 않았던지 한 여성 의회 의원이 내 꽃무늬 고무신을 보며 한 번만 벗어서 보여 달라고 떼를 쓰듯 부탁해 왔다. 할 수 없이 고무신을 벗어 주었더니 그 자리에서 당장 몇몇 의회 의원 부인들과 돌려가며 신어 보기까지 할 정도로 떠들썩한 관심을 보였다. 결국, 죄 없는 내 고무신은 주인을 떠나 이리저리 사람들 손을 떠돌며 헤맨 후에야 겨우 제자리로 돌아올 수 있었다. 내가 신은 버선까지 치마를 올려 가며 보여 주어야 했다. 레인도 옆에서 그 모습을 지켜보며 즐거웠던지 나를 맘껏 치켜세워 주었다.

"오늘 이 자리에서 당신이 제일 아름다워. 난 정말 행운의 사나이야."

자신의 불편한 몸을 인내하며 지혜롭게 다른 사람을 챙기기에 익숙한 레인, 활짝 웃고 즐거워하는 그의 모습이 그 어떤 찬사보다도 나를 행복하게 만들어 주었다.

미국을, 아니 세계를 움직이는 사람들과 포도주 잔을 짤랑 부딪치며 하얀 눈이 쏟아지는 백악관의 밤은 그렇게 무르익어 가고 있었다. 파티의 분위기가 점점 고조되면서 흥겨운 음악에 맞춰 춤을 추는 댄스파티가 시작되었다. 정치가들은 누구보다도 정력도 많고 흥도 많은가 보다. 신나게 있는 힘을 다해 몇 시간이고 계속 춤을 춘다. 그 지치지 않는 정력으로 선거 유세를 하는가 보다. 나도 함께 어울려 춤을 추었다. 레인은 키가 훤칠하고 잘생긴 덕분인지 제자리에서 그저 몸만 겅중겅중 흔들어도 멋지게 춤을 잘 추는 남자로 보였다. 파킨슨병과 싸우며 힘들어 하던 레인의 아픔은 더 이상 그 어디에서도 찾아볼 수 없었다. 그렇게 흥겨운 축제의 밤, 백악관의 겨울밤은 하얀 눈으로 포근하게 덮여 가고 있었다.

내가 만난 미국 대통령들

내가 클린턴 대통령을 처음 만난 것은 2001년 초여름 민주당 아시아 태평양계 행사장에서였다. TV나 신문을 통해 무심코 봤을 때도 잘생긴 호남형이라고 생각했는데, 직접 만나보니 할리우드 스타도 부럽지 않을 만큼 매력적인 외모를 갖고 있었다. 파마를 해서 곱슬거리고 빛이 나는 은발 머리에 무대 위를 꽉 채우는 당당한 체구, 연설을 하면서도 관중 속에서 아는 이들을 발견할 때마다 손을 흔들며 미소를 짓는 여유, 그의 떠들썩했던 스캔들이 어쩌면 필연적일 수도 있겠다는 생각이 들었다. 여자들이 그가 가진 권력과 매력에 쉽게 유혹당하는 것이 과연 있을 수 있는 일이라는 생각이 들었다. 그는 연설이 끝나고 사람들과 일일이 악수하며 무대 밑으로 걸어 내려왔다. 많은 사람이 그와 악수하려고 무대 앞쪽으로 몰려들었지만 나는 내 자리에 앉은 채 사람들이 흥분하는 광경을 재미있게 지켜보고 있었다.

바로 그때였다. 느닷없이 레인이 내 손을 잡아끌고 클린턴 대통령 쪽으로 향했다. 나는 괜찮다고 손을 내저었지만, 워낙 완강한 레인의 고집에 지고 말았다. 대통령과 악수 한번 해보려 몰려든 사람들의 물결 속에서 나는 자그마치 앞에서 세 번째 줄까지 밀려와 있었다. 클린턴 대통령은 지혜로웠다. 무조건 앞에 있는 사람에게만 악수하지는 않았다. 옆으로 움직이기 전에 미리 다음 곁을 훑어본다. 그의 눈길이 나와 마주쳤다. 클린턴 대통령이 인파를 헤치며 레인의 곁에서 어색하게 서 있는 내게 서서히 다가왔다. 그리고 특유의 매력적인 미소를 지으며 내게 악수를 청했다. 레인은 옆에서 즐거워했다. 그 후에 레인은 미국 대통령이 당신에게 반한 모양이라며 장난기 어린 농담을 하곤 했다. 나는 맞받아서 걱정하지 말라고 했다. 르윈스키 사건이 터진 지 얼마 안 됐으니 염려하지 말라고.

그로부터 이 년 후, 펜실베이니아에 있는 아름다운 온천유원지 네마콜린에서 열린 민주당의 연초 모임에서 다시 클린턴 대통령을 만났다. 그에게는 상대방을 기쁘게 해 주는 화술이 있었다.

"옥자, 나는 한국 사람들을 무척 좋아합니다."

그만의 특유한 미소로 나를 사로잡았다.

"부시 대통령이 북한에 대해 악의 축이라고 비난한 것은 잘못됐다고 생각합니다. 북한이 원하는 것은 식량과 관심뿐이에요."

내 기억 속의 클린턴 대통령은 사람을 사로잡는 매력과 화술에 뛰

클린턴 대통령과

내 기억 속의 클린턴 대통령은 사람을 사로잡는 매력과 화술에 뛰어난 카리스마로 가득 찬, 포용력 있는 지도자였다.

어난 카리스마로 가득 찬, 포용력 있는 지도자였다.

2001년, 나는 레인과 함께 조지 부시 대통령의 취임식에 초대되어 참석했다. 레인 덕분에 그 당시 우리나라에서 온 정치인들도 입장이 쉽지 않았던 미국 대통령의 취임식을 무대 위에 특별히 설치된 VIP석에서 지켜볼 수 있었다. 온 세계가 지켜보는 역사적인 취임식이 끝난 후 야외에서 추운 날씨에 떨었던 몸을 녹이기 위해 레인과 나는 그의 사무실로 향했다. 그의 비서가 사무실로 들어서는 우리를 반기며 코트를 받아 걸어 주고 뜨거운 커피를 내왔다. 향기가 짙은 따뜻한 커피를 마시며 레인 덕분에 누리는 이 모든 호사에 감사한 마음이 들었다.

그해, 부시 대통령이 취임한 지 얼마 지나지 않아 나는 우연히 그를 다시 만나게 되었다. 워싱턴 D.C.에 위치한 미 해병대 본부에서 열리는 군악대 사열식 연례행사에서였다. 그 행사는 많은 관람객이 장사진을 치고 참관하는 인기 높은 행사 중의 하나였다. 우리를 위하여 의회 앞에 대기하던 차를 타고 미 해병대 본부에 다다랐다. 늠름하고 젊은 해병대 의장대원이 우리를 호위해 들어갔다.

해병대 출신으로 군사위원회와 재향군인회의 부의장을 맡은 레인은 이곳 해병대에서 특별히 영웅 대우를 받고 있었다. 레인이 미리 이 행사를 알려 주었으면 옷을 제대로 차려입고 나왔을 것을, 그날따라 아주 캐주얼하게 차려입은 나는 좀 민망스러웠다. 해병대 총사령관, 존스 장군의 따뜻한 배려로 레인과 나는 그의 저택 응접실에서 잠시 쉬며 대화를 나누었다.

파티가 마련된 야외 잔디밭으로 몇 걸음을 나가보니 그곳은 VIP 손님들로 가득 차 있었다. 특히 어깨 위에 별이 번쩍이는 장성들의 모습이 눈에 많이 띄었다. 나는 기자들에게 사진 포즈를 취하며 사람들과의 만남과 대화를 즐겼다. 그리고 얼마 후에 부시 대통령 부부가 나타났다. 부시 대통령은 주위 사람들에게 일일이 악수를 하며 행사장을 누비고 다녔다. 나는 굳이 줄까지 서서 대통령을 만날 생각이 없어 뒤편에 있는 여자 화장실에 들렀다가 다시 잔디밭의 행사장으로 걸어가고 있었다. 그런데 그때 잔디밭에 만들어 놓은 징검다리 길 중간에서 부시 대통령과 마주쳤다. 두 사람 중 누군가 길을 비켜야 하는, 피할 수 없을 정도로 좁은 돌길이었다. 그가 반가운 듯 손을 내밀며 악수를 청했다. 그러고는 나에 대해 자세히 물으며 나의 대답을 주의 깊게 들었다. 그의 세심한 태도를 보며 나는 한 나라의 대통령으로서 모든 이들에게 그렇게 깊은 관심을 보일 수 있는 그가 새롭게 다가왔다. 역시 인물이 큰 사람은 소소한 일에도 신경을 쓸 줄 아는 훌륭함도 갖추었구나 생각했다. 뒤늦게 나를 발견한 레인이 나의 이야기를 통해 앞뒤 상황을 듣고 나더니 "미국 대통령들은 왜 모두 당신에게 관심을 보이는지 모르겠네. 조심해야겠어. 아무래도 내가 더 긴장해야 할 것 같은 걸" 하며 너스레를 떨었다. 하지만 내게는 이 세상 어떤 멋진 대통령보다도 레인이 더 멋지고 훌륭해 보였다. 그이야말로 내게는 이 세상 그 누구보다 소중한 남자였다.

그 후 부시 대통령을 다시 만난 것은 그해, 백악관의 연말 파티장

부시 대통령과 백악관에서

그의 세심한 태도를 보며 나는 한 나라의 대통령으로서 모든 이들에게 그렇게 깊은 관심을 보일 수 있는 그가 새롭게 다가왔다.

에서였다. 한참 이라크 전쟁으로 머리가 아플 때 그는 수백 명의 하객 앞에 나타나 5분 내로 짧게 환영인사를 마쳤다. 환영사를 마친 그가 곧바로 사람들 사이를 뚫고 지나가다가 나에게 다가왔다.

"아! 다시 만나 반갑군요. 그 한복 너무나 아름답습니다. 그리고 당신도."

그리고 그는 다시 인파를 헤치고 아래층에 마련된 사진 촬영장으로 총총히 사라졌다. 내 곁에 서 있던 레인은 부시 대통령의 예기치 못했던 깜짝 대화에 무척이나 즐거워했다. 파티가 끝날 즈음이면 모든 참석자가 개인적으로 대통령 부부와 함께 사진을 찍는 순서가 준비되어 있었다. 몸이 불편한 레인은 특별히 다른 사람들처럼 기다리며 줄을 서지 않고 제일 앞줄에서 곧바로 촬영할 수 있도록 배려를 받았다. 그 덕분에 나는 미국의 대통령들과 해마다 찍은 사진들을 꽤 여러 장 간직하게 되었다. 우리가 촬영할 차례가 되자 부시 대통령이 영부인 로라 여사에게 한마디 했다.

"이곳에서 제일 아름다운 여인이라고 했잖아."

그러고는 내가 교수로 있는 대학과 일본군 위안부 활동에 대하여 귀 기울여 들었다. 그 수백 명과 일일이 악수하고 대화하려면 보통 노동이 아닐 텐데 하는 생각이 들었다.

밸런타인 선물

연초가 되면 미 의회에서는 민주당과 공화당으로 나뉘어 당별로 수련회를 떠나는 연례행사가 있었다. 부부동반 모임이어서 나는 레인의 동반자 자격으로 그 모임에 참가했다. 어디에나 레인과 동행하다 보니 우리가 부부인 줄 알고 있는 사람들도 많았다. 어떤 한국 사람들은 우리가 결혼했는지 안 했는지를 두고 열띤 논쟁을 하기도 했다. 그곳에서 만난 대부분의 민주당 의원들과 그 부인들은 이미 여러 모임에서 만나 친해진 사이라 전혀 낯설거나 어색하지 않았다. 민주당 수련회는 늘 펜실베이니아에 있는 유명한 온천 휴양지인 네마콜린 호텔에서 열렸다. 의원들을 태운 대형 리무진 버스 여러 대가 앞뒤로 요란하게 경찰의 호위를 받으며 의회 앞을 출발했다. 거의 열 대의 차량이 하얀 눈이 덮인 펜실베이니아를 향해 달려가고 있었다.

그런데 레인이 의회에서 출발할 때부터 손가방 하나를 귀한 보물단지인 양 겨드랑이에 꼭 껴안고 차에 올랐다.

"레인, 그 가방은 뭐예요?"

"당신은 몰라도 돼."

평소에 자기 것을 챙기기보다는 남에게 베푸는 것을 즐기던 레인에게서 볼 수 없었던 뜻밖의 행동이었다. 나는 호기심이 생겨 자리에 앉자마자 가방에 관해 물었지만, 레인의 무심한 대답만 돌아올

뿐이었다. 레인은 수련회 장소에 도착할 때까지 그 가방을 꼭 안고 좀처럼 나에게 넘겨주려 하지 않았다.

우리가 묵을 호텔은 예상대로 눈 덮인 겨울 경치를 배경으로 향긋한 스파시설을 갖추고 유명한 미술 작품들을 진열한 호화스럽고 멋진 호텔이었다. 나는 오랜만에 펼쳐지는 자연경관을 한참 동안 넋 놓고 보다가 레인의 재촉에 배정된 호텔 방으로 들어와 짐을 풀었다. 레인은 방에 들어오자마자 침대에 털썩 드러눕듯이 걸터앉았다. 그러더니 대뜸 투덜대듯 말했다.

"베개에 이게 뭐지? 뭐가 묻은 거야? 옥자! 여기 좀 와 봐."

"나 지금 바빠요. 웬만하면 그냥 대충 넘어가요."

별로 까다롭지 않은 레인이 평소답지 않게 행동하는 것이 이상하긴 했지만, 짐을 풀기에 바쁜 나는 레인의 말을 귓등으로 흘리며 계속 일손을 움직이고 있었다. 몸이 건강하지 못한 남자의 동반자로서 나는 남들이 하는 일의 두 배를 하면서 사는 것에 익숙했다. 장소를 옮길 때마다 내 손으로 처리해야 할 일거리들이 수없이 널려 있었다. 가져간 옷들을 옷걸이에 거는 일부터 시작해서 일정을 체크하고 거기에 맞춰 레인의 옷을 갈아입히는 일들이 모두 내 차지였다. 더 이상 내가 관심을 기울여 주지 않자 레인이 갑자기 큰 소리로 보채듯 나를 불러댔다.

"이리로 좀 와 보라니까. 옥자!"

"무슨 일인데 그래요?"

그제야 일손을 놓고 레인에게 가까이 다가가 앉자 레인은 불룩해진 베개 밑을 손으로 가리키며 장난스러운 아이처럼 짓궂은 표정을 지었다. 머리를 누이면 금방이라도 꿈나라로 떨어질 것 같은 폭신한 베개에는 어떤 얼룩도 묻어 있지 않았다.

“무슨 얼룩이 묻어 있다고 그래요?”

내가 베개를 들어 올리자 그 아래에는 레인이 차 안에서 내내 보물단지처럼 안고 있던 가방 속 선물이 놓여 있었다. 울퉁불퉁하게 포장한 선물 박스 안에는 밸런타인 초콜릿과 카드가 보란 듯이 나를 기다리고 있었다. 카드에는 우습게 생긴 남자가 땀을 뻘뻘 흘리며, 고민하는 듯 머리를 두드려대는 그림이 있었다. 레인의 모습을 반영한 듯한 재미있는 그림을 보며 나도 모르게 웃음을 터뜨리고 말았다. 카드 안에는 ‘오늘은 밸런타인데이! 사랑하는 당신에게 어떤 선물을 해야 할지 고민하느라 내 머리가 터질 지경이야. 에이, 더 이상 고민하지 말고 이걸로 결정해야겠어. 당신 맘에 들었으면 좋겠어’라고 익살스럽게 쓰여 있었다.

카드를 넣은 봉투 안에는 그 호텔에서 여러 가지 마사지를 받을 수 있는 티켓이 얌전하게 들어 있었다. 나는 그가 이 사람 저 사람한테 나를 위한 밸런타인 선물을 무엇으로 할까 고심하며 물어봤다는 사실을 이미 알고 있었다. 내 친구가 지나가는 말처럼 ‘너는 행복한 여자구나!’ 했던 말이 떠올랐다. 선물을 선택하기까지 그림처럼 머리를 두드리며 아이디어를 짜냈을 레인의 모습이 떠올라 나는 잠시 가슴이 뭉클해졌다.

“어때? 맘에 들어?”

"정말, 너무너무 맘에 들어요."

레인은 그제야 안도의 한숨을 내쉬며 밝게 웃었다. 어떻게 이런 남자를 사랑하지 않을 수 있을까? 나는 레인의 손을 잡고 한참 동안 그의 맑고 푸른 눈동자를 가만히 바라보는 것으로 고마운 마음을 전했다.

그런데 오밤중에 이상한 일이 생겼다. 내가 막 잠이 들려는 순간에 레인이 슬그머니 침대에서 빠져나갔다. 그리곤 무언가를 들고 화장실로 조심스럽게 들어갔다. 조금 후에 내가 살짝 화장실 문을 열어 보니 레인이 큰 화장실의 한구석 변기 위에 앉아서 한 손에는 나한테 줬던 초콜릿을, 다른 한 손에는 오렌지 주스 병을 들고 열심히 먹고 있지 않은가. 나는 웃음이 터져 나왔지만 모른 척 자리로 돌아올 수밖에 없었다. 아… 들켜 버린 그의 자존심.

따뜻한 남자

해마다 12월 초가 되면 미국 대통령은 국민들이 감상할 수 있도록 백악관의 넓은 광장에 아름답고 영롱한 대형 크리스마스트리를 세워 점화식을 한다. 워싱턴의 크리스마스 축제 때 많은 이들이 이 화려한 점화식을 보며 함께 즐거운 시간을 나눈다.

한겨울 밤의 백악관 부근은 크리스마스트리를 보기 위해 나온 인파로 북적댔다. 사람들이 많아서인지 아무리 둘러봐도 근처에 마땅히 주차할 장소를 찾을 수가 없었다. 생각하다 못한 내가 일행들을 먼저 내리게 하고 혼자 주차장을 찾아보려 했다. 함께 온 중학생 조카가 차 문을 열고 길가에 내리는 순간, 갑자기 뒤에서 다른 곳으로 차를 빼라는 경찰의 호루라기 소리가 들렸다. 당황한 나는 조카를 길에 혼자 내려놓은 채 두 블록 정도를 더 가서야 겨우 미터기 주차장에 차를 세울 수 있었다. 차가 서자마자 두툼한 코트 때문에 몸이 더 무거워진 레인이 급하게 몸을 날려 차에서 내렸다. 레인은 내가 미처 말릴 틈도 없이 우리가 온 길을 향해 쏜살같이 달려가고 있었다. 순식간에 일어난 일이었다. 자신의 몸도 추스르기 어려운 사람이 내 조카가 길을 잃고 헤맬까봐 걱정이 되어 초인적인 의지력으로 달려가는 모습은 나의 가슴에 진한 감동으로 다가왔다. 그는 얼마나 따뜻한 사람이기에 불편한 몸으로도 저렇게 따뜻한 사랑의 기운을 뿜어내는 것일까.

뉴욕에서 중·고등학교에 다니는 나의 조카들이 워싱턴 유니언 기차역에 도착할 때면 레인은 아무리 아파도 있는 힘을 다해 몸을 일으켜 조카들을 마중하러 가는 나를 따라나섰다. 그 모습이 안쓰러워 그냥 집에서 기다리라고 만류해도 레인은 좀처럼 고집을 꺾지 않았다. 그렇게 레인은 자신의 몸을 돌보지 않으면서까지 주변 사람들을 보살펴 주는 따뜻한 사람이었다. 누군가 돈이 필요하다고 생각하면 지갑을 열어 현금을 몽땅 털어 주고 자기는 돈 없이도 다닐 수 있다고 태연하게 말하는 사람이었다. 어쩌다 백화점에 가서 내 옷을 사 줄 때면 그는 고가의 옷을, 그것도 두서너 벌을 더 사라고 우기고, 나는 싫다고 거절하며 다툴 정도였다.

남에게는 가진 것을 다 털어서라도 베풀기를 좋아하는 그였지만, 정작 자기에게는 너무나 인색한 사람이었다. 그는 너무 오래 입어서 바지 주머니가 너덜너덜하게 닳을 정도가 된 낡은 양복을 아무렇지 않게 즐겨 입고 다녔다. 양복뿐만이 아니었다. 코트든 양말이든 그가 구매하는 것은 무엇이든 모두 저렴한 것들뿐이었다. 그의 모습 어디에도 미국 의회 의원으로서의 체면이나 위신을 중히 여기는 구석이 보이지 않았다. 언젠가 추수감사절을 얼마 앞두고 펜타곤 쇼핑몰을 구경하던 중, 휠체어에 탄 젊은 장애인을 만나 인사하며 이야기를 나누게 되었다. 레인은 추수감사절 저녁 만찬에 그 남자를 꼭 우리 집으로 초청하라고 몇 번이나 내게 당부했다. 그는 언제나 약자의 편에 서서 생각하고 활동했다. 그는 행사를 치르고 호텔에서 나오면 언제나 호텔 직원들에게 팁을 후하게 주도록 했다. 음식점에 가도 종업원들에게 팁을 많이 주게 했다. 처음에는 정치가로서의 인기 작전인가 싶었는데 그가 내게 말했다.

"저들은 약자야. 그들을 많이 생각해 주어야 해."

나는 그가 어떻게 일리노이의 록아일랜드에서 24년간이나 민중의 목소리로 일할 수 있었는지 새삼 확인할 수 있었다. 그는 사람을 그 무엇보다도 소중하게 여겼으며, 그의 마음속에는 뜨거운 정의감과 약자에 대한 지극한 사랑이 있었다. 그 불꽃은 굳어가는, 허물어져가는 그의 몸속에서 더욱 뜨겁게 타오르고 있었다.

청빈한 공복

연방 의원들은 대부분 경제적으로 부유한 층에 속한다고 한다. 어떤 연구에 의하면, 의원들의 반이 백만장자이다. 그런데 레인의 경우는 전혀 달랐다. 물론 연봉은 여섯 자리 숫자지만 세금을 떼고 나면 얼마 안 된다. 그 돈의 대부분을 주위 사람들을 위해 쓰는 그였다. 예를 들어 집안에 경제적으로 힘든 형제가 있으면 그 형제의 경제 문제를 그가 떠맡아 필요한 학비며 매달 내는 주택담보대출금까지도 대신 내주었다. 나를 만난 후에는 내가 통제해서 조금씩 부담을 줄이도록 하였지만, 그는 돈 문제에서만큼은 어처구니없을 정도로 욕심이 없었다.

그가 연방 의원도 공복으로서 보통 시민과 똑같이 살아야 한다고 주장하면서 의회 은퇴 연금을 거절했다는 사실에 나는 경악을 금치 못했다. 그는 노블레스 오블리주noblesse oblige를 철저히 실천하는 사람이었다. 물론 감탄할 만큼 훌륭한 결정이었지만 그는 파킨슨병을 앓는 중환자가 아닌가. 죽음이 시간문제일 수도 있고, 연방 의원직을 은퇴하면 별다른 수입도 없는 사람이 어떻게 하려고 그런 무모한 결정을 내렸다는 말인가. 나를 만나기 전에 내린 결정이기에 번복할 수도 없고. 그만큼 그는 공복 의식이 투철한 사람이었다. 그가 은퇴한 후에 의료비용과 요양원 비용 때문에 힘들어 했다는 사실을 아는 사람은 얼마 되지 않았다. 레인을 돕자는 후원 움직임이 있자 오히

려 어떤 이들은 왜 자기들 같은 서민이 돈 많은 연방 의원을 도와야 하느냐고 반기를 들고 나서기도 했다.

웃어야지

레인은 가끔 집에서 내 조카들과 나를 위해 즉석 코믹콘서트를 열었다. 거실을 무대 삼아서 마이크를 잡은 것처럼 포즈를 잡고 이리저리 춤을 추며 왔다 갔다 하는가 하면, 자신이 엘비스 프레슬리라도 된 듯 손을 흔들고 겅중겅중 뛰며 신나게 열창을 해댔다. 그것으로도 뭔가 부족했던지 갑자기 부엌에 가서 긴 빗자루를 찾아 들고 와서는 빗자루로 기타 치는 흉내까지 내며 흥을 돋웠다. 그 모습을 구경하던 우리는 결국 배꼽을 잡고 깔깔 웃을 수밖에 없었다. 그런 레인의 모습을 보며 저 사람이 건강했다면 얼마나 더 많은 사람에게 웃음을 주었을까 하는 생각에 마음이 저리기도 했다.

빗자루를 들고 춤추는 레인

레인은 한국을 좋아했다. 그래서인지 의회에서도 대표적인 친한파 의원으로 손꼽혔다. 어느 날 레인과 나는 케네디 센터에서 한국의 전통마당놀

조카들과 함께

이 공연인 심청전을 관람했다. 그 공연 중에서 특히 심 봉사가 눈을 뜨던 장면이 레인의 기억에 깊이 남았던 모양이었다. 그 후 한국 사람을 만나면 레인은 지팡이를 짚는 시늉을 하며 어기적거리고 두 눈을 깜빡거리면서 심 봉사가 눈을 뜨던 장면을 연출해 주변 사람들을 웃음바다로 몰아넣었다. 또한 레인은 기분이 좋은 저녁이면 먼저 '한식당에 가자'고 말했다. 하지만 기분이 나쁠 때는 미국 식당에 가겠다고 우겼다. 나는 그것으로 레인의 기분 상태를 파악할 수 있었다.

레인은 다양한 유머와 매력을 가진 남자였다. 한국에서 정신대 할머님이 오실 때, 나눔의 집에서 함께 오시는 아영 스님이 레인의 아픈 몸을 생각해서 레인을 바닥에 엎어 놓고 뒷목을 마사지해 주면 절대로 그만하라는 소리를 안 한다. 손가락으로 여기 해라 저기 해라 계속 가리킨다. 그 광경을 본 우리는 모두 폭소하곤 했다.

교회에서 김치!

주말에 지역구에 가지 않고 워싱턴에서 쉬는 일요일이면 레인은 나와 함께 한인 교회에 나가곤 했다. 나는 레인과 함께 예배드리고 기도하는 시간이 좋아서 힘든 줄도 모르고 그를 위해 봇짐을 잔뜩 싸 들고 함께 교회로 향했다. 오래 앉아 있기 힘든 그였기에 교회에 들어서자마자 나는 그의 신발을 벗기기 시작한다. 그다음 그의 등에 준비한 쿠션을 갖다 대고 딱딱한 의자를 대신할 푹신한 방석을 깔아 주었다. 레인의 건강을 위해 기도해 주는 교회 식구들의 정성을 잘 알고 있는 그였기에 알아들을 수 없어 지루할 법한 한국어 설교(물론 동시통역이 있었지만)와 찬양을 인내하며 긴 시간을 잘 버텨 주었다. 물론 그는 자주 꾸벅꾸벅 졸기도 해서 옆에 있는 내가 툭툭 치며 깨운 적도 많았다. 힘든 몸을 이끌고 내 곁에서 오랜 예배시간을 견뎌내는 그가 고마울 뿐이었다. 그러다가 가끔 성도들이 다 일어나서 찬양할 때 본인이 신난다 싶으면 앞 의자를 힘껏 붙잡고 자리에서 벌떡 일어나 "김치!" 하고 소리치며 계속 찬양하는 양, 한국말로 노래하는 척 흉내를 내며 같이 부르곤 했다. 사람들은 그런 레인의 털털하고 순수한 모습을 보며 그를 사랑했다.

내가 예배 전에 소그룹 성경 상담 시간으로 인도할 때면 그는 내 곁에 앉아서 예리한 통찰력으로 다른 이들과 놀라운 대화를 나누곤 했다. 그뿐 아니라 내가 교회 여전도회 임원진 회의에 참석하면 자연스럽게 내 곁에서 본인의 의견도 나누며, 분위기를 즐겁게 해 줄 정도로 그는 편안한 마음의 소유자였다. 그렇게 그는 주위 사람들에게 늘 사랑받을 만한 행동을 했다. 여러 한국 사람들과 교회 근처 음식점에 가서 식사를 하면 나를 쿡 찌르며 자기 신용카드로 계산하라고 하는 한국식의 여유로운 정이 있었다. 그에게 소위 '미국 깍쟁이식의 더치페이'는 없었다. 레인이 나의 기분을 좋게 해 주고 싶을 때 항상 하는 말이 있었다. "나 이번 일요일에 교회 갈게."

깍두기도 OK

해병대 출신인 그는 언제나 주위 사람들을 생각해 주는 이타주의자였다. 내가 너무 힘들까봐 때로는 저녁 식사로 냉장고에 남은 것을 아무거나 먹자고 한다. 깍두기에 물 만 밥도 불평 없이 먹어치운다. 별로 맛을 모를 떡국까지도 오케이다. 남의 집에 손님으로 가면 준비해 둔 침실은 마다하고 응접실에서 쓰러져 잘 때도 있었다.

그는 자주 해병대식의 군대 용어로 나에게 말한다. "Negative!"는 아니라는 뜻이다. 무엇을 하겠느냐고 물을 때는 "What is your game plan?"이라고 한다. 아무리 피곤해 드러누워 있다가도 내가 해병대 군가를 틀면 반드시 벌떡 일어나 거수경례를 한다. 상황에 따라 내가 그를 항복시키기 위한 무기로 사용하곤 했지만….

나는 한 번도 그가 화내는 모습을 보지 못했다. 아무리 심각하고 어려운 일이 있어도 방문을 닫고 조용히 처리하고는 아무 일도 없었다는 듯이 휘파람을 불며 나온다. 어쩌다 내가 계속 화를 품고 침묵으로 일관하면, 내 옆을 떠나지 않았다. 내가 천장을 바라보고 한숨 쉬면 드러누운 자리 옆, 방바닥에서 두 팔을 베고 일어났다 앉았다 하면서 어떻게든지 나를 웃기느라고 코미디를 연출한다. 그러다가 조그만 틈새가 보인다 싶으면 이때다 싶어 나한테 날쌔게 다가와 두 눈을 깜박이며 심 봉사 흉내를 낸다. 그러나 본인이 잘못한 일이 있다고 인정하면 반드시 용서를 구한다. 그리고 다시는 그렇게 안 하겠노라 노력하겠다고 확인해 준다. 그의 남자다운 기사도 정신을 느낄 수 있었다.

레인의 여자로 산다는 것

레인의 여자로 산다는 것은 행복한 만큼 나에게 그만한 대가를 치르게 하였다. 그나마 그가 강한 정신력과 건강한 육체로 지병을 버텨

내고 있었지만, 그의 몸에도 한계가 있었다. 증상이 악화되면 그만큼 복용하는 약의 양도 늘어났고, 과다한 복약으로 지칠 대로 지친 몸과 정신은 그의 삶을 힘들게 만들었다. 엄청난 약의 독소가 그의 몸 세포 속으로 얼마나 많이, 깊이 침투해 있을까 생각하면 아찔해진다.

자유와 독립을 외치며 거침없이 살아가던 그에게 파킨슨병은 치명적인 걸림돌이었다. 처음엔 혼자 샤워를 해보려고 안간힘을 쓰다가 결국 욕실에서 미끄러져 몸에 상처를 내는 등 주변 사람들에게 더욱 걱정을 끼치는 상황이 생겼다. 결국 그는 나의 도움에 의지할 수밖에 없었다. 레인의 증상이 악화될수록 레인의 여자로서 내가 해야 할 일들은 하루가 다르게 늘어만 갔다. 스스로 옷을 입을 수 있었던 레인이 이제는 누군가가 옷을 입혀 줘야만 하는 상황에 이르렀고, 시간이 걸리긴 했지만 스스로 샤워를 하던 레인이 이제는 누군가가 씻겨 주지 않으면 떡이 진 머리로 사람들 앞에 서야만 하는 곤혹스러움을 견뎌야 했다.

나는 레인을 돌보는 일이 점점 버거워지기 시작했다. 그러나 나 혼자 편하겠다고 중증 파킨슨병 환자가 되어 가는 그를 내버려둔 채 외면할 수는 없는 노릇이었다. 나는 이미 그와 모든 고통을 함께 나누겠노라고 스스로 결심하지 않았던가. 그가 가야 하는 곳이라면 사막이라도 함께 갈 것이라고, 그가 겪어내야 하는 수치와 치욕이라면 함께 겪어낼 수 있노라고, 그가 나의 끝없는 헌신과 희생을 필요로 한다면 아낌없이 내어주겠노라고.

그를 씻기는 일은 쉬운 일이 아니었다. 체구가 작은 내가 190cm가 넘는 거구의 레인을 씻긴다는 것은 진이 빠지는 일이었다. 먼저 레인을 장애인 의자에 앉히고 엄마가 아기를 목욕시키듯 그의 비위를 맞추어 가며 한국산 때수건으로 몸을 깨끗이 문질러 씻긴다. 레인의 몸이 좁은 샤워실에서 마음대로 움직이지 않을 때는 발 하나, 다리 하나도 온몸의 힘을 짜내 들어 옮겨 놓고 씻겨야 했다. 그러다 보면 나는 이미 기력이 빠지고 허리가 아플 때도 있었다. 육체노동에 길들지 않은 나의 몸이 갑작스러운 혹사에 반란을 일으키고 있었다. 샤워가 끝나면 레인의 몸을 수건으로 깨끗이 닦고 두 팔로 '원, 투, 쓰리!'를 외쳐 가며 일으켜 세운 뒤 샤워실에서 부축해서 데리고 나와 옷을 입히는 순서가 남아 있었다.

옷 입히는 일 역시 쉬운 일이 아니었다. 양말을 신기려면 또다시 그 무거운 다리를 들어야 하는데 레인의 두 발은 특히 신경이 매우 둔해져 있어서 마음대로 발의 방향을 잡기가 쉽지 않았다. 양말이 그 정도니 바지와 웃옷은 말할 것도 없었다. 한참동안 힘든 실랑이를 거쳐 겨우 옷을 입히고 넥타이를 매어 주고 나면 나도 모르게 "휴!" 하고 안도의 한숨을 내쉬게 되었다. 양복까지 입힌 다음 마지막으로 머리를 단정하게 빗겨 주고 얼굴에 로션을 발라 주면 그것으로 나의 전쟁은 마무리된다. 방금 잠자리에서 일어난 것처럼 부스스한 몰골의 그는 어느새 핸섬한 미 의회 의원으로 바뀌어 있었다. 그런 그의 모습을 보면 뿌듯한 행복감이 몰려와 물을 뒤집어쓴 내 모습 따위는 아무 문제가 되지 않았다.

"우와! 당신 할리우드 무비스타 같아요! 어때요? 근사하죠?"

그러면 레인은 고마운 마음을 흡족한 표정으로, 싱긋 웃는 것으로 대신하곤 했다.

어느 날, 레인의 머리를 빗겨 주며 마무리 단장을 해 주고 있는데 착한 아이같이 앉아 있던 그가 불쑥 고백했다. "내가 만일 결혼을 한다면 꼭 당신하고 할 거야."

굳이 간병인을 두지 않고 고생을 감수한 것은 내 손으로 그를 돌보아 주는 것이 내게는 큰 행복과 보람이었기 때문이었다. 모든 외출 준비가 끝나면 음식을 차려 주고 식사하는 일을 옆에서 거들어 줘야 했다. 식사가 끝나고 나면 다시 운전기사로서의 역할이 나를 기다리고 있었다. 레인을 의회 사무실까지 태워 주는 부산한 작업은 나의 고유 업무가 되다시피 했기에 의회 앞을 지키는 경호원들조차 나를 알고 모두 도와주었다. 레인의 차는 특별히 의회 어느 곳에든 주차할 수 있었다. 그의 지병을 아는 경찰들의 특별한 배려였다. 핸섬하고 말쑥해진 레인과 함께 사무실에 들어가면 사무실 직원들은 놀란 표정으로 우리를 반겼다.

"오늘따라 멋져 보이네요."

내가 레인을 단장해 준 날은 그들이 금방 알아차릴 정도로 다르단다. 간혹 다른 사람들이 그를 단장해 준 날은 머리도 흐트러져 있고 양복 색깔도, 넥타이도 잘 어울리지 않아서 어수선해 보이지만 내가 단장한 날은 미국 의회 의원답게 말쑥해 보인다고들 했다.

레인의 일기

어느 날, 우연히 레인의 옛 일기장을 보게 되었다. 물론 레인이 일리노이에 가 있는 주말의 일이었다. 나는 스스로 글도 쓸 수 없고, 머릿속으로 힘든 생각조차 할 수 없는 그의 현재 모습만 지켜봐 왔기에 오래전 그의 모습, 마음속을 들여다볼 기회가 신기하게 느껴졌다. 나를 만나기 전 건강했을 때의 레인은 나의 상상을 초월할 정도로 훌륭했다. 그의 글은 숙련되고 힘이 있었다. 그의 손에는 늘 책이 들려 있었다는 것을 알 수 있었다.

오늘, 동이 트는 아침 길을 달리다가 별안간 어떤 큰 생각이 내 머리를 비집고 들어왔다. 내가 늘 고수하는 '자유와 독립'은 과연 내게 무슨 의미를 주는가? 그것이 나의 삶을 행복하게 만들어 주는가? 나는 '자유와 독립'을 외치며 내 주위를 맴돌던 사람에게 상처를 주지 않았는가?

아내와 함께 앉아서 식사를 하고, 아이를 낳고, 키우고, 남들이 나누는 평범한 삶을 왜 나는 거부하는가. 이제라도 늦지 않았다.

그러나 그러한 그의 새로운 각오는 그의 고집스러운 옛 성을 무너뜨리지 못한 듯했다.

그의 일기는 계속해서 돌아가신 어머니에 대한 아픔, 마음속에 응어리진 채 풀지 못했던 깊은 상처, 고뇌, 갈등으로 이어지고 있었다. 불행하게도 그의 어머니는 뇌종양으로 돌아가셨다. 어머니는 병세가 악화됨에 따라 자녀들에게 본의 아니게 마음의 상처를 많이 주었던 것 같았다. 레인은 형제들과 가족 문제에 대하여 나눈 많은 대화를 써내려갔다. 용서라는 것에 대하여….

이제는 육신이 원하는 대로 움직여 주지 않는 상황을 달게 받아들이며 진솔한 생각을 정리할 수 있는 일기도 제대로 쓰지 못하는 그의 심정이 내 마음속에 깊이 파고들었다. 내가 그의 비워진 공간을 메꾸어 주리라. 사랑이란 즐거울 때만 주는 것이 아니기에.

어느 이별

2005년, 레인과 나는 잠시 결별했다. 누군가 뒤에서 그를 조종해 결단을 내리게 한 것이라는 생각이 스쳐 갔다. 이대로 계속 옥자와 관계를 유지하면 법적으로 결혼해야 할 문제가 발생할 수 있다고. 그는 결단력 있게 내게 본인의 의사를 밝혔다. 이제는 헤어지자고.

심리학에 '친밀의 두려움fear of intimacy'이라는 용어가 있다. 누군가와 관계가 친밀해지면 두려움 때문에 뒤로 물러서는 심리이다. 누군가에게 지배당하는 두려움에 대한 방어의 심리 작용이다. 동시에 반대어인 '상호의존co-dependency'이란 것이 있다. 상대방에게 더 가까이

의존해야 하고 결국 상대방 없이는 자신의 삶이 무너진다. 이런 유형의 두 사람이 만나 결혼한다면 그 결혼은 그야말로 지옥이다. 서로 밀고 당기는 게임이 계속되면 결국에는 파멸로 치닫게 된다. 레인과 나는 그 정도까지는 아니었지만, 그에게는 분명 친밀의 두려움이라는 장벽이 치유되지 않은 것 같았다.

"옥자, 나는 당신을 사랑해. 그런데 늘 옆에 있어야 한다면 어떤 때는 내가 사과 박스 안에 갇힌 것 같이 숨을 못 쉬겠어. 나도 이 문제를 알고 있으니 고치도록 계속 노력할게."

나는 그의 영역을 존중해 주도록 노력했다. 솔직히 나에게도 상호의존이 어느 정도 작용한다고 인정했다. 우리는 소위 말하는 '밀당 게임'을 지혜롭게 해 나가야 했다.

그러나 정작 그가 던진 비수가 먼저 내 가슴을 찔렀다. 지난 5년의 세월 동안 그와 내가 쌓아 온 사랑과 신뢰가 이렇게 하루아침에 무너질 수 있다는 말인가. 이미 서로가 삶의 한 부분이 되어 살아왔다고 생각했는데, 함께 웃고 함께 울고 의지하며 살아왔는데, 이제 와서 그는 내가 없이도 살 수 있다고 말한다. 무엇인가 잘못되어 가고 있었다. 그에 대한 배신감보다는 바보 같은 나 자신에 대한 서러움이 눈물로 터져 나오려는 것을 간신히 억누르고 있었다. 우리가 헤어진 후 치러야 할 대가가 나보다 그에게 훨씬 크리라는 것이 불보듯 훤히 보일 뿐이었다. 나는 사랑하지만 헤어지자는 레인의 이해할 수 없는 말을 어떻게 받아들여야 할지 몰라 혼란스러웠다. 그가 원하는 자유와 독립이 갑자기 고개를 들고 나선 것일까. 아마 그는 나에 대한 법적인 의무를 두려워했을는지도 모르겠다는 생각도 들었다.

레인의 전화

그와 헤어진 후, 시간은 너무나 더디게 흘러갔다. 그가 채우고 있던 내 삶의 많은 부분은 어떤 것으로도 채워 넣을 수 없을 것처럼 느껴졌다. 어느새 스산한 가을바람이 낙엽을 휘몰고 다가와 내게 속삭이는 듯했다. '인생은 다 그런 거야. 꽃피는 화사한 봄날이 있는가 하면, 이렇게 낙엽이 되어 바닥에 나뒹굴어야 하는 가을도 있는 것. 그게 바로 어찌할 수 없는 인생의 흐름이야.'

메마른 하루하루를 보내며 그가 없는 삶이 어느 정도 현실로 다가오기 시작하던 어느 날, 레인으로부터 뜻밖의 전화가 걸려왔다. 그것도 깊은 밤에. 그의 목소리가 들려오는 전화기에 촉촉이 가을비가 내리고 있었다. 나의 모든 세포가 놀라움으로 반응했다.

"나야, 레인."

"알아요. 그동안 어떻게 지냈어요?"

"…."

"…갑자기 어쩐 일이에요?"

"너무 배가 고파."

수화기를 통해 들려오는 레인의 목소리가 지친 듯 가늘게 떨리고 있었다.

"누가 옆에 없어요?"

"없어."

"기다려요. 내가 지금 갈게요."

전화를 끊자마자 튀어 오르는 용수철처럼 벌떡 일어나 레인의 집으로 달려갔다. 레인의 집안에 들어서자 엉망진창으로 펼쳐진 광경이 그동안 레인에게 닥친 상황을 한눈에 알아볼 수 있게 해 주었다. 가슴이 무너져 내렸다. 나는 그를 위해 사 들고 온 샌드위치를 챙겨 먹이고 부랴부랴 집안을 치우기 시작했다.

나와 헤어진 후, 처음에는 레인을 돌보기 위해 형제 한 사람이 와서 잠시 지냈다고 했다. 하지만 그는 얼마 있다가 일리노이로 떠나고 대신 조카가 레인의 집으로 들어왔다. 대학생인 그녀가 레인을 돌보겠다고 함께 살게 되면서 그녀는 레인이 쓰던 큰 방을 쓰고, 레인은 조그만 손님용 방을 쓰게 되었다. 레인의 제안으로 이루어진 일이라고 했다. 레인이 쓰던 큰 방에는 허리가 아픈 레인을 위해 공기 압축용 침대가 놓여 있었고, 몇 년 전에 나의 집요한 요구로 설치한 화장실의 샤워기와 변기 옆에 장애인용으로 짚고 일어날 수 있는 보조 집기가 있었다. 결국, 레인은 그 모든 것들이 갖추어져 있던 환자용 방을 조카에게 양보한 채 누워도 제대로 몸을 펴기가 불편한 작은 손님용 방을 쓰고 있었다. 그가 쓰던 일상용품들은 좁은 복도 사이에 흐트러진 채 아무렇게나 수북이 쌓여 있었다. 늘 남에게 더 좋은 것을 양보하며 사는 사람, 레인은 변함이 없었다.

레인은 약을 제때 챙겨 먹지 않으면 몸이 바로 기능을 잃고 이상 반응을 일으킬 만큼 약에 의존해 사는 환자였다. 그런데 레인의 초췌한 모습에는 음식이며 약이며, 어느 것 하나 제대로 도움의 손길이 닿지 않은 흔적이 역력했다. 그 독한 약들을 다이어트 콜라와 먹고, 누가 음식을 갖다 주면 먹고 없으면 굶고. 레인의 건강은 내가 마지막으로 봤을 때보다 훨씬 더 악화되어 보였다. 아, 바보 같은 사람!

"그동안 약은 제대로 챙겨 먹었어요?"

"…그냥 대충…."

"먹는 건 어떻게 했어요?"

"그냥 어쩌다 비서가 샌드위치나 간단한 음식을 사다 주면 그걸로 때웠지 뭐…."

"당신 돌봐주는 친척 있잖아요?"

"한창 친구들과 어울리느라 바쁠 나이잖아…. 요즘은 남자친구가 생긴 모양이야."

레인은 내가 자신의 친척에게 원망이라도 할까봐 애써 두둔하는 것 같았다. 결국, 도움을 받지 못한 채 제대로 끼니조차 챙겨 먹지 못한 레인은 절박한 상황에서 어쩔 수 없이 나에게 도움을 요청한 것이었다. 이유야 어떻든 그가 나를 다시 찾았는데…. 레인의 헝클어진 모양새를 보니 며칠 동안 목욕조차 제대로 하지 못한 것 같았다. 그런 레인의 모습을 안쓰럽게 지켜보던 나는 결국 팔을 걷어붙이고 레인을 부축해 방에 딸린 작은 샤워장으로 들어갔다. 레인이 붙잡고 설 수 있는 보조용 손잡이가 없는 좁은 욕실에서 레인을 샤워시키는 것은 전쟁을 치르는 것과 같았다. 나는 물세례를 받으며 온몸이 젖은 채 힘겹게 그를 씻겨야 했다. 어린아이처럼 내 손에 몸을 맡긴 레인을 보며 측은한 마음이 일었다. 그의 두 손이 붙잡을 것 없는 샤워실 타일 벽에서 이리저리 미끄러졌다. 서로에게 힘든 일이었다. 나는 그런 레인 앞에서 왜 기껏 헤어지자 하고는 다시 필요하니까 전화를 한 거냐고, 한마디 불평조차도 털어놓을 수 없었다. 그렇게 우리 사이는 끊어진 철로가 연결되듯 다시 이어졌다.

오랜만에 나는 레인의 손을 잡고 레인의 집 주변 길을 걸었다. 비록 잠깐의 이별로 생긴 상처 자국이 여전히 아프긴 했지만, 그는 나의 도움이 절실히 필요한 환자였다. 거대한 파도처럼 그에게 밀어닥친 운명 앞에서 어쩔 수 없이 악화되어 가는 몸, 그의 가혹한 현실을 생각하면 나의 아픔 따위는 얼마든지 넘어설 수 있었다. 하지만 그런 생각과 함께 억누를 수 없는 또 하나의 생각이 들었다. 여의도 샛강에서 발가벗고 멱을 감던 계집애가 어떻게 여기까지 와서 미 의회 의원의 여자로서 상상도 못 하던 일들을 겪고 있는지….

| 제3장 |

꿈을 향해 날다

헬로, 기브 미 추잉 껌

나는 영등포에서 평범한 집안의 2남 3녀 중 둘째 딸로 태어났다. 어린 시절 나는 성격이 밝은 편이었고 교과서 같은 아이였다. 서너 살 때, 가족들이 자기 전에 안방 한쪽에 있던 상에 이불을 다 내려놓으면 나는 기다렸다는 듯이 옷을 훌떡 벗고 그 위로 올라가 노래를 불렀다. "발가벗은 이 몸이 춥고 추워서 따뜻한 부악산을 찾아갑니다~." 제대로 뜻도 모른 채 두 손으로 맨가슴을 두드리며 노래를 부르던 우스꽝스러운 내 모습 때문에 온 집안이 웃음바다가 되었던 기억이 난다. 나는 어려서부터 유난히 영어에 관심이 많았다. 다섯 살쯤 되었을 때, 동네에 살던 누군가에게 처음으로 영어를 배우게 되었다. 배운 문장을 달달 외우며 동네를 돌아다니던 어느 날 나의 어설픈 영어 실력을 테스트할 좋은 기회를 얻게 되었다. 그 당시 여의도의 샛강에는 강둑이 있었다. 햇볕이 따갑게 내리쬐던 어느 날 오후, 무심코 강둑 위로 걸어가던 나는 앞에서 유쾌하게 걸어오는 두 명의 미군을 발견하게 되었다. 나는 겁 없이 그들에게로 달려가 내가 외운 문장으로 말을 걸었다.

"헬로, 기브 미 추잉 껌!"

한 군인이 피식 웃더니 군복 뒷 주머니에서 껌 두 통을 꺼내 내게 휙 던져 주었다. 껌을 받아든 나는 온몸에 전율이 이는 것을 느꼈다.

'와아! 내 영어가 드디어 통했구나!'

나는 껌 두 통을 들고 단숨에 집으로 달려왔다. 숨을 헐떡거리며 달려온 나는 아버지에게 자랑스럽게 말했다.

"아버지! 이것 봐요, 껌이에요! 미군들이 줬어요!"

영문도 모르고 나를 보던 아버지께서 자초지종을 듣고는 꾸짖으셨지만 어린 나에게 껌은 중요하지 않았다. 내가 흥분하며 좋아했던 이유는 나의 영어가 미국 사람한테 통했기 때문이다. 나는 그때의 흥분과 기쁨을 오래 간직하며 늘 영어를 배울 곳을 찾아 기웃거리곤 했다. 나는 여의도를 감돌아 나가는 샛강에서 어린 시절을 보냈다. 여름이면 남자아이들과 함께 반 발가숭이로 온몸이 새까맣게 그을리도록 물장난을 즐기고, 겨울이면 꽁꽁 언 샛강에서 친구들과 스케이트를 타며 놀았다. 샛강은 더할 나위 없이 좋은 나의 친구이자 보금자리였다. 그 정겨운 샛강과 아쉽게 헤어진 것은 더 이상 남자아이들과 어울려 수영할 수 없다는 사실을 알게 된 초등학교 1학년 때였다.

어리숙한 모범생

초등학교에 입학한 지 얼마 되지 않아 나에게 뜻하지 않은 사고가 생겼다. 부엌 문짝 위에 있는 난간에서 촛불로 장난을 하다가 미끄러져 아궁이 바닥으로 떨어지고 만 것이다. 이미 퉁퉁 부어오른 나의 오른팔을 진찰하던 의사는 뼈가 부러졌다고 말했다. 나는 어쩔 수 없이 부러진 뼈가 붙을 때까지 깁스를 한 후 한 달 동안이나 학교를 쉬어야 했다.

한 달 후에 다시 등교해 보니 수업 진도는 저만치 앞서가 있었다. 뒤늦게 공부를 쫓아가려니 나로서는 매우 힘이 들었다. 아무도 내게 밀린 진도를 어떻게 따라가야 하는지 가르쳐 주지 않았기 때문이다. 나는 갑자기 바보가 되어 버린 기분으로 우울한 1학년을 보내야 했다. 2학년으로 올라가면서 열심히 노력하여 겨우 다른 아이들을 따라잡을 수 있었다. 지루한 1년 동안의 시간이 나에게 가르쳐 준 것은 최선을 다해 노력해야 한다는 것이었다. 그 덕분에 나는 선생님 말씀이라면 누구보다도 잘 듣는 어리숙한 2학년 학생이 되었다. 선생님의 한마디는 나에게는 곧 법이었고, 교과서에 나오는 작은 단어 하나조차도 나에게는 세상에서 유일한 진리였다. 그렇게 하다 보니 나는 어느새 선생님들의 사랑을 독차지하는 모범생이 되어 있었다. 밤을 새우더라도 숙제는 꼭 해야 하는 것으로 믿었고, 선생님의 말씀이라면 기침 소리 하나조차도 놓치지 않을 만큼 집중해서 들은 것뿐이었는데 성적은 언제나 일등이었다. 나로서도 놀라운 일이었다.

가끔 급한 일이 생겨 외출할 때면 선생님은 내게 아이들의 자습지도를 맡길 정도로 나를 믿어 주셨다. 외출에서 돌아온 선생님이 교실 문을 열었을 때, 선생님이 계실 때보다 더 조용하게 공부를 하고 있는 아이들의 모습을 보며 선생님은 깜짝 놀라시곤 했다. 하지만 내가 한 일이라곤 떠드는 아이들의 이름을 적는 척하며 작은 종이에 낙서를 한 게 전부였다. 평범한 우리 집안에서 유별난 돌연변이 아이였던 나는 유난히 큰 눈 때문에 '왕눈이'라는 별명을 가지고 있었다. 그 별명이 듣기 싫어서 한동안 눈을 가늘게 뜨고 다닐 만큼 순진하고 맹한 구석도 있는 아이였다. 그래도 무슨 일이든 주어지면 최선을 다하는 습성만큼은 오랫동안 바뀌지 않았다.

천작쟁이 여학생

초등학교를 졸업하고 미션스쿨인 정신여자중학교에 입학하면서 나는 처음으로 하나님을 알게 되었다. 지금까지 알지 못했던 새로운 세계를 경험하게 되면서 신앙은 내 삶의 중요한 부분이 되었다. 무슨 일이든 한번 시작하면 최선을 다하는 나에게 교회 일이라고 예외일 수는 없었다. 토요일이면 교회로 달려가 청소하는 것을 특별한 일과로 삼았다.

일요일 아침이 되면 혹시 교회에 안 나올까 염려되는 친구들의 집을 일일이 찾아다니는 것이 나의 또 다른 임무였다. 유난히 추웠던 그 시절, 교복 코트 하나에 의지해 황소바람이 휩쓸고 지나가는 겨울 벌판을 지나 먼 곳까지 걷다 보면 발은 꽁꽁 얼고 턱은 덜덜 떨릴 정도로 추위가 온몸을 파고들었지만, 손에 들린 성경책 말씀을 생각하며 추위를 이겨낼 수 있었다. 친구의 집 앞에 도착해서 시린 손을 호호 불고, 발을 동동 굴러 가며 행동이 굼뜬 친구가 준비를 마치고 나올 때까지 집 밖에서 기다리곤 했다. 결국 예배를 마치고 집으로 돌아와 피곤에 지쳐 코피를 쏟는 나를 보며 어머니는 안쓰러워하셨고, 언니와 동생은 '천좍쟁이'라며 놀리기도 했다. 그런 나를 하나님이 예쁘게 보셨는지 내가 다니던 교회 학생회는 크게 부흥해서 늘 많은 학생으로 넘쳐났다.

새벽 첫 전차를 타고

그 당시 정신여중은 종로 4가의 연지동에 있었고, 우리 집은 영등포 신길동에 있었으므로 나는 항상 전차를 이용했다. 새벽 첫 전차를 놓치지 않기 위해 습관처럼 새벽별을 바라보며 문을 나섰다.

"어이, 오늘도 학생이 첫 손님이구먼. 학생은 잠도 없는 모양이야. 밥은 제대로 먹고 다니는 거야?"

"예. 엄마가 차려 주셔서 먹었어요."

"학생 엄마도 고생이 많겠구먼. 허허."

매일 같은 시간에 한산한 새벽 전차를 타다 보니 어느새 전차 운전사 아저씨와는 친한 말동무가 되었다. 상쾌한 새벽을 깨우며 아직도 정적에 묻혀 있는 시내를 달리다 보면 눈에 가득 묻은 새벽잠을 떨치고 일어나야 했던 고단함 따위는 말끔히 씻긴 채 또렷한 정신이 되살아났다. 그래서인지 희미한 전차 불빛 아래서 외운 영어 문장들은 머릿속에 쏙쏙 잘 기억되었다.

학교에 도착하면 이른 새벽이라 수위 아저씨를 깨워 교문을 열어야 했다. 그리고 교실에 들어서자마자 창문을 활짝 열어놓고 강당 2층에 있는 겟세마네 기도실로 가서 아침 기도를 드리는 것으로 나의 하루는 시작됐다. 조용히 꿇어앉아 기도하는 시간은 하나님과 나를 연결하는 다리와도 같은 역할을 했기에 나에게는 매우 소중한 시간이었다. 그 시간은 나의 꿈을 주님 앞에 내놓고 소원하는 시간이었다. 그 당시 다져진 내 기도의 간절함이 수십 년의 세월이 지난 지금까지도 나의 삶에 응답의 고리처럼 연결되어 나타나는 것을 느낀다. 하나님께서는 어린 나의 기도를 결코 외면하지 않으신 것이다. 나는 늘 이 국가와 민족을 위해 나를 사용하시라고 기도했다. 어린 나이에 누가 시키지도 않은 내용이었는데.

드디어 하늘을 날다

정신여중을 졸업하고 고등학교에 입학하면서 나는 분명하고 확실한 꿈을 갖게 되었다. 어느 날 신문에서 스튜어디스라는 직업에 대

정신여고 시절

세계를 여행하며 다른 세상을 보고 배우는 것, 그것은 내가 언제부턴가 꿈꾸어 오던 자유와 독립을 실현할 새로운 출구이기도 했다.

한 기사를 읽게 된 이후부터 갖게 된 꿈이었다. 그 기사에서는 스튜어디스를 '하늘을 나는 외교관'으로 표현하고 있었는데, 경험해 보지 못한 세계를 보는 것처럼 충격적이면서도 신선한 직업으로 느껴졌다. 나는 그 꿈을 이루기 위해 더욱 열심히 공부했고, 날마다 기도했다.

'하나님. 저 스튜어디스가 되고 싶어요. 세계를 여행하면서 하늘을 나는 외교관으로 살고 싶어요. 제 꿈이 꼭 이뤄지도록 도와주세요.'

세계를 여행하며 다른 세상을 보고 배우는 것, 그것은 내가 언제부턴가 꿈꾸어 오던 자유와 독립을 실현할 새로운 출구이기도 했다.

지금은 누구나 자유롭게 비행기를 타고 여러 나라를 여행할 수 있지만, 그 당시만 해도 비행기로 세계를 여행한다는 것은 일부 특권층에게나 가능한 일이었고 여권을 무슨 보물처럼 여기던 시절이었다. 어렸을 때 책 맨 뒷장에 수록된 세계지도를 볼 때마다 다른 나라에는 어떤 사람들이 살고 있을까 늘 궁금했던 나에게 스튜어디스는 내 꿈을 이룰 수 있는 희망의 통로와도 같았다. 게다가 일을 하면서 마음껏 세계를 누비며 즐길 수 있으니 얼마나 매력적인 직업인가. 1970년대만 해도 스튜어디스는 흔한 직업이 아니었다. 비행기 자체가 희귀했으니, 비행기를 타는 승무원은 더 말할 나위가 없었다. 그래서인지 스튜어디스는 그 당시 여성들이 최고로 선망하는 직업으로 떠올랐다.

나는 연세대학교 영문학과에 입학하면서 드디어 대학생 배지를 달게 되었다. 영문학은 나의 전공과목이자 세계로 향하는 내 꿈의 플랫폼이기도 했다. 나는 상과대학 학생들과 그룹을 만들어 AFKNAmerican Forces Korea Network, 주한미군방송과 판문점 정전停戰위원회를 찾아다니며 서양의 언어와 문화를 익히기 위해 노력했다. 지성이면 감천이라고, 최선을 다해 노력한 덕분에 드디어 그렇게도 원하던 나의 꿈을 이루게 되었다. 캐세이퍼시픽CPA의 스튜어디스 시험에 합격한 것이다. 홍콩에 본사를 둔 CPA 항공사는 영국의 스와이어그룹Swire Group에 속하는 회사로 그 당시 동남아 노선에 취항하는 유명한 항공사였다. 그 회사에서 홍콩과 일본을 비롯한 동남아 각국에서 스튜어디스를 채용했다. 그 당시 우리나라에서는 7백여 명이 서류심사를 지원했는데, 그중에 최종 필기시험과 인터뷰 심사를 통과한 사람은 겨우 네 명뿐이었다. 나는 그중에서도 최고 성적으로 뽑히는 영광을 차지했다. 구름 사이로 날아가는 비행기를 볼 때마다 끝없이 날고 싶다는 욕망으로 피어오르던 내 꿈이 드디어 넓은 창공을 향해 비상하면서 마음껏 날개를 펼칠 수 있게 된 순간이었다.

낯선 홍콩의 밤

합격 통지를 받고 두 달 후, 나는 홍콩에서 연수를 받기 위해 출국 비행기에 몸을 실었다. 아열대 항구도시인 홍콩에 짐을 풀고 나서부터 나의 기대는 조금씩 무너져 내리기 시작했다. 한국을 떠나고 나서야 어머니, 그리고 가족과 헤어진다는 것이 어떤 것인지 뼈저리게 절감하게 된 것이다. 나는 이국땅에서의 낯선 밤들을 그리움으로 적시며 힘겹게 견뎌내야 했다. 스튜어디스 연수 과정의 일과를 마치고 숙소로 돌아오면 서울로 돌아가고 싶은 유혹과 망설임 때문에 늘 전화기 앞에서 서성거릴 정도로 나는 홍콩에 마음을 붙이지 못했다.

그렇게 외로움과 씨름하며 두 달간의 연수를 마친 후 최종 시험에 합격한 나는 감격스럽고 떨리는 마음으로 첫 비행근무를 시작했다. 그런데 나의 첫 비행은 그때까지 내가 갖고 있던 스튜어디스에 대한 화려한 기대를 여지없이 산산조각 내버리고 말았다. 스튜어디스의 실제 업무는 내가 꿈꿨던 것처럼 하늘을 나는 외교관의 일이 아니었다. 얌전하게 손님들의 불평을 미소로 들어 줘야 했고, 잔심부름을 하느라 잠시도 쉴 틈이 없는 고된 노역이었다. 실망스러워하는 내게

—
홍콩에서 모델로 활동하던 시절

선배 한 사람이 다가와 어깨를 토닥여 주며 말했다. "누구나 다 첫 비행에선 똑같은 실망에 빠지게 돼. 나도 그랬거든. 한 석 달쯤 지나면 자리가 잡히면서 마음도 안정되더라. 조금만 더 참아봐."

그 선배의 말대로 수습기간이 지나자 조금씩 일에 익숙해지면서 첫 비행에서 느꼈던 실망감도 차츰 사라졌다. 대신 일을 통해 얻게 되는 새로운 경험과 기회를 내 삶의 디딤돌로 삼아야겠다는 다짐이 그 자리를 대신했다. 많은 나라의 문화를 직접 체험하고 배우는 시간을 통해 나의 인생관과 세계관을 넓히고 성숙시키는 기회로 삼아야겠다는 결심은 내 삶의 방향을 넓은 세계로 발돋움하게 해 주었다.

항공기와 조국

승무원들은 모두 가슴에 자국의 국기를 달고 근무했는데 나도 역시 태극기를 달고 근무했다. 나는 태극기를 가슴에 단 내 모습을 보며 내가 한국 사람임이 자랑스러웠다. 그러나 나의 이국적인 외모 때문인지 사람들은 나의 가슴에서 빛나는 태극 마크와 나의 얼굴을 잘 연결 짓지 못하는 눈치였다.

"정말 한국 사람 맞아요?"

"그럼요. 진짜 한국 사람이에요."

가슴에 단 태극 마크 때문에 나는 승객들에게 더욱 친절하려고 노력했고, 적어도 비행기 안에서만큼은 우리나라를 대표하고 있다는 자부심을 느꼈다. 어느 정도 경력이 쌓이면서 나는 일등석을 담당하게 되었다. 그 덕분에 비행기 안에서 세계의 주요 인사들도 많이 만날 수 있었다. 각국의 유명한 정치인, 외교관, 사업가 같은 사람들이 모두 나의 소중한 고객이었다. 그들 가운데 비행기를 자주 타는 사람들은 얼굴이 익어서 나중에는 친구처럼 가까워지기도 했다.

외국에 나가면 애국자가 되지 않는 사람이 없다고 했던가. 베트남에 있던 탄손누트 공항에서의 체험은 오랫동안 나에게 조국의 중요성을 절감하게 하였다. 베트남 전쟁이 끝날 무렵, 우리 항공기는 마지막 피난민들을 실어오기 위해 새벽과 밤을 가리지 않고 하루에도 몇 차례씩 탄손누트 공항을 운항했다. 비행기 바로 밑에서는 굉음을 울리며 포탄이 터지고 있었기 때문에 승무원들은 생명의 위협을 느끼며 비행해야만 했다. 하지만 한 생명이라도 더 건져야 한다는 책임감이, 이러다가 여기서 죽는 게 아닌가 하는 공포로 떨리는 우리의 마음을 차분히 붙잡아 주었다.

눈물의 탄손누트 공항

전쟁으로 아수라장이 되어 버린 탄손누트 공항은 전에 내가 매우 좋아하던 비행 코스였다. 홍콩의 카이탁 공항으로부터 2시간 20분 정도의 거리라 비행시간도 적당하고 무엇보다 공항에서 먹는 월남 국수 맛이 일품이었다. 그런 추억이 담겨 있는 탄손누트 공항이 전쟁으로 비참한 고통의 현장이 되어 버린 것이다. 어떻게 해서든 비행기를 타려고 몸부림치는 피난민들의 모습은 차마 눈 뜨고 볼 수 없는 가슴 아픈 광경이었다. 막 비행기에 오르려다 법무국 관리들에게 끌려가는 사람들의 울부짖음 소리, 부모를 잃고 헤매는 아이들의 울음소리와 가족을 찾는 사람들의 외침이 지축을 흔드는 폭격 소리와 섞여 마치 아비규환의 생지옥을 연상시켰다. 나는 그때 전쟁은 인간이 서로에게 저지를 수 있는 가장 잔인한 비극이라고 느꼈다.

한번은 베트남의 고유 의상인 흰 저고리에 검정 아오자이 바지를 입은 한 미국 여인이 다섯 명의 베트남 아이들을 데리고 마지막 비행기에 올랐다. 베트남 아이들은 그녀의 양자들인 것 같았다. 그녀는 고아가 된 아이들을 하나라도 더 구출하려는 듯 두 아이는 띠로 묶어 등에 업고, 한 아이는 가슴에 안고, 또 다른 아이 둘은 끈으로 연결한 채 비행기에 올랐다. 그녀의 뺨 위로 쉴 새 없이 눈물이 흐르고 있었다. 미처 구하지 못한 채 두고 온 다른 아이들 때문에 흘리는 눈물인 것 같았다. 그녀의 가녀린 몸 어디에서 그런 위대한 사랑의 힘이 나오는 것인지 놀라웠다. 한 미국 여인의 감동 어린 모습에 나를 비롯한 모든 승무원의 눈시울도 뜨거워졌다. 나는 비행기 한구석에 서서 끊임없이 흘러나오는 눈물을 애써 훔쳐야만 했다. 조국의 소중함과 인간의 생명을 사랑하는 가슴 벅찬 감동을 느끼게 해 준 탄손누트 공항은 오랫동안 내 기억 속에서 잊히지 않았다.

하얏트 호텔

홍콩에서의 생활이 안정되어 갈수록 삶이 무의미하게 느껴지기 시작했다. 편안하고 안락한 환경에 안주해서 살다 보니 새로운 삶에 대한 본능적인 열망이 꿈틀거리기 시작했다. 갑자기 홍콩이 낯설게 느껴지고 따뜻한 가족의 품이 그리웠다. 그로부터 얼마 후, 드디어 나에게 인생의 전환점이 찾아왔다. 서울 하얏트 호텔 측으로부터 호텔 판촉 일을 맡아 달라는 스카우트 제안을 받은 것이다. 나를 초청한 호텔의 경영진은 전부터 홍콩에서 잘 알던 분들이었고, 스카우트 조건도 파격적일 만큼 좋았다. 그리고 무엇보다 나의 관심을 끈 것은 사랑하는 가족 품에서 살 수 있다는 점이었다. 내게는 오랜 외국 생활을 정리하고 고국으로 돌아갈 수 있다는 것이 가슴 설렐 정도로 기쁜 일이었다. 하얏트 호텔의 창립 멤버로서 호텔 판촉이라는 또 다른 세계에 뛰어들게 되면서 나의 열정에 다시금 불이 붙었다. 외국 마케팅부를 맡은 나는 각 나라의 외교관, 국내외 기업들이 주최하는 여러 국제 행사를 하얏트 호텔에 유치하는 업무를 맡았다. 매사에 적극적이고 사교적인 나의 성격과 잘 맞는 직업이었다. 나는 호텔이 개관하기 전부터 뒤쪽 계단을 오르내리며 출근했다.

초창기에 내게 마치 대부와도 같은 은인이 한 분 계셨다. 그는 주한 필리핀 대사였던 티로나 씨였다. 12년간 한국에 있으면서 주한 외교사절 단장을 맡았던 그는 외교관 사회에서는 지도자의 위치에 있었다. 외무부에 계시던 모 대사의 소개로 알게 된 그는 나를 극진히 대우하였고, 적극적으로 내 일을 도와주었다. 그는 나를 위해 주한 외국 대사들에게 일일이 방문 약속까지 잡아 줄 정도로, 그의 표현대로 나의 '의전 비서' 역할을 충실하게 해 주었다. 그의 성원 덕분에 나는 쉽게 주한 외교관 모임에 데뷔하게 되었고, 외국 대사들의 모임에 초대되는 유일한 한국 여성이 될 수 있었다. 사람들은 내게 내가 타고 다니는 차에 언제 국기를 달고 다닐 거냐며 우스갯소리를 하기도 했는데, 그 덕분에 내 별명은 언제부턴가 '앰배서더 서'가 되었다. 일의 특성상 많은 유명인사와 친분을 맺으며 삶의 지평을 넓히다 보니 나는 많은 행사장을 누비며 어느새 정치, 경제, 종교, 예술 등 다방면에서 소위 마당발로 불리게 되었다.

국제 행사를 치르고

나는 많은 국제 행사를 주최하는 일에 관여했다. 정열은 나의 타고난 성품인 듯싶었다. 미스유니버스 대회 등 흥미로운 국제 행사들도 많았지만, 매년 겨울에 용평스키장에서 열린 외국인 스키페스티벌은 특별히 기억에 남을 정도로 가장 신나고 즐거웠던 행사였다. 모 재벌그룹이 주관한 그 행사에서 나는 실제로 외국인들을 함께 묶는 중추적인 역할을 맡았다. 준비 위원회는 주관 측, 외국인 대사, 외국인 은행장, 기업인들로 구성했다. 우리는 자주 하얏트 호텔에서 만나 상세히 의논했다.

공교롭게도 그 행사의 주최 위원들을 늘 내가 선정하게 됐는데, 외국 대사들과 은행장, 기업 지점장들은 그 위원회의 멤버로 뽑히기 위해 치열한 경쟁을 벌였다. 한번은 내가 스키 위원회 일로 모 대사관 대사실에 전화를 했는데, 비서가 바로 연결해 주지 않은 일이 있었다. 뒤늦게 그 사실을 알게 된 대사는 비서에게 노발대발하며 화를 냈다. 아쉽게도 스키 위원회 위원장직이 그 사이 다른 대사에게로 넘어갔기 때문이었다.

행사 날이 되면 수백 명이 넘는 외국 외교관들과 기업인들이 용평으로 대이동했다. 용평스키장은 수많은 인파로 인해 하얀 눈의 왕국이자 거대한 축제장이 되었다. 나는 저녁행사에서 사회를 맡아 행사를 진행하고 낮에는 스키도 즐기며 나에게 허락된 모든 순간의 즐거움을 만끽하였다. 나는 하얀 눈의 왕국에서 신데렐라가 된 기분이었다. 그 행사는 매년 많은 외국인이 참석하는 최고의 겨울 축제 행사로 자리매김하였고, 모든 참석자가 설레는 마음으로 다음 해를 기대하는 성공적인 이벤트가 되었다. 눈 속에서의 축제는 늘 내 마음에 가슴 설레고 아름다웠던 추억으로 자리 잡고 있다.

세계의 명사들

쉐라톤 워커힐 호텔의 카지노 개장기념으로 세계 주요 인사들을 초청할 때 나는 직접 파리로 날아가 초청 인사를 섭외하기도 했다. 피에르 가르뎅을 비롯해 수카르노 데위 부인, 또 스페인의 왕족들이 주요 초청 인사였다. 그들은 행사를 끝내고 돌아갈 때 나의 노력에 깊은 감명을 표하며 한국 방문을 아름답게 기억하고, 한국에 대해 좋은 인상을 받고 돌아가게 되었다고 말해 주었다.

제각기 타고난 모습대로 열심히 세상을 살아가는 사람들. 자신의 분야에서 확고한 명성을 얻은 이들은 모두 그만한 실력과 뚜렷한 인생관을 가지고 있었다. 파리의 유명한 요리사인 부케 씨도 오랫동안 기억에 남는 사람 중 한 사람이었다. 그는 레스토랑을 경영하면서 세계의 유명한 연회에 빠지지 않고 초청되는 인물이었다. 그는 내게 '요리는 자신의 예술'이라고 말했다. 그는 내가 알고 있는 많은 사람 중 자신의 직업을 가장 행복하게 즐길 줄 아는 사람이었다.

남들이 보는 내 삶은 화려했지만, 내면에는 어쩔 수 없는 고독과 허전함이 자리 잡고 있었다. 나의 꿈을 향해 높이 올라갈수록 그곳에는 명예와 권력에 대한 욕망이 얼마나 부질없고 헛된 것인가 하는 깨달음이 있을 뿐이었다. 화려한 파티를 치른 날 저녁은 더더욱 짙은 허무함에 빠져 일이 끝나는 대로 서둘러 파티장을 빠져나오곤 했다. 이브닝드레스를 걸치고 집으로 돌아가는 차 안에서 바라보는 한강의 밤 풍경은 내 마음을 비추듯 고즈넉하게 흘러 지나가고 있었다.

굿바이, 신데렐라

나는 서울의 하얏트 호텔에서 근무하는 동안 홍콩에서 살던 시절처럼 다시 매스컴을 타기 시작했다. TV, 방송, 월간지 등에서 나를 성공한 커리어 우먼으로, 자신 있게 사는 여성의 상징으로 다루기 시작했다. 나는 여대생들을 포함한 각 계층의 사람들로부터 팬레터를 받으며 사랑과 선망의 대상이 되었다. 누군가 내게 한 사람의 연인이 되기보다 만인의 연인이 되어 살라고 말해 주었다. 내 편에서 쉽게 해석하자면 실속 없는 외로운 삶을 살라는 뜻으로 들렸다.

소위 말하는 신데렐라의 삶과 인기의 가도를 달리던 화려한 나날은 나의 삶에서 영원히 지속되지 않았다. 어느 날 나로서는 도저히 이해할 수 없는 하찮은 사건이 계기가 되어 8년이라는 긴 세월을 내 집같이 여기며 일했던 직장을 떠나게 되었다. 나는 갑작스럽게 몰아치는 현실의 바람 앞에서 큰 충격을 받았다. 대체 나에게 왜 이런 일이 생기는지, 하나님의 뜻이 무엇인지 알 길이 없었다. 나는 그 답을 구하기 위해 사흘간 금식기도를 시작했고, 기도하는 중 나의 마음속에 들리는 음성이 있었다.

'공중에 나는 새도 하나님의 허락하심이 없이는 떨어지지 않는다.'

나는 그제야 깨닫게 되었다. 하나님이 역사하실 때에는 그 어떤 인간의 힘도 도움이 되지 않는다는 것을. 그런 때는 하나님 말씀에 귀 기울이며 순종하는 것이 최선이었다.

나는 회사에 대한 모든 서운함과 억울함을 내려놓은 채 새로운 길을 찾기 위해 기나긴 기도의 시간으로 들어갔다. 세상과 등진 채 삼각산 봉우리에서 추우나 더우나 밤낮으로 기도에 몰두하며 지냈다. 볼을 에는 추위에 나의 눈물이 목도리에 얼어붙기까지 했다. 높은 산에 올라 바위를 부여잡고 심장이 터질듯 기도하기도 했고, 나뭇가지를 붙잡고 하나님의 뜻을 조용히 들어 보기도 했다. 시간이 지나면서 내게 상처를 주었던 세상은 간 곳이 없고 하나님의 임재만이 충만했다. 그리고 하나님은 나를 새로운 세상으로 인도해 주셨다. 나를 높은 곳에서 낮은 곳으로 내려놓으신 후, 더 크고 어려운 도전이 기다리는 곳으로 인도해 주신 것이다.

워싱턴으로

1987년 여름, 나는 워싱턴에 살던 친구로부터 미 의회에서 함께 로비 일을 하지 않겠느냐고 제안받게 되었다. 로비스트였던 그녀는 미국에서 많은 인맥과 경력을 갖고 있었으므로 한국에서 다양한 인맥을 가진 나와 힘을 합한다면 우리가 가히 세계 정상급이 될 수 있으리라고 생각했다. 결국 나는 그녀와 함께 로비스트로 일하기 위해 워싱턴행을 결심했다. 한남동에 있는 UN빌리지, 한강의 아름다운 경치를 즐기고 살았던 나의 아담한 보금자리도 세놓고, 타고 다니던 차 등 주변 상황을 미련 없이 정리하고 절차를 마친 후 떠날 날만 기다리고 있었다.

그런데 뜻하지 않은 상황이 벌어졌다. 함께 일하기로 약속한 친구와 소소한 일로 사이가 벌어져 결국 예기치 않게 결별하게 된 것이다. 또다시 나에게 막막한 상황이 찾아왔다. 하지만 나의 가슴에 들리는 너무나 강한 소리를 막을 수 없었다. '너는 네 땅의 친척과 아비의 집을 떠나 내가 지시하는 곳으로 가라. 내가 너를 창대하게 하고 복을 주리라.' 나는 이 말씀 하나에 의지해 아무런 두려움 없이 서울을 떠나 아무도 기다려 주지 않는 워싱턴으로 향했다. 나는 비행기 안에서 간절히 기도했다. '당신의 손에 모든 것을 맡깁니다.'

나는 낙하산 하나에 몸을 맡기고 황량한 사막에 몸을 던지는 특공대원처럼 생경한 도시 워싱턴에 발을 딛고 짐을 풀었다. 막막한 외로움이 엄습했다. 아무도 아는 이 없는 이곳에서 무엇을 할 것인가. 그동안 한국에서 쌓아 온 인맥과 경력으로 세계적인 로비스트가 되려던 꿈은 어쩔 수 없이 포기해야 했고 결국 내가 의지할 이는 하나님 한 분밖에 없었다. 암담하고 두려웠다. 하지만 그분의 소리에 귀 기울이고 매사에 순종하기로 한 나의 결심 하나만을 믿고 새로운 길을 찾아 첫발을 내디뎠다.

뒤늦은 공부

지인의 소개로 워싱턴을 떠나는 어느 전도사님의 아파트를 물려받아 그곳을 숙소로 정했다. 워싱턴 시내와 메릴랜드 주의 경계를 이루는 그린벨트Greenbelt 시에 있는 자그마한 호숫가의 조용한 아파트였다. 어설프게 시작된 미국생활이었다. 나는 새벽예배와 기도에 모든 것을 맡기고 막막한 하루하루를 하나님의 인도하심에 따르기로 했다. 그러던 어느 순간, 신학을 공부하자는 생각이 불현듯 내 마음속에 떠올랐다. 하나님을 영접한 후부터 신학을 공부하고 싶다는 어떤 열망이 내 안에 잠재되어 있었지만 젊은 날엔 하고 싶은 일이 너무나 많았고, 전에는 내 인생을 온통 포기하고 바칠 만큼 신학 공부에 인생을 내던질 각오가 서지 않았었다.

그러나 이제는 소위 세상의 화려함이나 출세라는 것에는 관심이 없었다. 하나님을 위해 나머지 삶을 바치고 싶었다. 나의 삶에서 목표는 곧 실행으로 이어졌다. 당시 워싱턴의 지구촌 교회에서 목회하시던 이 목사님을 통해 워싱턴 바이블 대학Washington Bible College을 소개받았다. 그곳은 신학을 공부하기에 전통 있고 신실한 학교로 알려졌다며 적극적으로 추천해 주셨다. 특히 훌륭한 한국인 교수 한 분이 강의하시고 있다는 점도 맘에 들었다. 그분은 훗날 분당의 할렐루야 교회에서 목회하셨던 김상복 목사님이다.

그런데 한편으로 걱정이 생기기 시작했다. 내 나이는 공부를 시작하기에는 너무 늦은 나이가 아닌가. 어린 시절에는 열심히 노력만 하면 좋은 성적을 낼 수 있었지만, 이미 머리가 굳어질 대로 굳어진 중년의 나이에 다시 공부를 시작한다는 것이 걱정을 넘어서 두렵기까지 했다. 결국 나는 고민 끝에 입학생 모집기간을 두서너 주일이나 넘기고서야 학교를 찾아가게 되었다. 만약 입학이 되지 않는다면 다른 길을 찾아보다가 정 안 되면 다시 서울로 돌아갈 생각도 마음 한편에 슬쩍 끼워둔 채였다. 하나님의 힘에 이끌려 학교까지 왔지만, 내 안에 있는 또 다른 나약한 나는 은근히 입학하지 못하기를 바라고 있는 듯했다. 하지만 입학에 관한 인터뷰를 맡은 미국인 교수가 나의 영어를 테스트하더니 토플 점수를 요구하지도 않고 그 자리에서 등록시켜 버렸다. 결국, 나는 늦깎이 대학생이 되었다. 그 후 모든 사람이 걱정했던 방문 비자가 수월하게 학생 비자로 바뀌는 경험을 하면서 나는 하나님의 예비하심을 또 한 번 확인할 수 있었다.

입학하고 몇 개월이 지나서, 나는 총장의 특별한 배려로 교내 아파트로 이사했다. 넓은 캠퍼스는 온통 나를 위해 준비된 넓은 저택이 되었다. 안전하고 편안한 분위기에 더할 나위 없이 기뻤다. 체육관과 도서관은 훌륭한 나의 체력단련장이자 공부방이었고, 학교 교정의 넓은 잔디밭과 운동장은 나의 아름다운 정원이었다. 나는 시간이 날 때마다 조용한 산책길을 걸으며 엄청난 부자가 된 듯이 마음의 여유를 누렸다. 학교를 내 집처럼 사용하다 보니 학교의 교직원들은 가족처럼 친근하게 느껴졌고, 그들도 나를 친절하게 대해 주었

—
워싱턴 바이블 신학대학 졸업식
은인이셨던 김상복 교수님과 해리 플레쳐 총장님과 함께

다. 어느새 학교는 나의 아늑한 보금자리가 되었다.

너무 변한 앰배서더 서

나는 신학 공부를 하면서 매년 여름방학이면 서울에 다녀왔다. 주위 사람들은 어느 날 갑자기 신학생이 되어 나타난 나를 보며 모두 믿기지 않는다는 듯한 표정으로 놀라워했다. 하얏트 호텔에서 초창기부터 꽃집을 하던 L씨가 나를 보자 크게 반가워했다. 많은 팬이 아직도 서 부장을 기다리고 있다며 어서 돌아오라고 했다. 모두 내가 일

년 안에 다시 서울로 귀국할 줄로 생각했던 모양이었다.

어느 날 거리에서 우연히 하얏트 판촉부장 시절에 직원으로 있던 사람을 만나게 되었다. 시간을 아끼기 위해 서울에 있는 동안 미국 학교에서 공부해야 할 그리스어를 미리 공부해 두기로 마음먹고 여의도 쪽으로 그리스어 수업을 받으러 가던 중이었다. 그를 만난 곳은 공교롭게도 오지 않는 버스를 목 빠지게 기다리고 서 있던 한남동의 버스정류장이었다. 하얏트 시절만 해도 기사를 둔 자가용을 타고 다니며 앰배서더 서로 불리던 내가 평범한 옷차림에 버스를 기다리고 있는 모습이 그를 적지 않게 당황하게 한 모양이었다. 나 역시 그전에는 버스 토큰이 어떻게 생겼는지도 모르고 살았었다.

"부장님! 이게 어쩐 일이세요? 혹시 차 필요하시면 말씀하세요. 제 차라도 빌려드릴게요."

"아니에요. 괜찮아요."

그의 놀란 시선조차 먼 이야기처럼 아득하게 느껴졌기에 나는 그를 향해 편안한 미소를 지어 보일 수 있었다.

어떤 이들은 뒤늦게 신학은 무슨 신학이냐며 다시 생각해 보라고 설득하다가, 서울에 나와서 같이 사업을 해보는 게 어떻겠냐며 은근히 제안해오기도 했다. 그러나 나는 늘 의연하게 발길을 돌려 다시 워싱턴으로 향했다. 그리고 떠나는 비행기 안에서 비로소 눈물이 고인 내 눈을 보았다. 어떤 때는 경유지인 알래스카 공항에서 비 내리는 창가를 바라보며 마구 눈물을 흘린 적도 있었다. 나는 약해지려는 마음을 추스르기 위해 좋아하는 '나의 기도'를 읊조렸다. 'He must increase and I must decrease.(그는 흥하여야 하고 나는 쇠하여야 한다.)' 나의 길을 가기 위해서 매일 매일 낮아지고 작아지는 훈련을 해야 했다.

언제나 최선을 다하라

늦깎이로 시작한 학업이라 젊은 학생들을 쫓아가기 위해선 오로지 공부에만 전념해야 했다. 뒤늦게 하는 공부라 머리도 굳고 체력도 달려서 여간 걱정되는 것이 아니었다. 영어는 오랜 경력 덕분에 그런대로 따라갈 수 있었지만, 신학은 성경에 관한 공부이기 때문에 성경을 영어로 공부한 적이 없었던 나로서는 어려움이 있었다. 처음에는 매일 드리는 예배시간에 영어 성경으로 창세기며 마태복음이며 바로 찾을 수 없어서 옆에 앉은 미국 학생들에게 기웃거려야 했다. 나는 부엌의 싱크대 위에 성경 용어들을 붙여 놓고는 설거지를 하면서 외웠다. 미국 학생들이 두 시간 공부하면 나는 여섯, 일곱 시간을 공부했다. 그렇게 남들보다 몇 배로 열심히 노력한 덕분에 첫 학기 과목에서 A+ 학점을 받을 수 있었다. 물론 김 목사님의 특별한 사랑과 도움이 있었기에 가능한 일이었다. 그렇게 학업이 나의 노력을 보상해 주자 공부에 자신감이 붙기 시작했다. '하면 된다!' 어느새 나는 어린 시절의 당당한 모범생으로 돌아가 있었다. 처음에는 내가 미국 학생들의 필기 노트를 빌렸지만, 언제부터인가 거꾸로 미국 학생들이 내게 노트를 빌려 달라고 하고 시험공부도 함께하자고 부탁해 왔다.

천재는 1%의 영감과 99%의 노력으로 이루어진다는 말은 참으로 진리이다. 괴테의 말처럼 80세가 되어서도 소녀의 마음을 가지고 살고 싶다. 나는 사람들에게 나의 나이를 밝히는 것을 별로 좋아하지 않는다. 특히 한국에서는 여자의 나이를 물어보는 것이 상례이고 기자들에게는 인터뷰 절차의 첫 번째 질문이었다. 하지만 미국에서 여자들에게 나이를 묻는 것은 아주 실례이다. 그런 점에서 나는 미국식이 마음에 든다. 나는 언제까지나 만년소녀로 살고 싶기에. 착각이어도 괜찮다. 밥은 먹을수록 살이 찌고, 돈은 쓸수록 빚이 나고, 나이는 먹을수록 서글퍼진다지만, 나는 젊게 살려고 노력한다.

'인생의 마지막 5분.' 1849년 12월, 사형수였던 도스토옙스키가 러시아 세모노프 광장의 사형장에서 28세의 젊은 나이에 반체제 혐의로 사형이 집행되기 전 마지막 5분의 장면이다. 그가 느꼈던 절망의 숨 가쁜 5분. 그는 그 5분 동안 절규하고 있었다. 5분, 4분… 그리고 마지막 1분까지 그는 몸부림치며 무엇을 할 수 있을까 아쉬워했다. "아, 이 매서운 칼바람도, 냉기도 더 이상 느낄 수도, 만질 수도 없겠구나. 모든 것이 아쉽고 아쉬우며 처음 느끼는 세상의 소중함. 살고 싶다. 조금이라도 더."

그는 총살 집행의 마지막 순간 황제가 보낸 사면의 전갈로 아슬아슬하게 살아남아서 유배지에 보내진다. 유배 생활 동안 4kg의 족쇄를 달고, 머릿속으로 책을 썼다. 유배 생활이 끝난 후, 그는 '인생은

5분의 연속'이라고 외치며 1881년도에 그 유명한 『죄와 벌』, 『카라마조프의 형제들』을 썼다.

내게 그 정도의 절박감은 없더라도 내 인생의 매 1분은 언제나 귀하고 중요하다. 그저 앉아서 불평이나 하며 부정적이고 허망한 하루를 보낼 수는 없다. 그 1분의 삶이 백년의 삶보다 더 값질 수 있기에. 그리고 하나님은 이 보잘것없는 여인이 값어치 있는 일에 몸과 마음을 바칠 기회를 주셨다. 인생의 가장 낮은 곳으로 떨어졌던 나는 쉽게 경험할 수 없는 높은 정신적 가치를 경험할 언덕으로 올라갈 수 있었다. 인류가 공유하는 도덕성과 인간의 고귀함을 보고 느낄 수 있는 높은 언덕 위로.

| 제4장 |

조용한 함성

함께 뛰는 길

2001년 6월의 여름, 나는 워싱턴 정신대 대책위원회의 제2대 회장으로 선출되었다. 초대회장이 1992년부터 거의 9년이라는 긴 세월 동안 열심히 초석을 닦아 놓았다. 워싱턴 정대위는 1992년 12월에 창설되었다. 일본군 위안부에 관한 일본 정부의 범죄적 행위를 홍보, 교육하고 피해자들에게 일본 정부의 사과를 받아 내려는 목적으로 창설된 것이었다. 그리고 내가 레인을 만나게 된 계기가 된 곳이 바로 이 정대위였다.

내가 워싱턴 정대위 회장직을 맡게 되자 당시 주미 일본대사로부터 레인과 나에게 각각 편지가 날아왔다. 사과와 배상문제는 이미 해결되었으므로 새로운 미래를 향해 나아가자는 것이었다. 레인은 즉각 항의 답신을 보냈다. 아시아 여성 기금의 문제점과 과거에 있었던 일본군 위안부의 사과문제는 일본 정부 차원에서 이루어지지 않았다는 점을 언급하였다. 또한, 피해 생존자들에겐 시간이 얼마 남지 않았다는 절박성을 고려하여 속히 일본 정부의 분명한 사과와 피해자들에 대한 적당한 보상을 촉구하는 내용이었다. 이제 레인과 나는 이 이슈를 위하여 함께 뛰는 동지가 되어 사명의 길을 가게 되었다. 그가 나의 곁에 있다는 것이 얼마나 큰 힘이 되고 축복이 되는

지 말로 표현할 수 없었다.

기자들이 내게 인터뷰를 요청해 왔다. 신임회장으로서 어떤 계획과 비전을 가지고 있는가. 나는 역사의 뒤안길에 숨겨진 침묵을 깨고 아시아판 홀로코스트인 이 문제를 세상에 널리 알리겠다고 다짐했다. 그 당시만 해도 미국 내에는 이 비극적인 역사의 한 페이지를 모르는 이들이 태반이었다. 무엇보다도 젊은 세대의 대학생들을 대상으로 활동을 펼치기로 하였다. 미국 대학의 캠퍼스에서 세미나, 포럼, 사진전시회 등을 열어 올바른 역사를 교육하는 것과 전쟁으로 기본인권을 유린당한 피해자들의 존엄과 명예를 회복시키는 것이 목표였다.

때마침 나의 비전과 함께하는 미국 내의 수많은 대학에서 한국 학생회가 주관하여 일본군 위안부 세미나 행사를 시작하자, 이 문제가 들불처럼 번져 갔다. 우선 2001년에는 동부의 아이비리그 대학들이 연합하여 선봉의 불을 붙였다. 이 행사를 위해 서울에서 황금주 할머님을 초청하여 증언하시게 했다. 하버드 대학에서 시작된 행사는 워싱턴 정대위와 함께 예일 대학에 이어 지역별로 엮인 코넬, 뉴욕대, 프린스턴, 마지막으로 워싱턴의 조지타운에서 세미나를 주관했다. 사진전시도 함께 이루어졌다. 캠퍼스 투어의 결과는 놀라웠다. 미국에서 공부하는 젊은이들은 이 역사적인 사건에 열정을 가지고 행사를 진행해 나갔다. 황금주 할머님의 증언이 끝나면 학생들이 몰려와 할머님의 손을 잡고 마구 울기도 했다. 우리가 이 수치스러운 역사의 이야기를 몰라서 죄송하다며…. 역시 피는 물보다 더 진하다

일본군 위안부 강의 중

나는 2001년부터 2008년까지 40여 개가 넘는 미국 대학에 다니며 서울에서 피해자 할머니들을 모셔와 학생들에게 증언을 듣게 하고, 세미나에서는 일본군 위안부 문제의 역사적, 문화적, 그리고 정치적인 배경을 설명했다. 나는 이 일을 함으로써 소명 의식과 새로운 충전 기회를 얻었다.

는 것을 느꼈다.

2005년 3월, 서울에서 강일출 할머님이 오셨을 때는 내가 가르치는 학교의 사회학 수업시간에 할머님을 모시고 가서 학생들에게 증언하시도록 했다. 많은 미국 학생들이 두 눈이 벌게지도록 울고 역사의 진실 앞에 숙연히 마음을 모았다. 나는 2001년부터 2008년까지 40여 개가 넘는 미국 대학에 다니며 서울에서 피해자 할머니들을 모셔와 학생들에게 증언을 듣게 하고, 세미나에서는 일본군 위안부 문제의 역사적, 문화적, 그리고 정치적인 배경을 설명했다. 나는 이 일을 함으로써 소명 의식과 새로운 충전 기회를 얻었다.

바쁜 와중에도 열심히 힘을 보태 주는 미국 내 한인 학생들이 고맙고 자랑스러웠다. 젊은 학생들이 각자의 대학 캠퍼스에서 사진전시회를 개최하기 위해 거의 온종일 잠도 못 자고 장시간 밴van을 운전하여 내가 사는 워싱턴까지 왔다. 도착 후에는 스케줄을 맞추기 위하여 휴식도 취하지 못하고 곧바로 다시 밴에 대형사진들을 싣고 캠퍼스로 돌아가곤 했다. 나는 이 젊은이들을 통하여 워싱턴 정대위, 나아가서 한국 동포 사회의 미래를 볼 수 있었다.

2001년에 미 동부지역 캠퍼스 투어가 끝나고 그다음 해에는 연이어 중서부지역 캠퍼스 투어를 전개했다. 노스웨스턴, 위스콘신, 오하이오 주립 대학, 그리고 미시간 대학을 엮고 서울에서 최갑순 할머님을 초빙하였다. 이어서 2003년에는 보스턴 투어를 시작하여 MIT, 웰즐리 대학, 터프츠 대학 등이 합류했다. 보스턴 투어에는 소녀같이 밝고 명랑하신 김화순 할머님이 오셨다. 언제까지나 그렇게 젊게 사실 줄 알았던 김 할머님은 2014년에 나눔의 집에서 돌아가셨다. 2012년 여름, 나눔의 집을 방문했을 때 그 할머님의 두 손을 붙잡고 기도하며 성경책을 드리고 왔는데…. 그 외에도 많은 미국 대학에서 계속해서 일본군 위안부에 대한 강의 요청을 해 왔다.

워싱턴에서 행사가 있을 때는 레인도 함께 참석해서 연설을 했다. 그는 조지타운 대학에서 젊은 학생들의 심장에 불을 지피듯 연설했다.

"여러분, 우리는 역사의 과거를 통해 현재를 보고 현재를 통하여 미래를 바라봅니다. 우리는 역사의 진실로부터 피할 수가 없습니다.

미 국회 기자 회견, 레인과 강일출 할머님

레인 덕택에 워싱턴 정대위는 기자회견을 할 때마다 미 의회 재향군인위원회의 크나큰 회의실을 사용할 수 있었다. 레인을 위해 일하는 직원들이 얼마나 신경 써서 준비해 주는지 그저 고마운 마음뿐이었다.

미 국회 기자 회견, 레인과 강일출 할머님

묻힌 과거를 모른다면 우리는 잘못을 되풀이할 수 있습니다. 여러분, 우리는 침묵하면 안 됩니다. 침묵을 깨트리고 정의를 위한 소리가 됩시다."

레인 덕택에 워싱턴 정대위는 기자회견을 할 때마다 미 의회 재향군인위원회의 크나큰 회의실을 사용할 수 있었다. 레인을 위해 일하는 직원들이 얼마나 신경 써서 준비해 주는지 그저 고마운 마음뿐이었다.

황금주 할머님

1922년, 충남 부여에서 태어나신 황금주 할머님께서 2013년 1월, 새해 벽두에 하늘나라로 가셨다. 할머니는 13살의 나이로 함홍 최씨 집에 양딸로 들어갔다. 할머니가 스무 살이 되던 해에 '일본 군수 공장에 가서 3년 계약으로 일해야 한다'는 통지를 받고 주인집 큰딸 대신 가게 된 곳은 군수 공장이 아닌 중국 길림에 있는 군부대였다. 그분은 살아생전 호랑이 할머니로 불렸다. 증언하실 당시 무리하게 여러 대학을 다니며 증언하시느라 피곤하실 터인데도 얼마나 기가 세고 당당하신지 모두가 감탄하곤 했다. 나는 그 풍모를 보고 늘 할머님이 학교 교장을 하셨으면 참으로 훌륭한 여성 교육자가 되셨을 거라고 말하곤 했다. 2001년에 미 국회에서 있었던 기자회견 중에는 목청을 높이며 흥분하신 일이 있었다. 할머님께서 증언하시던 도중, 방청석에 일본 사람들이 앉아 있는 줄로 착각하셨던 것이다. 갑자기 황금주 할머님이 두 손을 들어 삿대질하시며 험한 욕을 마구 터트렸다.

"이 개××들아! 내가 변소간인 줄 아느냐?"

옆에 앉았던 내가 진정시키려 앉으시라고 했더니 흥분한 나머지 한 손으로 나를 확 밀어제치셨다. 물론 나는 이해했지만 바로 내 옆자리에 여유 있게 앉아 있던 레인이 반사적으로 놀라서 벌떡 일어났다. 할머님이 나를 때리려는 줄로 알고 순간적으로 나를 방어해 주기 위해서였다는 것이다. 레인은 그 에피소드를 두고두고 이야기하곤 했다.

황금주 할머님은 정신력이 투철하고 의협심이 강했다. 할머님은 그 험난한 세월 동안 시장에서 장사도 하고 연고 없는 아이들을 양자 삼아 키우기도 하셨다. 대단히 강인하고 부지런한 분이었다. 워싱턴에 와서는 의회 옆에 있는 레인의 집에 함께 묵으셨다. 레인은 할머님과 일행이 이곳에 묵는 동안 내가 할 일들이 많을 터이니 며칠이라도 파출부를 오게 하라고 자상하게 신경 써 주었다. 그러나 나는 혼자서 해낼 수 있다고 고집하며, 식사 준비를 비롯하여 세미나 준비, 기자회견, 학교 강의 등을 다 헤쳐 나갔다.

할머님은 중·고등학교에 다니는 내 두 조카를 앉혀 놓고는 옛날 이야기도 들려주시며 누누이 에반스 의원에게 잘하라고, 잘 돌보아 건강하게 오래 살게 해 드려야 한다고 강조하셨다. 나는 그런 할머님이 우리 식구처럼 고맙고 정이 갔다. 우리 한국 사람은 처음 만나도 언제나 한 가족 같은 친근감과 편안함이 있다. 그런 할머님이 노환으로 고생하시다가 돌아가셨다. 멀리서나마 지나간 추억을 되새기며 한 많게 살다 가신 고인의 명복을 빌었다.

고 황금주 할머님과 조카들

2001년 에반스 의원의 사무실에서

일본군 위안부 소송

일본 제국주의가 일으킨 침략전쟁에 동원되어 군인과 군무원, 위안부로 비인간적인 생활을 강제당한 한국인 피해자와 유가족들은 일본을 상대로 오랜 세월에 걸쳐 피해보상 청구 소송을 전개해 왔다. 그러나 일본 재판소는 한국인의 전후戰後 보상 소송들을 차례차례 기각시키고 있었다. 일본에서 이러한 상황이 계속되는 동안, 이곳 워싱턴에서는 새로운 움직임이 시작되었다.

2000년 9월 18일, 당시 생존해 있던 15명의 위안부 출신 원고(한국, 중국, 대만 그리고 필리핀 출신)팀이 일본 정부를 상대로 미국의 수도인 워싱턴 D.C.의 법정에서 소송을 제기했다. 로스앤젤레스의 배리 피셔Barry Fisher 변호사가 첫 횃불을 올리고 위치의 편의상, 워싱턴에 소재한 법무법인 '코헨, 밀스타인, 하우스펠드, 톨Cohen, Milstein, Hausfeld & Toll'의 변호인단이 소송을 진행하게 되었다.

그 변호인단은 미국에서도 잘 알려진 집단 소송class action 전문 법률회사였다. 나치 독일 치하에서 혹사당한 유대인들을 대신하여 독일의 정부와 기업들로부터 52억 달러를 받아 낸 승리로 유명하고, 국제적으로도 잘 알려진 변호인단이었다. 그 외에도 많은 단체들과 한국은 물론 중국, 대만, 일본의 법조계 인물들까지 연합하여 Amici Curiae('friend of court'라는 뜻으로 법정에서 소송 건에 직접 관여하지는 않지만 본인들의 의견, 증언, 정보들을 통합하여 제출하고, 이를 재판 과정에서 참고할 수 있도록 돕는 모임)를 조성해 힘을 합쳤다. 이 소송의 특별한 의미는 미국 재판소에서 최초로 군대의 성 노예 문제를 다루게 된 점과 일본 정부가 피고로서 미국 법정에 서게 된 점에 있다.

이 소송은 1789년에 제정된 'Alien Tort Claims Act (ATCA)'에 근거하여 제기되었다. ATCA법이란 특정한 국제법을 위반했을 경우에, 다른 국가에서 일어난 사건이라 하더라도 미국 법정의 재판권을 허락할 수 있다는 내용이다. 이 법령은 인권을 유린당한 사람들에게 정의를 부여하기 위한 방법으로 계속해서 자주 사용됐다.

우리 측 변호인단이 소송을 제기할 수 있었던 또 다른 법적 근거는 외국 주권면제법Foreign Sovereign Immunity Act; FSIA의 개정이었다. 1996년에 미국 연방 정부는 다른 국가들이 미국 법정에서 소송을 제기하는 것을 금지하는 FSIA법을 개정하였다. 이로써 중요하고 예외적인 사건들일 경우에는 미국 법정에서 소송할 수 있게 된 것이다. 그중에서 가장 주목할 만한 것이 바로 학대torture, 또는 사법 관할 외의 살인에 관한 조목이다.

2001년 3월 5일, 우리 변호인단은 일본 정부가 FSIA법에서 제외된다는 명령 신청을 제기했다. 이틀 후 일본 정부는 이의를 제기할 수 있는 특권이 있음을 주장하며 우리 측에 반박했다. 이에 우리 변호인단은 전시 중 일본의 행위는 국제법이 규정하는 인류의 최고 가치를 지키기 위한 강행규범jus cogens을 위반하는 행위이므로 FSIA법에서 제외될 수 있다고 반박했다. 4월에 들어, 미 국무부는 일본군 위안부 재판 문제를 중재하고 나섰다. 국무부는 특별 성명서를 통해 일본이 주권 제외에 적용되는 자격을 누릴 수 있으며, 나아가서 1951년의 샌프란시스코조약에 의하여 일본군 위안부에 대한 보상 문제가 해결되었다는 입장을 표명하였다. 그러나 2차대전 처리를 위한 샌프란시스코조약은 개인의 개별적인 권리의 요구를 제외하는 것은 아니었다. 더구나 그 회의에 한국, 중국, 대만 등은 당사자로서 참가하여 권리를 주장할 기회를 가지지도 못하였다.

그러나 당시만 하여도 일본의 로비력은 우리의 힘을 압도하고 있었다. 결국 8월 1일, 케네디 담당 판사의 주관하에 예비 심리가 열렸다. 아니나 다를까, 10월 4일에 이르러 케네디 판사는 일본 정부의 주권 제외를 인정하여 일본의 손을 들어 주었다. 다만 그는 일본이 저지른 행위가 "의심할 여지 없는 야만적"인 것이라고 언급하며 "전쟁범죄, 또는 인간성에 거스르는 범죄의 성격"이 있음을 언급하였다. 일본군 위안부 재판 문제는 해를 거듭하면서 할머님들의 존엄과 권리가 회복되는 고지를 향하여 힘겨운 싸움을 치르고 있었다. 우리 변호인단은 만일 이 문제가 기각당한다면 인류의 기본인권을 짓밟는 역사가 다시 일어날 수 있는 비극이라 선언하며 포기하지 않고 계속 항소했다.

그동안 워싱턴 정대위는 원고들이 법정에 서는 날이 올 수 있도록 수천, 수만 명의 서명을 받아 탄원서를 제출했다. 탄원서를 받아내고 팩스 보내는 일을 계속하다 보니 우리 집 팩스기는 과열로 몸살을 앓고 있었다. 탄원서는 당시 국무장관 콜린 파월, 법무장관 존 애쉬크로포트에게 보내졌다. 나는 일요일이면 한인교회들을 다니며

미 연방 법원 앞에서의 시위

서명 운동을 전개했다. 레인이 가끔 곁에서 서명 운동을 도와줄 때도 있었다. 우리는 그 오랜 세월 동안 워싱턴 D.C. 법원 앞에서 모든 한국 동포의 힘을 모아 끝없는 시위와 탄원서 제출로 성원했지만, 결국 2005년 6월에 일본군 위안부 문제는 미국의 법정 테두리 안에서 완전히 기각되고 말았다.

레인의 최초 위안부 법안 상정

이보다 6년 앞선 1999년, 에반스 의원은 일본군 위안부 문제에 관하여 최초로 미 의회 회의록에 기록을 남겼다. 내용은 일본 정부가 제2차대전 당시 일본 군대에 의하여 강제로 납치당해 성 노예로 희생당한 위안부 피해자들에게 공식적으로 사과하고 이에 합당한 배상을 하라는 내용이었다. 그 역사적인 기록을 남긴 후, 레인은 그 이듬해인 2000년에 하원결의안House Resolution 357호의 상정을 기점으로 일본 정부의 일본군 위안부 피해자에 대한 공식사과와 배상 문제를 촉구했다. 그는 그 후 미 의회가 개회할 때마다 매번 같은 내용의 결의안을 발의했다. 2001년 7월에 결의안 175호, 2003년 6월에 결의안 226호, 2005년 2월에 결의안 68호, 그리고 2006년 2월에 그로서는 마지막 결의안이 된 759호를 공화당의 크리스토퍼 스미스 의원과 함께 양당 발의했다.

특히 759호 결의안은 국제관계위원회로 상정되어 일본 정부를 섬뜩하게 할 정도로 많은 공동발의자를 확보하였다. 그 당시 일본 정부는 호건 로벨즈Hogan Lovells라는 로비 회사의 밥 마이클Bob Michael이라는 거물 로비스트와 계약을 맺어 매달 거액을 투자하고 있었다. 밥 마이클은 20여 년을 공화당의 고참급 의원으로 재직한 사람으로서, 2006년에는 당시 공화당의 원내총무인 존 베이너와 학교 동창으로 막역한 사이였다. 밥 마이클은 일본군 위안부 문제와 제2차대전 당시에 관련된 미군 포로 문제 등을 다루는 전문 로비스트로 알려졌다. 그는 2006년 5월에 국제관계위원회의 위원장인 헨리 하이드Henry Hyde와 만나, 이 759호 결의안이 통과된다면 미국과 일본 간의 관계에 심각한 상처를 입게 될 것이라며 압박을 가하였다. 그때만 하더라도 헨리 하이드 위원장은 밥 마이클의 제안을 받아들인 상태였다.

미 국제 관계위원회를 통과

그러나 얼마 후, 하이드 위원장의 결정을 뒤엎는 사건이 발생했다. 그 사건의 중심에는 바로 레인 에반스 의원이 있었다. 레인과 하이드 위원장은 서로 소속하는 당은 달랐지만(하이드는 공화당), 같은 일리노이 주 출신이라는 공통분모가 있었다. 레인이 일리노이에 있을 때 워싱턴의 하이드 위원장 사무실로 전화를 걸었다.

"나도 지병으로 인하여 얼마 안 있으면 의회를 떠날 사람이고 당신도 얼마 안 있으면 역시 의회를 떠나야 하는 같은 처지의 동료인데, 나의 마지막 간청을 들어 주시오. 일본군 위안부 문제를 국제관계위원회에서 통과시켜 주시면 고맙겠소."

하이드 위원장은 이 말 한마디에 759호 결의안을 지지하기로 마음을 굳혔다. 하이드 본인이 2차대전 당시 일본전에 맞서 싸운 참전 용사 출신이고, 그 당시 한국 방문에서 받은 참전용사들에 대한 감회의 영향도 있었지만, 결정적으로 또 하나의 사건이 있었다. 바로 당시 고이즈미 일본 총리의 야스쿠니 신사참배가 하이드의 분노를 불러일으켰던 것이다. 천 명이 넘는 전범자들의 이름이 책 속에 기록되어 있는 신사에, 게다가 하와이 진주만 공격을 지휘한 원흉인 도조 히데키의 위패가 보관되어 있는 그 신사에 참배한 고이즈미 총리에 대하여 그는 심히 불쾌감을 표명하였다.

안타깝게도 하이드는 이듬해인 2007년 11월, 일본군 위안부 법안이 통과된 후에 노환으로 세상을 떠났다. 하이드 위원장을 선두로, 국제관계위원회의 여러 위원이 레인의 원래 결의안 내용을 일부 수정하는 과정을 거치면서 그 명맥을 유지했다. 수정 내용의 일부는 '인간의 존엄성을 위배하는 범죄'로 규정하는 부분이 '일본군 위안부를 학대했다'는 표현으로 변경된 것이다. 이러한 약간의 수정 과정을 거친 후 759호 결의안은 국제관계위원회에서 만장일치로 통과되는 승리를 거두었다.

그 승리는 동료들이 병으로 은퇴하는 레인에게 안겨 준 뜻깊은 사랑의 선물이었다. 레인은 병상에서도 감격의 눈물을 흘리며 기뻐했다. 이때 오랜 세월 활동해 온 Y 기자가 내게 서신을 보내왔다.

"서 회장님. 대미를 장식하는 역작으로 기록될 그 일을 잘 해내셨습니다. 그간의 외로운 투쟁과 희생정신이 오늘을 일궜습니다. 장하십니다. 그리고 자랑스럽습니다."

그는 마지막으로 에반스 의원이 발의한 759호 결의문 전문을 자료로 남기고 싶다고 했다. 이 따뜻한 격려의 말 한마디가 힘들었던 세월의 땀을 시원하게 씻어 주는 듯했다.

안타깝게도

결의안 759호가 국제관계위원회를 통과하자 우리 모두는 이 법안이 미 의회에서 간단한 음성 투표voice vote 절차로 통과될 수 있기를 열망했다. 결의안 통과의 장애물이 있다면 같은 일리노이 출신의 데니스 헤스터트 국회의장과 로비스트 마이클의 전 동료이자 당시 공화당 원내총무로서 미 의회의 투표 스케줄을 결정하는 인물인 존 베이너(현 국회의장)였다.

이 법안 통과를 위하여 스물다섯 명의 759호 결의안 공동발의자 의원들은 헤스터트 의장과 베이너 의원에게 2006년 11월에 있을 하원선거 전에 결의안을 의회투표에 부치자는 요구사항을 서신에 담아 보냈다. 한편, 워싱턴 정대위, 뉴욕의 유권자등록센터, 그리고 많은 재미사회단체도 미 전역에서 치열한 서명운동을 벌여, 수만 개가 넘는 서명서를 헤스터트 의장과 베이너 원내 총무에게 보냈다. 나 또한 여러 번 그 두 사람의 사무실을 방문하고 서명서를 전달했다. 그러한 피땀 어린 노력에도 불구하고 헤스터트 의장이나 베이너 의원 중 그 누구도 우리나 요구 서한을 보낸 미 의회 의원들에게 일언반구의 답변도 하지 않았다.

모두가 긴장된 하루하루를 보내던 2006년 10월, 베이너 공화당 원내 총무가 드디어 의사를 밝혔다. 하원선거 전까지, 즉 의회가 휴무에 들어갈 때까지는 이 결의안이 의회 본회의의 투표에 부쳐지지 않는다는 것이었다. 결과를 기다리던 모든 사람이 실망하여, 어깨에 힘이 빠져나가는 순간이었다. 보통 미 의회의 상례로 보면 전문분과 위원회에서 만장일치로 통과된 법안은 본회의에서 의장의 권한으로 간단한 음성투표를 거쳐 쉽게 통과되기 마련이다. 그러나 일본군 위안부 결의안은 그 상례를 벗어나고 있었다.

그래도 아직 마지막 기회에 대한 실낱 같은 희망이 남아 있었다. 12월 첫째와 둘째 주에 있을 레임덕 기간(그동안 밀린 안건을 처리하는 회의 기간)에 759호 결의안이 처리될 수도 있었기 때문이다. 하지만 실망스럽게도 마지막 희망은 산산이 부서져 버렸다. 베이너 공화당 원내 총무가 그 회기에 일부러 이 안건을 내놓지 않았기 때문이었다.

횃불은 이어지고

결국 레인이 2000년부터 6년 동안 열심히 상정해 온 법안은 목표 지점에 가서 아쉽게 마지막 관문을 통과하지 못했다. 하지만 위안부 결의안에 대한 노력은 거기에서 끝나지 않았다.

레인이 1996년부터 앓아 온 파킨슨병의 악화로 2007년 초까지 24년간의 의정 생활을 마친다고 은퇴를 발표한 후, 곧바로 캘리포니아 주 민주당 출신의 일본인 3세 마이크 혼다 의원이 레인으로부터 이 일본군 위안부 결의안의 횃불을 이어받은 것이다. 그는 2006년

12월, 제109회기 미 의회가 폐회하는 날 공식으로 그 횃불을 인수한다고 선언했다. 그리고 그 이듬해인 2007년 1월 31일, 그는 민주당과 공화당 양당의 공동발의안인 결의안 121호를 발의했다. 혼다 의원은 이 결의안이 결코 미국과 일본의 관계를 해치지 않을 것이며, 일본 정부를 공격하려는 의도가 전혀 없음을 거듭 강조했다. 오히려 서로 간의 화해를 통해서 아시아 국가들의 관계가 더욱 긍정적인 관계로 발전할 것이라고 언명했다. 이를 위해서 일본 정부가 공식적으로 명백한 사과를 표명하는 것이 국제 관계에서 꼭 필요한 것임을 주장하는 내용이기도 했다.

평소 레인의 연설은 위안부 피해자로 살았던 80대의 생존자들뿐만 아니라 우리 모두에게 새로운 소망과 의욕을 불어넣어 주었다. 특히 레인의 노력으로 위안부 피해자 할머니들은 미국을 방문할 수 있었고, 미 의회와 전 세계인들 앞에서 당당하게 그들이 당한 고통의 참상을 증언할 기회를 얻게 되었다. 그리하여 마침내 마이크 혼다, 에니 팔레오마베가, 탐 랜토스 등 많은 미 의회 의원들의 노력으로, 2007년 7월 30일에 결의안 121호가 미 의회에서 만장일치로 통과되는 열매를 맺게 된 것이다. 드디어 일본군 위안부 피해자 할머니들이 인간으로서 누려야 할 존엄과 영예를 회복하는 데 한 걸음 앞으로 나아가게 되었다.

마이크 혼다 의원

2007년 1월 말에 결의안 121호가 미 의회에서 발의한 후인 2월 초쯤, 나는 혼다 의원을 방문했다. 레인과 몇 번 같이 만난 적이 있었기에 혼다 의원과는 허물없이 친한 사이였다. 혼다 의원은 나를 비롯한 한인들에게 고마운 사람이었다.

그는 1941년, 캘리포니아에서 일본인 3세로 태어났다. 그는 캘리포니아 17구 지역의 국회 의원이다. 그곳은 우리에게 잘 알려진 실리콘밸리Silicon Valley로서 아시아계 미국인들이 주류를 이루어 사는 곳이다. 제2차대전 당시 어린아이로서 일본인 포로수용소에서 고된 감금생활을 경험했던 그는 고등학교에서 과학교사 생활을 한 후 캘리포니아 주 의원에 당선되었다. 그는 주 의원으로 재직할 당시 이

에반스, 혼다 의원과 함께

—
2007년 2월 15일 미 국회 청문회에서 마이크 혼다 의원

미 주 의회에 일본군 위안부 결의안을 만장일치로 통과시킨 주역이기도 했다. 그는 일본을 비판하는 행동으로 일본인 사회로부터 협박을 받는 등 어려움을 겪어야만 했다.

그런데 이 모든 협박에서 그를 보호해 준 사람이 바로 제2차대전의 영웅, 김영옥 대령이었다. 한국계 미국인인 김영옥 대령은 세계적으로 이름을 떨친 전쟁 영웅으로서 6·25 전쟁에도 참여해 큰 공을 세웠지만 정작 우리나라에 알려지기까지는 시간이 걸렸다. 제2차대전 당시 재미일본인들을 지휘했던 김영옥 대령은 미국 내의 일본인과 한국인, 그리고 미국인 모두가 추앙하는 인물이었다. 그래서 혼다 의원은 어디를 가든지 신변 보호를 위해 김 대령의 편지를 늘 품에 넣고 다녔다고 한다.

나는 혼다 의원에게 일본군 위안부를 위한 청문회를 열 수 있게 해 달라고 부탁했다. 법안 통과를 위해서는 청문회 절차를 거치는 것이 꼭 필요했기 때문이다. 그는 청문회에서 증언할 위안부 피해자 할머니들에게 비자가 있는지, 여행비용을 누가 낼 것인지에 대해서 상세하게 질문한 후, 확실하게 약속은 할 수 없지만, 최선을 다해 노력해 보겠다고 대답했다.

나는 청문회 개최 여부가 불투명한 가운데 며칠 동안 바삐 서류 준비를 마치고, 언론에 노출되는 것에 극도로 조심하면서 연락을 기다렸다. 예정일을 일주일 앞두고 의회 외교분과위원회 내 아시아태평양 소위원회의 주최로 일본군 위안부에 대한 최초의 의회 청문회를 연다는 정식 공문과 초청장을 받게 되었다.

청문회 준비

청문회 소식이 알려지자 일리노이에 있는 레인으로부터 반가운 전화가 걸려 왔다. 레인은 나에게 차분하게 말했다.

"당신이 정말 자랑스러워…. 당신은 잘 해낼 거야."

비록 몸은 곁에 없었지만, 그의 마음만큼은 나와 함께하고 있음을 느끼게 해 주는 격려의 말이었다. 멀리서 나를 지켜보고 있을 레인을 생각하니 든든한 마음에 저절로 힘이 솟는 것 같았다.

나는 일본군 위안부 법안 통과를 위한 청문회 준비 작업에 나의 모든 시간을 쏟아 부었다. 레인이 첫 포문을 연 일본군 위안부 법안이었기에 레인을 위해서라도 최선을 다해 성공적으로 마무리 짓고 싶었다. 그래서 언젠가 그와 만나게 될 때 그가 없는 시간을 결코 헛되이 보내지 않았음을 당당하게 보여 주고 싶었다.

2007년 2월 15일에 열릴 미 의회 청문회 준비를 위해 나는 밤낮으로 책상에 앉아 심혈을 기울이고 긴장의 시간을 보내야 했다. 무엇보다 청문회 때 증언할 내용을 미리 정리해서 제출해야 했는데, 그 서류를 준비하는 것은 크나큰 작업이었다. 그뿐만 아니라 이른 아침부터 저녁까지 쉴 새 없이 걸려 오는 기자들의 전화를 받는 것도 큰 일이었다. 한국 기자들뿐만 아니라 일본, 미국, 중국, 심지어 유럽에서도 전화가 걸려 오다 보니 전화통에선 불이 날 지경이었다. 폭주하는 전화로부터 잠시 숨을 돌리기 위해 전화기를 내려놓으면 어떻게 알았는지 핸드폰으로 금방 전화가 걸려 왔다.

수많은 전화에 온종일 시달리다 보니 끝내 귀에 이상이 생겨 이명耳鳴이 시작되었다. 내 얼굴 한쪽에는 시퍼렇게 멍이 들었다. 하지만 병원에 갈 여유조차 없었다. 그리고 서울과 연결되는 생방송을 위해 한밤중에 일어나 인터뷰를 해야 했다. 한국인들의 관심도 뜨겁게 달아오르고 있었다.

준비 과정에서 청문회에 관련된 중요한 정보가 각종 언론 매체로 새어 나가지 않아야 했기 때문에 특히 예민하게 신경 써야 했다. 혹시 기사가 미리 나가기라도 하면 청문회를 주최하는 아시아태평양 소위원회에서 계획을 변경할 수도 있기 때문이었다. 따라서 철저한 보안을 유지하며 준비하는 우리 워싱턴 정대위나 혼다 사무실 쪽에서는 매일 초긴장의 시간이 흘러갔다. 작업에 열중하다 보면 저녁 식사를 놓치기 일쑤였고, 허기진 배를 안고 시계를 보면 자정이 넘어 있는 것이 예사였다. 게다가 컴퓨터를 켜면 이메일이 홍수처럼 넘쳐나고 있었다. 학교에서 강의하랴, 할머니 손님들 보살피랴, 청문회 준비하랴, 관계된 행사 준비하랴. 내 인생에서 제일 바쁜 시간이었던 것 같다. 그래도 내 작은 힘이 조국을 위하여 조금이라도 도움이 될 수 있다는 것이 감사하고 보람 있는 일이었다.

청문회의 아침

청문회가 시작되기 전, 우리 일행은 호주팀이 묵는 워싱턴 조지타운의 자그마한 호텔 식당에서 다 함께 점심식사를 했다. 증언석에 서실 세 할머님과 그들의 동반자들, 그리고 로비스트 T와 한국 대사관의 K씨, 뉴욕에서 오신 K 소장, 함께 증언할 인권 운동가 민디 코틀러 여사 등 많은 사람이 함께 자리했다. 우리 일행은 모두가 한마음으로 가슴 떨리는 청문회를 맞이하여 마지막 순간까지 승리할 수 있기를 기원했다. 우리는 대여한 버스를 타고 호텔을 떠나 차가운 겨울 공기가 감도는 워싱턴 D.C.의 빙판길을 미끄러지듯 달려 레이번 미 의회 빌딩으로 향했다. 나는 차 안에서 마음속으로 간절히 기도했다. 부디 오늘의 청문회가 역사의 장을 바꿀 수 있는 시간이 되기를.

이백여 년 전에 워싱턴의 상징으로 세워진 레이번 빌딩 앞에 우리 일행이 도착했다. 살을 에는 매서운 겨울바람이 사람들의 옷깃을 더욱 여미게 하는 추위에도 불구하고, 청문회에 들어가기 위해 많은 사람이 의회 빌딩 밖에까지 줄을 지어 기다리고 있었다. 평소에 나와 가까이 지내는 친구, 써니 리와 전 변호사도 매서운 겨울바람에 차가워진 두 손을 비비며 코트 깃을 잔뜩 여미고 발을 동동 구르면서 사람들 틈에 끼어 있다가 옆문으로 들어가는 우리 일행을 발견하고 반가운 표정으로 손을 흔들어 주었다.

청문회장에서

안전검사대를 통과하자마자 복도에서부터 기다리고 있던 취재진들이 몰려들어 사방에서 카메라 플래시가 터지기 시작했다. 레이번 빌딩의 1층에 자리한 국제외교위원회의 청문회장에 들어섰을 때, 방청석은 이미 꽉 차 있었다. 회의장에는 세계 각국에서 몰려든 취재진들이 빽빽이 진을 치고 있었다. 이런 중요한 날에 레인이 있었다면 얼마나 좋을까. 얼마나 큰 힘이 되었을까. 금방이라도 레인이 그 특유의 미소를 지으며 어디에선가 나타날 것만 같았다.

청문회를 이끌어 갈 국제관계위원회 아시아태평양 소위원회의 팔레오마베가 위원장의 비서실장인 리자가 앞자리에 나란히 앉아 있는 우리에게 다가와 대기자 응접실로 안내했다. 조금 있다가 팔레오마베가 위원장과 마이크 혼다 의원이 열심히 대화를 나누면서 우리가 앉아 있는 응접실로 들어왔다. 그 두 사람은 같은 민주당의 연방 하원 의원으로서 오랜 기간 동지애를 나눈 사이라 그런지 사이가 돈독해 보였다. 두 사람이 응접실에 들어오자 이용수 할머니는 벌떡 일어나 두 의원을 껴안으며 감사의 마음을 전했다. 그들이 아니었다면 할머니들의 가슴에 묻은 한을 어찌 미국 의회 청문회에서 증언할 수 있었으랴. 나는 할머니들과 두 의원 사이에서 오가는 대화를 통역하기 시작했다. 할머니들께서 의원들에게 스스럼없이 친근감을 표시하자 두 의원은 금방 활짝 웃었으며, 대기실 안은 화기애애한 분위기로 넘쳐흘렀다.

우리는 대기실을 빠져나와 청문회장 앞쪽으로 조심스럽게 입장했다. 꽉 찬 방청석에 한국 대사관 사람들, 한인사회의 지도자들, 중국인 동지들, 그리고 여러 나라에서 온 지인들의 얼굴이 눈에 띄었다. 모두 이번 청문회의 중요성을 알고 있었기에 긴장되고 숙연한 표정들이었다. 청문회가 잘 되기를 간절히 바라는 그들의 얼굴에서 피는 물보다 진하다는 동족의식이 느껴져 가슴이 뭉클해졌다. 일본군 위안부 문제를 위해 뒤에서 늘 신경 쓰며 후원해 준 K 공사는 좌석 중간쯤에 앉아 있었다. 나는 우리에게 격려의 마음을 보내는 그의 깊고 또렷한 눈빛과 눈을 맞추었다.

나는 서울에서 일할 때부터 수많은 국제 행사를 진행해 왔다. 하지만 그날은 달랐다. 다른 날과 달리 몹시 긴장하여 목과 어깨가 굳을 정도였다. 오랜 시간을 밤새워 가며, 이 순간을 위해 준비했건만 한편으론 혹시 미 의회 의원 중 누군가가 내가 답하기 곤란한 질문을 던지면 어쩌나 하는 걱정도 되었다. 하지만 나는 모든 것이 다 잘 되리라는 긍정적인 생각과 하나님이 이 민족의 아픔을 외면하지 않으시리라는 믿음과 기도로 침착하게 마음과 생각을 정돈했다. '오늘을 위하여 하나님이 나를 준비시키지 않으셨는가.' 에스더의 소명이 내 가슴 깊은 곳에서 솟아났다.

청문회는 시작되고

청중을 향해 마주하고 있는 의회 의원석이 하나둘 채워지고 마침내 위원장의 개회 선언이 청문회장의 높은 천장에 울려 퍼졌다. 사회를 맡은 팔레오마베가 위원장이 우리 피해자 할머니들에게 호의적인 태도를 보이자, 일본을 지지하는 의원들이 위원장에게 노골적으로 불만을 표시했다. 하지만 위원장은 그리 신경 쓰지 않는 듯싶었다. 나중에 직접 들은 이야기지만 팔레오마베가 위원장은 할머니들의 증언을 들으며 가슴 속 깊이 동정과 공감의 눈물을 흘렸다고 한다.

먼저 마이크 혼다 의원이 결의안 121호를 발의하게 된 동기와 배경을 설명했다. 혼다 의원은 일본군 위안부 문제가 오늘에 이르기까지 그 배후 과정을 설명하며 모든 공로를 레인 에반스 의원에게 돌렸다. 레인의 이름이 의회의 드넓은 청문회장에서 거론될 때마다 나의 가슴에는 가느다란 통증이 일었다. 이 역사적인 날에 꼭 참석했어야 할 그가 일리노이 시골의 외로운 침상에서 아픈 몸으로 병마와 싸우고 있을 것을 생각하니 안쓰러움과 슬픔이 한꺼번에 밀려왔다.

혼다 의원의 발언에 이어 이용수 할머니의 증언이 시작됐다. 증언대에 올라 다시 기억하고 싶지 않은 참담한 과거를 되짚어 구술해야 하는 할머니의 아픔과 비극이 호소력 있는 증언 한마디 한마디에 담겨 관중들의 가슴속에 파고들었다. 특히 할머니께서 지금도 겪고 있는 현실의 고통을 눈물로 호소할 때 청중들은 소리 없이 눈물을 삼켰다. 더 이상 참지 못한 듯 내 옆에 앉아 있던 T는 끝내 주르륵 눈물을 흘리고 말았다. 이용수 할머니의 통역은 멀리 호주에서 얀 오헤른 할머니와 같이 온 젊은 한국인, 앤이 맡아서 침착하게 잘해 주었다.

이용수 할머니의 울고 웃는 긴 증언이 끝나고, 나눔의 집에서 온 김군자 할머니의 다음 증언이 시작됐다. 원래 한 사람이 증언하는 데 주어진 시간은 5분이었다. 이미 문서로 길게 작성한 증언서류가 청문회가 열리기 며칠 전 아시아태평양 소위원회에 제출됐기 때문에 그 자리에서는 내용을 짧게 요약해서 증언하는 정도로 끝내는 것이 상례였다. 하지만 이번 청문회에서는 피해자 할머니들이 먼 데서 오신 것을 고려하여 팔레오마베가 위원장이 자신의 권한으로 특별히 더 길게 증언할 수 있도록 배려해 주었다. 그런 위원장의 따뜻한 마음이 참으로 고맙기만 했다.

두 할머니의 증언이 모두 끝났을 때 시계는 3시 반을 가리키고 있었다. 오후 1시에 시작된 청문회는 두 시간 정도면 끝나게 되어 있었다. 예정보다 훨씬 많은 시간이 흐른 것이다. 그럼에도 불구하고 청문회에 참석한 사람들은 호주에서 온 얀 오헤른 할머니의 증언에 조용히 귀를 기울이고 있었다. 얀 오헤른 할머니는 미리 써 온 원고를 호소력 있게 또박또박 읽으며 진술해 나갔다. 제2차대전 당시 인도네시아에 살고 있었던 네덜란드의 어린 소녀가 영문도 모른 채 일본군에게 끌려가 성 노예로 무자비하게 짓밟혔던 증언, 몸은 짓밟혔어도 하나님에 대한 소녀의 믿음만큼은 그 누구도 빼앗아갈 수 없었다는 간증은 많은 사람에게 감동을 주었다. 그녀는 진지하게, 체계적으로 호소력 있는 증언을 끝마쳤다.

나의 진술

감기에 걸려 콜록거리면서도 무사히 증언을 끝마친 민디 코틀러에 이어 마지막으로 내가 증언할 차례가 되었다. 나의 임무는 전체를 마무리하며 의회 의원들의 질의에 대답하는 일이었다.

내가 마이크 앞에 있는 증언대에 앉자, 멀리 위원장석에 조금 떨어져 앉아 있던 혼다 의원이 팔레오마베가 위원장 옆자리로 옮겨가 나를 가리키며 귓속말을 건네는 모습이 보였다. '저 사람이 바로 레인 에반스의 애인'이라고 얘기하는 것 같았다. 위원장이 고개를 끄덕이며 나를 향해 시선을 던질 때쯤 나의 증언은 시작되었다. 벽에 붙어 있는 시계를 보니 이미 오후 4시를 넘어서고 있었다. 많은 한국 특파원과 기자들이 뉴스 마감 시간 전에 편집을 마치기 위해 카메라를 챙겨 서둘러 청문회장을 빠져나가고 있었다.

나는 침착한 어조로 준비한 내용을 하나하나 또박또박 피력해 나갔다. 그동안 밤낮으로 매달려 정리해 놓은 서류를 한 장 한 장 넘길 때마다 힘이 솟구쳤다. 이미 많은 시간이 흘러서인지 질의응답 시간에는 다행히 반박 질문 공세가 별로 없었다. 일본 정부를 지지하던

청문회에서의 증언

역사적인 청문회는 거의 5시가 되어서야 폐회를 선언했다. 네 시간이라는 긴 시간 동안 진행된 청문회였다. 많은 사람이 마지막 증언을 끝낸 내게 몰려왔다. 어떤 이들은 나와 감격스러운 포옹을 하고 내용이 아주 좋았다며 감사의 말을 전했다.

의회 의원들이 이미 자리를 뜨고 없었기 때문에 나의 진술은 별 어려움 없이 끝날 수 있었다. 나는 레인이 의회에서 사용했던 말을 인용하며 마무리했다.

"사람들은 적의 말보다 친구의 침묵을 기억할 것입니다."

청문회가 끝나고

역사적인 청문회는 거의 5시가 되어서야 폐회를 선언했다. 네 시간이라는 긴 시간 동안 진행된 청문회였다. 많은 사람이 마지막 증언을 끝낸 내게 몰려왔다. 어떤 이들은 나와 감격스러운 포옹을 하고 내용이 아주 좋았다며 감사의 말을 전했다. 일본군 위안부 문제를 위해 함께 일한 중국인 동지들도 나에게 다가와 눈물을 글썽이며 껴안았다.

"당신은 하나님께서 이 일을 위해 보내 주신 천사예요."

우리는 그 순간 국경을 초월해 하나가 되었다. 오로지 비극적인 역사를 함께 겪은, 그래서 정의를 향해 뛰는 동지들이었다.

레이번 빌딩 밖으로 나오니 거리에는 벌써 늦겨울 밤의 어둠이 짙게 내려앉아 있었다. 차갑게 몰아치는 바람을 맞으며 우리 일행 모두는 밴에 몸을 싣고 곧장 버지니아에 있는 펠리스라는 한국음식점에 준비된 리셉션장으로 향했다. 어깨에서 큰 짐을 내려놓은 듯 긴장이 풀리면서 나의 심신은 솜털처럼 가벼워졌다. 우리 일행이 워싱턴 정대위가 베푸는 연회장에 도착하니 이미 많은 사람이 우리를 기다리고 있었다. 미리 와서 모든 것을 준비한 우리 임원진들의 따뜻한 마음이 행사장 곳곳에 묻어나는 것 같아 고마웠다. 참석자들은 청문회 증언석에 선 우리의 노고를 치하하며 축하와 격려의 말을 해주었다. 대사관의 권 총영사님, 그리고 마침 워싱턴에 방문 중이던 박근혜 대통령 후보도 잠시 참석해서 자리를 빛내 주었다. 그곳에 참석한 우리는 따뜻한 동포애로 추운 겨울밤을 따스하게 녹이며 내 조국에 대한 사랑의 마음과 인연의 끄리들을 다짐했다.

미 의회 후원 받기

청문회가 끝난 후 결의안 121호의 통과를 위해 본격적인 활동이 시작되었다. 서명 캠페인이 시작되었고 121호 결의안 통과를 위한 범국민대책위원회가 조직되었다. 뉴욕에서는 이미 지난해부터 유권자센터 K 소장의 지도로 활동해 오고 있던 터라 일사불란하게 움직일 수 있었다. 범대위가 조직되어 뉴욕, 캘리포니아를 비롯한 각지에서 동포들이 밤낮을 가리지 않고 교회와 대형 마켓 등에서 서명 캠페인을 벌였고, 많은 기관을 통하여 담당 지역 의회 의원들에게 서한 보내기 운동, 서명운동 그리고 기금모금 등의 열띤 풀뿌리 운동을 전개해 나가기 시작했다.

나는 결의안 121호 통과를 위해 내 나름대로 개인적인 로비 작전을 세웠다. 먼저 레인을 통해서 수년간 스스럼없이 친하게 지내오던 민주당 의원들에게 전화를 걸었다. 많은 의회 의원들이 나와 어깨동무를 하고 다녔을 정도로 절친한 사이였고 레인과 오랜 세월 쌓은 의리를 생각해서 내 전화에 곧바로 응답해 주었다. 고맙게도 그들은 레인의 안부를 물어보며 그 자리에서 흔쾌히 결의안 121호의 공동발의를 허락해 주었다. 3월에 우리는 공동발의자 목표 수를 100명으로 잡았다. 일반적으로는 한 명의 국회 의원 공동발의자를 얻기 위해서 수백 명, 때로는 수천 명의 서명을 받고, 수십 번씩 그 의원 사무실을 찾아가고, 기금 후원회도 주관하며 공을 들여야 한다. 내 경우는 레인 덕분에 큰 어려움 없이 전화만으로 레인에 대한 동지애와 의리를 발휘하는 36여 명의 의회 의원들을 공동발의자로 만들 수 있었다. 하지만 그 후부터는 조금씩 상황이 달라졌다. 그다지 개별적인 교류가 없었던 나머지 공화당 의원들을 설득하는 일은 쉬운 일이 아니었기 때문이다.

발은 부르트고

나는 섭씨 35도가 훨씬 넘는 여름 불볕더위에 결의안 121호의 공동

발의자를 구하러 열심히 미 의회 의사당을 방문해야 했다. 메릴랜드 주 아태계 민주당원 연맹의 글로리아 공동의장, 그리고 워싱턴 정신대 대책위원회 임원들, 때로는 뉴욕에서 온 자원 봉사자들과 함께 숨가쁜 여름을 보냈다. 레인 덕분에 의회 의사당의 제일 편한 곳에 아무 데나 차를 세우고, 보안절차도 거르며 내 집 드나들 듯 의회 안을 돌아다닐 수 있었던 시절은 지나갔다. 지금은 멀리 떨어진 공용 주차장에 비싼 주차비를 내고 주차한 후, 땀 흘려 가며 한참을 걸어서 의회 빌딩에 도착해야 했다. 그것도 여의치 않으면 두 시간용 미터 주차시설에 잔뜩 동전을 집어넣은 후, 한참을 걸어서 의원 사무실을 방문하다가 시간이 다 되면 부랴부랴 다시 미터기로 뛰어와 동전을 더 집어넣고 의회 빌딩으로 되돌아가야 했다. 레인이 곁에 있던 시절과는 판이하게 냉혹한 현실이었다.

나는 레이번, 캐넌, 그리고 롱워스 세 개의 빌딩으로 이루어진 의원 빌딩을 지하 터널로 오가며 하루하루를 보냈다. 다행히 학교는 여름방학 중이어서 나는 의회 일에 집중할 수 있었다. 일본군 위안부 법안을 공동 발의해 주던 친절한 민주당 의원들은 거의 다 방문했기에 잘 모르는 공화당 의원의 사무실을 방문할 차례였다. 보통 잘 알지 못하는 의회 의원들은 우리를 쉽게 만나 주지도 않았지만, 일본군 위안부 문제를 반대하는 친일파 의원 사무실에서의 대우는 싸늘하다 못해 찬 서리가 내릴 지경이었다. 문을 열고 들어서자마자 못마땅하게 째려보다가 어서 사무실에서 나가라고 하는 경우도 가끔 있었다.

그래도 포기하지 않고 계속 전화하고 의원 사무실 문을 두드리며 이 사람 저 사람을 만나 설득하는 일로 하루를 보내고, 집으로 돌아오면 파김치가 되어 쓰러지기 일쑤였다. 더운 여름 날씨에 높은 샌들을 신고 온종일 걷다 보니 발가락이 퉁퉁 부어오르고, 그 발의 통증 때문에 나는 쉬이 잠들지 못했다. 열이 나면 어쩔 수 없이 화끈거리는 발을 소금물에 담가야만 잠을 잘 수가 있었다. 시간이 흘러 한 명씩 공동발의자의 숫자가 늘어갈 때마다 우리 동지들은 손뼉을 치며 서로 기쁨을 나누었다. 공동발의자의 숫자가 늘면 그만큼 법안 통과의 가능성이 높아지기 때문이었다. 워싱턴, 뉴욕, LA팀들도 모두가 열띤 캠페인을 벌이며 밤낮으로 뛰고 있었다. 그 가운데서도 언제쯤 국제관계위원회가 열려 일본군 위안부 문제가 다시 상정될까 모두 노심초사하며 신경을 곤두세우고 있었다. 5월에 위원회가 열릴 것으로 기대하고 있던 우리는 위원회의 상정 목록에서 일본군 위안부 문제가 빠졌다는 소식을 전해 듣곤 모두 기운을 잃고 침울해 할 수밖에 없었다.

그 집 앞

나는 결의안 121호 통과를 위하여 거의 매일 미 의회에 출근하다시피 했다. 의회 빌딩으로 갈 때면 어쩔 수 없이 레인의 옛집 앞을 지나게 되었다. 나는 한때 내 집처럼 드나들었던 그곳을 스치듯 지날 때면 이런저런 추억이 떠올라 일부러 눈을 감았다. 거의 일 년 반이나 텅 비어 있는 그 집은 부동산 매매 간판이 바람에 댕강 흔들리며 삭막함을 더하고 있었다. 레인이 의원직을 그만두고 록아일랜드에 가서 지내게 되자 의회 옆에 있던 레인의 타운 하우스가 은행 법정 후견인에 의해 부동산에 나오게 된 것이다.

금방이라도 레인이 현관문을 열고 나올 것 같은 집 앞을 무심한 행인처럼 지나가는 일은 나에게 온몸을 유리 조각으로 쑤시는 듯한 아픔을 느끼게 했다. 레인의 손때가 고스란히 묻어 있는 긴 장애인 보조 레일이 길가 입구에서 현관문 앞까지 주인을 잃고 쭉 뻗어 있었다. 그 문을 열고 들어서면 작은 소파와 식탁이 놓여 있을 터였다. 그 집의 문고리 하나, 창문 모양까지도 내 기억 속에 남아 있을 만큼 정겨운데 그 집은 고요한 침묵에 잠긴 채 내 앞에서 아무런 내색도 하지 않았다.

인생의 덧없음이여. 이 세상에서 인간의 힘으로 붙잡고 간직할 수 있는 것이 무엇이 있을까. 세월도, 늙음도, 죽음까지도 우리는 고스란히 포기하고 떠나야만 한다. 레인이 있을 때는 따스한 불빛을 비추며 살아 숨 쉬던 레인의 집은 그가 떠난 후, 생명을 잃어 버린, 아무 의미 없고, 무감각한 벽돌 조각의 집이 되고 말았다. 결국 우리는 매 순간 살아 있음에 대한 의미를 찾으며 살고 있는 것이 아닐까. 모든 것에 의미가 사라진다면 그것은 곧 죽음을 의미한다. 살아 있어도 산 것이 아닌 죽음, 숨 쉬는 산소나 물처럼 삶의 의미도 인간에게

매매 간판이 걸려있는 레인의 집 앞

소중한 또 하나의 조건이라는 생각이 들었다.

레인과 늘 함께 거닐던 그 길을 나 혼자 걸을 줄이야…. 휘청거리는 무거운 발걸음으로 끝까지 포기하지 않고 걸어가던 레인의 모습이 저만치 앞에서 어른거리다가 사라졌다. 웅대한 권위의 상징, 미 의회 의사당 건물도 레인이 없는 내게는 아무런 감동도, 의미도 없는 하얀 둥근 지붕의 낯선 건물에 불과했다. 새삼스럽게 레인이 내 삶에 얼마나 큰 의미를 부여해 주고 있었는지 깨달으며 나는 낯선 의회 의사당 건물을 향해 천천히 슬픈 걸음을 내딛고 있었다.

영원한 동지도,
영원한 적도 없다

일을 하면서 제일 힘든 것은 부르튼 발이나 육체적인 피곤함이 아니었다. 캠페인의 규모가 워낙 크게 미국 전역으로 확대되다 보니 서로 간에 불필요한 오해가 생기고, 쓸데없는 경쟁의식도 생기게 되었다. 게다가 본의 아니게 신문이나 TV 등 언론에 자주 등장하게 되는 나는 많은 사람의 질투 대상이 되어 집중적으로 비난의 화살을 맞을 때가 있었다. 외신기자들, 특별히 일본의 아사히, NHK, 후지TV 등에서는 앞다투어 나와 인터뷰를 하였다. 내가 의사당에 간다는 소식을 들으면 외신기자들은 장사진을 치고 의회 복도에서 나를 기다렸다. 기자들은 내가 어떻게 로비하는지를 촬영하고 취재하기 위해서라고 했다.

하루는 마이크 혼다 의원 사무실의 홍보담당 보좌관이 놀라며 복도로 나와 기자들에게 사정하며 제발 복도에서 나가 달라고 했다. 일본의 NHK는 온종일 우리 집에서 나의 일상생활을 카메라에 담았다. 내가 무엇에 사용하려는지 물었더니 한국이 이렇게 미 의회 로비에 열심이라는 것을 일본 사회에 보여 주려고 찍는다고 했다.

내가 몸담고 활동하던 워싱턴 정대위는 1992년에 설립되어 15년의 세월을 오로지 일본군 위안부 문제만을 위해 일해 온 단체이다. 서울에서 할머니들을 직접 초청하여 미국 사회와 많은 대학교에서 세미나와 심포지엄을 열고 홍보와 교육을 해 왔으며, 2000년도에는 미국 법원에 소송을 제기하기도 했다. 또한 레인 에반스 의원, 그리고 그 횃불을 이어받은 마이크 혼다 의원과 뜻을 같이하여 수 년간 미 의회에서 일본군 위안부 결의안 통과를 위해 온갖 노력을 기울여 온 단체였다.

그런데 어떤 이들은 아예 워싱턴 정대위 이름을 없애고 해체하라고까지 하면서 나를 협박했다. 그들 중 더러는 결의안이 통과되기 불과 삼사 개월 전에 활동을 시작한 사람들도 있었다. 그럼에도 불구하고 그들은 내가 언론에 나올 때마다 근거 없이 비난의 화살을 쏘아댔다. 피곤한 몸을 이끌고 집으로 돌아와 비아냥거림과 협박이 섞인 이메일을 발견하면 밀려오는 섬뜩함과 서글픔에 모든 것을 놓아 버리고 싶은 순간도 한두 번이 아니었다. 나를 헐뜯고 협박하는 사람들이 일본인이 아닌, 같은 피를 나눈 동족이라는 사실이 나를 더 힘들게 하였다. 나는 심한 배신감과 아픔으로 밤새도록 뒤척이며 제대로 잠을 이루지 못하는 날이 많았다. 결의안 121호의 통과를 위해서 뛰어다니던 6개월 내내 그 고통 속에서 쉽게 벗어나지 못했다. 그때 나는 오늘의 적이 내일의 동지가 될 수 있고 반대로 오늘의 동지가 내일의 적이 될 수 있다는 지극히 평범한 진리를 배웠다.

다행스럽게도 나를 따듯하게 격려해 주는 사람들도 많았다. 특히 LA에서 결의안 통과를 위해 힘써 오신 Y 교수는 신기할 만큼 내가 힘들어하는 순간마다 어떤 영감을 받은 것처럼 내게 격려의 이메일을 보내왔다.

"나는 이 일을 한 지 얼마 안 되는데도 이렇게 힘든 일이 많은데 당신은 오랜 세월 동안 이 힘든 일을 해 오느라 얼마나 마음고생이 많았겠습니까? 어떤 어려움이 있더라도 힘내세요."

나는 Y 교수의 그 배려 깊고 따스한 마음을 닮고 싶었다. 내게 항상 평안을 심어 주는 그의 영적인 숭고함과 따뜻함이 나의 마음을 어루만져 주었다. 여러 고마운 손길 덕분에 나는 스스로를 채근하며 계속해서 일본군 위안부 법안을 위해 최선을 다할 수 있었다.

국제관계위원회를 통과하다

2007년 6월 26일은 결의안 121호가 국제관계위원회에 상정되는 날이었다. 이미 위원장인 탐 렌토스가 이 법안을 통과시키기로 내정되어 있어서 안심은 되었지만, 그래도 투표결과를 봐야 마음이 놓일 것 같았다. 오전 9시 30분에 위원회실로 들어섰다. 바로 지난 2월 15일에 일본군 위안부 청문회를 열었던 바로 그 회의장이었다. 내 왼쪽 옆자리에는 로비스트 T가 앉고, 오른쪽에는 뉴욕에서 온 K 소장이 나란히 앉았다. 내가 자리에 앉자마자 기자들이 몰려와 카메라의 플래시를 터뜨리며 열띤 취재 경쟁을 벌였다. 이번 일본군 위안부 사안은 미국과 일본, 한국의 국제관계가 걸린 민감한 문제라 많은 언론의 관심이 집중되어 있었다. 우리 한인 동포들이 열심히 힘을 모아

뛴 캠페인과 로비가 이어지는 몇 달 동안 일본 정부의 로비도 매우 막강하게 작용하고 있었다.

일본군 위안부 문제는 정오가 되어서야 다루어졌다. 방청석에 있던 우리 측 사람들의 얼굴에 긴장감이 감돌았다. 여러 의원들이 위안부 결의안을 뜨겁게 지지해 주었다. 끝까지 차갑게, 고집스럽게 반대한 의회 의원은 오로지 공화당의 두 의원뿐이었다. 우리가 평소에 하고 싶었던 말들을 많은 미 의회 의원들이 대변해 주어 고마웠고, 마음이 후련했다. 미국의 저력이 느껴지는 순간이었다. 특히 지난 2월 15일 청문회를 주재했던 팔레오마베가 의원의 온 정성을 다한 열변에 우리는 모두 뜨거운 박수를 보냈다. 후에 의회 관계자에게 들어보니 국제관계위원회의 토론 도중에 관중석으로부터 박수를 받은 것은 이번이 처음이라고 했다.

흑인인 조지아 주의 데이비드 스카트 의원은 그 우아한 웅변으로 흑인 노예의 역사는 삼백 년이나 지난 후에야 그 진상이 밝혀지고 사과가 이루어졌는데, 일본 정부가 이 성 노예 문제에 대해 고작 몇십 년 후에 사과하는 것이 왜 늦느냐면서 반박했다. 그러나 민주당의 한 여성 의원은 "당신네 식구가 이렇게 전쟁 중에 성 노예로 끌려가 인생이 파괴되었다면 침묵을 지키겠는가, 성 노예는 어떤 경우에도 일어나서는 안 되는 사건"이라고 단호히 반박했다. 결국, 39:2의 절대다수 찬성 표결로 결의안 121호가 승리를 거두었다. 우리는 모두 박수와 환호 속에 기쁨의 눈물을 흘렸다.

위원회가 끝난 후에 많은 언론매체에서 인터뷰를 하자고 달려들었다. 나는 그동안 많은 일본 언론과 알게 되었다. 처음에는 일본이라는 이유로 주저하기도 했지만 결국 이 모든 내용이 지금 일본의 젊은 세대들에게도 알려져야 한다는 데 생각이 모였다. 아무리 역사를 왜곡하면서까지 감춰 보려고 안간힘을 써도 진실은 결국 밝혀지게 된다는 사실을 그들에게 똑똑히 알려 주고 싶었다. 때로는 피곤하고, 귀가 아플 정도였지만 법안이 통과할 때까지 언론의 힘을 무시할 수 없었기에 최선을 다해 모든 취재진의 요청에 응하기로 했다.

드디어 미 의회를 통과

2007년 7월 30일, 많은 한국인들에게 역사적인 순간이 다가왔다. 미 의회 의사당에서 121호 법안 통과가 결정되는 날이기 때문이다. 제2차대전 당시 일본이 한국에 저지른 만행을 국제 사회에 폭로하고 정식으로 사과를 요청하는 뜻깊은 날이었다. 많은 한인들의 열망으로 여러 차례 미 의회에 상정되었다가 일본의 로비와 정치적인 압력으로 무산되어 오던, 한국인의 한이 담긴 법안이었다. 비록 법적인 구속력이 있는 것은 아니지만, 기본 인권, 그리고 여성으로서의 짓밟힌 인권을 회복시켜 주며, 미국이 피해자 할머님들의 손을 들어 주어 국제 사회에 이 문제를 주지시키는 깊은 의미가 담겨 있는 법안이기도 했다.

의회 건물의 카페에 들어서자 많은 한국인이 긴장된 표정으로 초조히 개회 시간을 기다리고 있었다. 뉴욕에서 온 팀과 중국계 인권 단체 사람들, 그리고 밤새 비행기로 도착한 캘리포니아 팀이 이용수 할머니와 함께 기다리고 있었다. 미 의회 청문회에서 위안부의 참상을 증언하기도 한 이용수 할머니는 나를 보자 반가운 미소를 지어 보였다. 모든 사람이 합격자 발표를 앞둔 입시생처럼 긴장된 표정으로 결정의 순간을 기다리고 있었다. 이날을 위해 그동안 자신의 생업조차 내팽개친 채 열심히 뛰어다닌 사람들이었다. 사람들과 이런 저런 인사를 나누고 돌아설 때, 뉴욕에서 온 K 소장이 나를 보고 반가운 표정으로 다가와 악수를 청했다.

"서 교수님, 오늘은 서 교수님의 날입니다. 그동안 힘들게 노력하신 일이 열매를 맺는 날입니다. 축하드립니다."

K 소장의 말을 듣자 나의 마음 깊은 곳에서 뭉클한 감정이 솟아올랐다. 어찌 이날을 감히 나의 날이라고 할 수 있겠는가. 불볕더위 아래서 땀 흘리며 미국인들의 서명을 받아내기 위해 노력한 수많은 한인 교포의 수고가 만들어 낸 오늘이 아니던가. 너나 할 것 없이 정당하게 우리의 소리를 내겠다는 열의로 뭉친 한국인의 저력이 빚어낸 결과가 아니던가. 그동안 법안 통과 캠페인을 위해 뛰면서 여러 가지로 마음이 불편했던 나 자신이 부끄럽기도 했다.

오후 2시, 긴장된 기다림 끝에 드디어 미연방 의원들이 의회 의사당에서 결의안을 결정하는 역사적인 순간이 왔다. 의회 의장의 개회 선언이 시작되자 나도 모르게 떨리는 두 손을 모아 쥐고 마음속으로 기도했다. 우리 모두의 소망이 이번에는 꼭 이루어지기를.

백발에 위엄 있는 풍채를 지닌 국제관계위원회의 탐 렌토스 위원장이 선두주자로 일본군 위안부 결의안에 대하여 힘 있고 감동적인 연설을 시작했다. 후에 들은 이야기인데 그는 그날 백악관에 들렀다가 시간이 지체되자 의회에 연락하여 본인이 도착할 때까지 121호 법안의 투표 시간을 뒤로 미루어 달라고 부탁했을 정도였다고 한다. 어쩐지 개회가 예정 시간보다 계속 뒤로 밀리는 것이 이상했는데 그 이유를 알고 나니 흐뭇한 미소를 짓게 됐다. 미 의회의 지도자로서 존경받는 그가 그 자리에 함께 앉아 있다는 사실만으로도 충분히 힘이 실릴 만큼 그는 의회 안에서 신뢰도가 높은 사람이었다. 그의 또렷한 목소리가 넓은 의회 의사당 안에서 울려 퍼져 나가고 있었다.

"만일 일본 정부가 일본군 위안부 문제에 대하여 공식 사과를 하지 않고, 지나간 역사에 대한 책임을 지지 않는다면 이는 씻을 수 없이 수치스러운 일"이라며 힘 있고, 설득력 있게 연설하자 의회 의사당의 분위기는 완전히 압도당한 듯 숙연해졌다.

아시아태평양 소위원회 위원장인 팔레오마베가 의원은 지난 2월 15일의 의회 청문회에서 위원장을 맡은 장본인으로서, 일본군 위안부 문제에 대하여 누구보다도 뜨거운 열의를 가지고 있는 사람이었다. 순박하고 솔직한 시골 할아버지 같은 인상의 그가 열띤 연설을 한 후, 이번 법안의 발의자인 마이크 혼다 의원의 연설이 이어졌다. 의원들은 하나같이 레인 에반스 의원에게 영예를 돌리는 것을 잊지 않았다. 레인의 이름이 의회 의사당에 퍼질 때마다 나는 솟아오르

2007년 7월 HR 121 법안 통과후 낸시 펠로시 하원의장과

는 눈물을 억제할 수가 없었다. 의회 본회의장에 들어가기 전에 핸드백과 소지품을 모두 보관소에 맡겨 두고 빈손으로 들어가야 했기에 눈물을 닦을 손수건조차 없어 나의 얼굴은 눈물로 뒤범벅되어 얼룩지고 말았다. 의회 본회의장의 2층 갤러리에 앉아서 아래 회의장을 지켜보니 어디선가 레인이 싱긋 웃으며 나타날 것 같아서 가슴이 저렸다.

민주당과 공화당 의원들의 일본군 위안부에 대한 지지 연설이 끝난 후, 국회의장의 권한으로 음성 투표voice vote에 들어갔다. 혹시 공화당의 누군가가 일어나 "Nay!"라고 외칠까봐 내 조그만 가슴이 쿵쾅쿵쾅 뛰며 조마조마해지기까지 했다. 다행히 반대 의견 없이 참석한 양당의 의회 의원들은 모두 "Yeah!" 하며 찬성 소리를 높였다. 드

미 의회 결의안 121호 통과 후, 마이크 혼다 의원, 이용수 할머님과 함께

디어 국회의장의 의사봉 소리와 함께 121호 법안 통과 선언의 팡파르가 울려 퍼졌다. 그 순간의 감격이란! 2층 갤러리에 참석한 모든 사람들이 한국인, 중국인 할 것 없이 서로를 껴안고 눈물로 축하의 기쁨을 나누었다. 나의 얼굴은 온통 눈물범벅으로 아침에 했던 눈화장이 지워지고 엉망이 되었지만, 그쯤은 아무런 문제가 되지 않았다.

레인이 있었다면

나에게는 결코 잊을 수 없는 그날, 그동안 수고하며 애쓴 많은 사람들이 환호하며 기뻐했다. 그날은 미 의회에서 우리 한국인의 저력을 보여 주는 날이기도 했다. 나는 샴페인을 터뜨리고 기뻐하는 사람들을 보며 자연스레 레인을 떠올렸다. 레인이 이 자리에 있었다면 얼마나 기뻐했을까. 오늘의 이 영광스러운 기쁨의 첫 포문을 열어 준 레인이 없다는 건 마치 생일상에 생일 맞은 사람이 없는 것처럼 나에게는 허전한 일이었다. 일본군 위안부 법안이 통과되기까지 레인의 끈질긴 노력과 포기하지 않는 외로운 투쟁이 있었기에 오늘이 가능했다. 기자들은 나의 속도 모르고 레인의 근황과 건강 상태를 물어보았다. 내 가슴은 미어질 듯 아팠다. 그날 저녁 마이크 혼다 의원이 베푼 리셉션에 참석했을 때, 낸시 펠로시 국회의장과 팔레오마베가 위원장 등 많은 의회 의원이 내게 레인의 안부를 물어왔다. 모두 레인을 사랑하고 아끼던 사람들이었다. 그렇게 원하던 일본군 위안부 결의안 121호가 미 의회 통과라는 역사적인 과제를 이루고 나니 레인이 더욱 그리웠다. 그와 함께 이 기쁨을 나눌 수 있었더라면….

| 제5장 |

록아일랜드의 빛과 그림자

레인이 태어난 집

2001년, 나는 레인을 따라 처음으로 록아일랜드를 방문했다. 록아일랜드는 일리노이의 중서부 벌판에 자리 잡은 시골 도시였다. 시카고 공항에서 내려 서쪽으로 끝도 보이지 않는 황량한 벌판을 세 시간 동안 달려서 겨우 도착한 그곳에는 레인을 사랑하는 많은 이들이 살고 있었다. 레인이 태어나고 자라난 집을 본다는 건 내겐 무척 설레고 흥미로운 일이었다. 레인은 부모님이 사시던 집에서 살고 있었는데, 그 집은 아버지로부터 물려받은 것이 아니라, 레인이 나중에 스스로 산 집이라고 했다. 나의 상식으로는 쉽게 이해할 수 없었지만 독립심과 개척정신을 중시하는 미국에서는 그렇게 하는 모양이라고 생각했다. 내가 레인을 만났을 때 부모님은 이미 몇 해 전에 돌아가신 후였다. 드디어 레인의 집 앞에 차가 섰을 때, 나는 내 눈을 의심하지 않을 수 없었다. 나무로 지어진 아주 오래되고 허름한 집은 곳곳에 페인트칠이 벗겨져 을씨년스럽기까지 했다. 나의 기대감은 순식간에 놀라움과 당혹감으로 변하고 말았다. 거의 20년이나 연방 의원을 지낸 그가 이런 초라한 집에서 살아왔다니 놀라울 뿐이었다. 하지만 나의 놀라움은 거기서 끝이 아니었다. 집 안으로 들어가서 레인의 방을 보는 순간, 나는 경악할 지경이었다. 파킨슨병을 앓고 있는 그가 쓰는 방은 사람 몸 하나 두기에도 불편할 정도로 좁은 방이었고, 그 흔한 침대조차 없었기 때문이다. 그 집에서 가장 편하고 큰 방은 그의 동생과 조카들이 사용하고 있다고 했다. 내가 어이없는 표정으로 방안을 둘러보자 레인은 머쓱한 표정으로 웃으며 말했다.

"어렸을 때 학교에서 집에 왔는데, 부모님이 날 부르시더니 이 방을 쓰라고 하시는 거야. 그때까지 난 방을 다른 형제하고 같이 쓰고 있었거든. 얼마나 행복했었는지 몰라. 처음으로 멋진 내 방이 생긴 거지. 그때를 생각하면 지금도 가슴이 떨려. 나는 이 방이 좋아."

믿기지 않게도 그는 정말 행복해 보였다. 자리에서 일어나면 그의 머리가 천장에 닿는 보잘것없이 작은 방에 진심으로 행복해 하고 있는 것 같았다. 나는 그의 소박한 모습을 보며 잠시 고개를 숙였다. 그가 환자라는 사실만 아니었어도 행복한 시선으로 이 방을 함께 바라볼 수 있었을 텐데. 잠자리에 든 후 내가 엎치락뒤치락하며 불편해 하자 그가 미안했던지 호텔로 옮기는 게 어떻겠냐고 제안했다. 불편하긴 했지만, 어차피 하룻밤만 지나면 내일은 선거의 마지막 결과를 보는 개표일이었기에, 그의 선거 관리 본부로 사용할 쉐라톤 호텔로 숙소를 옮길 예정이었다. 레인에게는 괜찮다고 말해 줬지만 나는 밤새도록 내 안에 맴도는 갖가지 생각들로 쉽게 잠들지 못했다. 레인은 심리학적으로 '구제자 증후군rescuer syndrome'이 있는 남자가 아닌가 생각했다. 본인이 자진해서 다른 형제들의 생활까지 챙겨주어야 하고 아무 대가도 요구하지 않으며 무조건 베풀고 도와주는 사람이었기 때문이다.

민주당 전당대회

해마다 여름 방학이면 나는 가족들과 함께하기 위해 두 달 정도 서울에 머물렀다. 그 시간은 1년 동안 묵혀 둔 외로움을 가족의 품에서 다 털어내고 새로운 힘을 얻는 재충전의 기간이었으므로 나에게는 손꼽아 기다릴 만큼 매우 소중한 시간이었다.

2000년 8월, 로스앤젤레스에 있는 스테이플 센터에서 미국 민주당 전당대회가 열렸다. 레인은 그해 여름에 내가 서울에 머무는 동안 서울을 방문하려고 이리저리 궁리하다가 못 오게 되자 결국 LA에서 만나 그 행사에 함께 참석하자고 제안했다. 그의 보좌관과 LA 공항에서 기다리고 있던 레인은 짐을 끌고 입국장을 나오는 나를 발견하자마자 반갑게 달려왔다.

"정말 보고 싶었어, 옥자!"

그는 사람들의 시선 따윈 아랑곳하지 않고 나를 덥석 껴안고는 내 귀에 대고 속삭였다. 한 달 동안 태평양을 사이에 두고 떨어져 있던 시간들이 우리에게는 너무나 길게 느껴졌다.

"언제 기회가 되면 꼭 당신이랑 같이 서울에 가고 싶어."

"그래요. 우리 같이 서울에 가요. 당신을 보고 싶어 하는 사람들이 많아요."

레인은 사람들 틈에서 내 손을 놓치기라도 할 듯 꼭 잡고 걸어갔다.

스테이플 센터는 수천 명의 민주당원으로 가득 차 있었다. 무대에는 클린턴 대통령 부부를 비롯해 민주당 소속의 유명 정치인들이 모습을 보였다. 레인도 민주당의 재향군인회 부회장직을 맡고 있었기에 주요 연설자 명단에 이름이 올라 있었다. 전당대회는 열기에 차 있고, 앨 고어가 만장일치로 민주당 대통령 후보에 추대되었다.

레인의 깊은 상처

도착한 다음 날, 아침 일찍 일어난 레인이 어쩐 일인지 걱정스러운 표정으로 불안하게 호텔 방안을 왔다 갔다 하며 서성거렸다.

"왜 그래요? 무슨 일이 있어요? 혹시 오늘 연설 때문에 그래요?"

그날은 레인이 많은 사람 앞에서 연설을 하는 날이었기에 혹시 연설문이라도 잃어버린 게 아닌가 싶어서 걱정이 되었다.

"저 말이야… 나… 당신한테 고백할 게 있어."

무슨 큰 잘못이라도 저지른 아이처럼 시선을 내리깐 채 말을 잇지 못하는 레인의 대답에 나는 긴장해서 그를 바라보며 무슨 얘기가 나올지 기다렸다.

"화내지 않는다고 약속해 줘."

"무슨 일인지 알아야 약속을 하죠. 말해 봐요. 궁금하잖아요."

한참 동안 망설이던 레인이 어렵게 말을 꺼냈다. 레인의 설명이 이어지면서 애써 담담한 척하려 했던 나의 표정은 점점 더 굳어졌다. 전당대회 행사장의 특별 VIP석에 앉으려면 패스가 필요했다. 워싱턴에서 많은 민주당원이 먼 길을 마다치 않고 LA로 몰려들었지만, 패스가 없으면 VIP석에서 참관할 수가 없었다. 레인과 나에게는 특별히 VIP 패스가 주어져서 편하게 입장할 수 있었다. 하지만 그 패스가 없으면 먼 꼭대기 층의 뒷자리에 앉을 수밖에 없었다. 그런데 바로 그 VIP 패스가 사건의 발단이 되었다.

미연방 하원 의원이라는 그럴듯한 직함과 독신에다 인물도 좋은 레인의 주위에는 늘 여자들의 유혹이 끊이지 않았다. 그중 한 여자는 기혼자이면서도 뭔가 아쉬운 일이 있을 때마다 심심찮게 레인에게 연락해 오곤 했다. 버젓이 여자친구인 내가 있는 줄 알면서도 우정이라는 허울 좋은 명분하에 슬그머니 우리 사이에 고개를 들이미는 그녀의 행동이 나로서는 좀 불쾌했다. 레인이 워낙 사람이 좋아서 남의 부탁을 쉽게 거절하지 못하는 건 알고 있지만, 내 입장을 고려하지 않은 친절이 가끔 나를 외롭게 만들었다. 나는 레인이 항상 신조처럼 외치는 자유와 독립을 누구보다 잘 알고 있었기에, 또한 그 자유와 독립 안에는 어떤 여자에게도 종속되고 싶지 않은 레인의 굳은 신조가 들어 있었기에, 때로는 모른 척 넘어가기도 했다. 어쩌면 그와 나는 운명처럼 '자유와 독립'을 외치며 스스로를 고립시키듯 살아온 이 사회의 이방인들인지도 몰랐다.

그런데 이번 사건은 문제가 조금 심각해져 나를 당황스럽게 하였다. 스스로 레인의 옛 친구라고 칭하는 그 여자가 LA에 왔다가 패스를 구하지 못하게 되자 레인을 찾아와 VIP 패스를 부탁한 모양이었다. VIP 패스는 워낙 한정돼 있어서 구하기가 쉽지 않았다. 그런데 무엇이든 덥석덥석 남에게 주는 데 익숙한 레인이 아무 생각 없이 이튿날 내가 사용해야 할 VIP 패스를 그녀에게 건네주고 만 것이다. 뒤늦게 아차 싶어서 나 몰래 부랴부랴 VIP 패스를 구하려고 노력해 봤지만, 생각처럼 수월하지가 않았던 모양이었다. 결국, 그 다음 날 아침이 되자 레인은 궁지에 몰린 새앙쥐처럼 내 앞에서 안절부절못하게 된 것이다.

레인의 처지를 생각해서라도 어떻게든 화를 참아 보려고 노력했지만 나의 인내는 이미 한계를 넘어서고 있었다. 레인보다는 그런 부탁을 해 오는 여자들의 행동이 나를 더욱 화나게 했다. 레인이 건강하지 못한 몸이라는 걸 뻔히 알면서, 레인의 곁에서 도와줄 생각은 추호도 없으면서 아쉬운 일이 생기면 염치없이 찾아와 레인 앞에서 아양을 떨어대는 소행에 화가 치밀었다. 레인과 나 사이에 무거운 침묵이 흘렀다. 나는 나대로 끓어오르는 분노를 억지로 눌러 삭이려고 애쓰고 있었고, 그는 그대로 나에게 무슨 말로 위로를 해야 할지 몰라 안절부절못하며 미안해 하고 있었다.

"나 오늘 워싱턴으로 돌아갈게요."

결국, 침묵을 깨고 판결문을 읽어 내리는 판사처럼 내가 무겁게 입을 열었다. 이런 불쾌한 기분으로 이곳에 더 있어 봐야 레인에게 도움이 될 것 같지가 않았다. 어차피 패스도 없어졌으니 호텔 방 안에서 지루하게 시간을 보내야 할 텐데, 그 시간 동안 레인을 원망하는 것보다는 차라리 집으로 돌아가는 게 서로를 위해 낫겠다고 판단한 것이다. 어차피 내가 없으면 레인을 보살피는 일은 보좌관과 비서가 맡아서 할 터였다. 무표정한 얼굴로 짐을 싸기 시작하자 그는 화들짝 놀란 얼굴로 내게 다가와 미안하다고, 자신의 실수를 용서해 달라고 사정하기 시작했다. 그런 레인의 모습이 안쓰럽긴 했지만 내가 받은 상처의 아픔 또한 만만치 않았다. 그가 야속했고 원망스러웠다. 우리는 간혹 말다툼을 하는 경우가 있었지만, 레인이 신발 두 짝을 들고 도망치듯 현관문을 빠져나가는 뒷모습을 보면 쿡쿡 웃음이 터져 금방 풀어지곤 했다. 하지만 이번에는 달랐다. 아무리 그의 입장을 헤아려 보려고 해도 이것은 명백히 나를 무시하는 처사라고 생각했다. 하지만 몸이 아픈 레인에게 화를 내고 싶지는 않았다. 그렇게 되면 레인이 다시 마음의 상처를 입을 것이 아닌가. 나는 잠시 서로 떨어져 있으면 화가 풀려 아무 일 없었던 것처럼 볼 수 있을 것으로 생각하면서 가지 말라는 그의 간청을 외면하고 짐을 싸기 시작했다.

한시바삐 그곳을 떠나고 싶었다. 단단히 화가 난 나의 모습을 바라보던 레인의 표정이 당황스러움에서 점점 어린아이 같은 두려움으로 바뀌기 시작했다. 내가 가방을 드는 순간, 그는 절망스런 표정으로 내 앞에 털썩 주저앉더니 갑자기 울음을 터뜨리기 시작했다. 갑작스러운 그의 행동에 정작 당황한 건 나였다. 아무리 고통스러운 아픔이 있어도 고집스럽게 묵묵히 참아 내던 그가 아니었던가. 마치 오랫동안 굳게 막혀 있던 깊은 샘물이 뚫리면서 갑자기 물줄기가 솟아오르듯 그는 마구 흐느껴 울기 시작했다. 무엇이 이 사람을 이토록 슬픔에 겨워 울부짖게 한단 말인가. 그것이 나 때문이라고는 생각하지 않았다. 단지 내가 그 슬픔의 물꼬를 터 주었을 뿐, 그의 마음속에는 이미 오래된 통한과 서러움이 넘치도록 가득 채워져 있었던 것 같았다.

갑작스런 그의 통곡 앞에서 나는 놀란 표정으로 멍하니 서 있었다. 의사를 불러야 할지 당황스러웠지만 우선 가방을 내려놓고 몸까지 떨며 흐느끼고 있는 그를 꽉 안아 주었다. 그의 큰 덩치가 엄마 품에 안기듯 엎드리다시피 나의 품에 기대왔다. 한참을 서럽게 흐느끼고 난 그가 잠시 침묵으로 마음을 진정시킨 후 자신의 이야기를 띄엄띄엄 털어놓기 시작했다.

"나는 지금 마음이 너무 아파. 사실 난 어머니를 몹시 싫어했어. 어머니는 어렸을 때 내가 무언가 잘못을 했다고 생각하면 며칠씩 잠도 재우지 않고 벌을 주곤 하셨지. 난 그렇게 지독한 어머니가 너무나 끔찍했어. 어머니가 너무나 두렵고 미웠었지. 난 어머니 같은 여자를 만날까봐 항상 두려웠어. 그래서 결혼을 하지 않기로 맹세했지. 결국 내가 이렇게 사는 것도…."

그는 다시 터져 나오는 울음 때문에 끝내 말을 잇지 못했다. 어린 시절 어머니로부터 받았다는 상처가 아직도 그의 가슴에 서럽게 응어리져 있었다. 그의 어머니는 간호사였다. 평범한 소방관이었던 남편 사이에서 네 아들을 얻어 아들을 통해 자신이 이루지 못한 꿈을 이루고 싶어 했던 어머니는, 그 꿈을 이루기 위해 다른 아들보다 영특하고 착한 레인에게 집착했단다. 결국 레인은 조지타운 법대를 나와 변호사가 되었고, 활동적인 어머니 곁에서 서른한 살의 나이로 미연방 하원 의원 선거에 출마해 당선되었다. 레인은 국회 의원으로서 힘없고 어려운 사람들의 눈과 귀가 되어 열심히 일했고, 그 일을 최고의 사명으로 여겼다. 하지만 그에게 한 여자를 선택해서 가정을 이루는 일은 한번 빠지면 헤어날 수 없는 늪처럼 두렵고 자신 없는 길이었다. 그래서 레인은 평생 자유와 독립을 자신의 신조로 간직한 채 혼자 외로운 싸움을 해왔던 것이다. 그제야 레인과 나 사이를 가로막고 있던 의문의 유리 벽 하나가 스르륵 무너져 내리는 것 같았다.

그래도 훌륭하게

겨우 감정을 추스른 그가 시계를 보았다. 그는 이제 곧 민주당 전당대회 무대에 올라 수천 명의 참석자 앞에서 연설을 해야만 했다. 조금 전까지 흐느끼던 그는 너무 울어서 붕어처럼 퉁퉁 부어오른 눈으로 진지하게 연설문을 들고 방안을 이리저리 왔다 갔다 하며 연설 연습을 시작했고, 나는 조금 전에 싼 짐을 내려놓고 그를 코치하고

민주당 전당 대회

그날 레인은 수천 명 앞에서 훌륭하게 연설을 해냈다. 그의 연설은 힘이 있었고 감동적이었다. 연설하는 그의 모습을 초대형 스크린으로 지켜보며 나는 그가 자랑스러웠다.

있었다. 누군가 그 모습을 보았다면 참으로 우스꽝스러운 장면이라고 생각했겠지만, 우리에겐 몹시 중요하면서도 귀중한 사건이었다. 인생은 희극과 비극의 연속이듯이.

그날 오후, 다행히 레인의 보좌관이 어디선가 VIP 패스를 구해 왔다. 그리고 그날 레인은 수천 명 앞에서 훌륭하게 연설을 해냈다. 그의 연설은 힘이 있었고 감동적이었다. 나는 연설하는 그의 모습을 초대형 스크린으로 지켜보며 그가 자랑스러웠다. 카메라맨이 미리 알았던지 스크린에는 관중 속에 앉아 있는 나의 얼굴도 곁들어 비추어졌다. 나는 다짐했다. 아픔을 딛고 일어선 나의 영웅인 이 남자를 더욱 사랑해 주리라. 그의 아픈 상처를 보듬어 주고 같이 아파해 주면서 그의 상처가 모두 회복되어 슬픔의 늪이 행복한 초원으로 바뀔 때까지.

아픈 다리 때문에 많이 놀랐지

학교에서 강의를 준비하고 있는데 레인의 사무실 여직원으로부터 다급한 전화가 걸려 왔다. 레인이 곧 일리노이의 선거구로 가서 마지막 선거 유세를 돌아야 하는데 한쪽 발이 붓고 상태가 안 좋아져서 어쩌면 이곳 베데스다에 있는 해군병원에서 당장 수술하게 될지도 모른다는 것이다. 머릿속이 아득해졌다. 그렇잖아도 불편한 레인의 다리를 수술까지 하게 된다면 그는 앞으로 훨체어 신세를 면치 못하게 될 터인데. 그것은 레인을 무덤으로 몰아넣는 것이나 다름없을 만큼 잔인한 일이었다. 아무리 몸이 아파도 아침마다 집 주변 길을 8km씩이나 뛰는 해병대 출신의 강인한 성격의 소유자가 바로 레인이었다.

전화를 끊자마자 정신없이 옷을 챙겨 입고 레인의 집으로 차를 몰았다. 학교 일이 많아서 레인을 돌보지 못할 때는 레인의 비서와 보좌관이 나를 대신해서 그를 돌봐 주었는데, 하필이면 그런 시간에 사고가 생긴 것이다. 레인의 집은 미국의 타운 하우스가 보통 그렇듯 지하실이 있고, 거실과 부엌이 있는 1층, 그리고 침실이 있는 2층으로 되어 있었다. 자그마한 타운 하우스이지만 국회 바로 옆에 자리 잡고 있어서 그로서는 일하기가 무척이나 편한 곳이었다. 홀로 식탁 의자에 앉아 나를 기다리던 레인은 현관문을 열고 들어서는 나를 보자 엄마를 기다리던 아이처럼 반가워하며 자리에서 벌떡 일어나려다가 그대로 털썩 주저앉고 말았다. 병원에서 아픈 발에 감아 준 붕대는 부엌 바닥에 힘없이 풀어져 길게 너울거리고 있었다.

"어떻게 된 거예요?"

"그냥 갑자기 그렇게 됐어. 옥자, 많이 놀랐지?"

레인은 놀란 표정으로 서 있는 내게 아무렇지도 않은 듯 어깨를 으쓱하며 여유롭게 말했다. 나는 주저앉아 그의 아픈 다리를 찬찬히 살펴보았다. 퉁퉁 부어오른 그의 발목이 벌써 불그스레하게 변해 위험 수위에 닿아 쉽게 나을 것 같지가 않았다. 선거를 앞둔 국회 의원이 가장 중요한 마지막 선거 유세를 하지 못한다면 그 결과는 불 보듯 뻔한 일이었다. 그의 다리에 신경을 쏟다가 뒤늦게 깨끗한 식탁을 보니 그는 밤늦은 시간인 그때까지도 저녁조차 제대로 챙겨 먹지 못한 모양이었다.

"저녁은요?"

"다리가 이 모양이라서 아직…."

이 지경으로 그를 방치하고 사라진 사람들에게 서운한 감정이 일었지만 그건 나중에 따질 일이었다. 나는 급하게 냉장고를 뒤져서 있는 음식들로 대충 저녁을 챙겨 먹인 다음 그를 부축해서 응접실 바닥에 자리를 깔고 눕혔다. 침실은 2층에 있었지만, 도저히 나 혼자 힘으로 다리가 불편한 그를 부축해서 2층까지 올라갈 자신이 없었기 때문이었다. 그 옆에 털썩 주저앉자 온종일 쌓인 피로감이 한꺼번에 몰려들었다. 나는 금방이라도 쓰러져 버릴 것 같아서 벽에 몸을 기대어 앉은 채로 눈을 감았다.

"난 괜찮으니까 당신은 2층에 올라가 쉬어." 그가 말했다.

얼마나 시간이 흘렀을까. 어디선가 "옥자, 옥자" 하며 내 이름을 부르는 목소리가 꿈결처럼 아련하게 들려왔다. 간신히 무거운 눈꺼풀을 비비며 일어나려 하는데 아래층에서 희미하게 레인의 목소리가 들려왔다. 나는 눈을 번쩍 뜨고 시계를 보았다. 새벽 3시였다. 후다닥 일어나 아래층으로 내려와 보니 응접실은 완전히 아수라장이 되어 있었다. 그리고 그 아수라장에서 레인이 어린아이처럼 대책 없이 나를 애타게 기다리고 있었다.

"레인! 웬일이에요? 많이 아파요?"

그는 대답 대신 아기같이 고개만 끄덕거렸다. 소파의 쿠션들이 온통 사방에 널브러져 있는 그곳은 마치 허리케인이 지나간 벌판 같았다. 나는 밤새도록 레인이 얼마나 고통에 시달렸는지 짐작할 수 있었다. 통증이 심해지자 내 도움이 필요해서 나를 불렀으나 위층에서 깊이 잠에 취한 내가 아무 반응이 없자, 주위에서 눈에 보이는 것들을 닥치는 대로 모두 천장 쪽으로 던져서 어떻게 해서든 2층에 있는 나를 깨우려 했던 것이다. 나는 밤새도록 고통과 싸웠을 그를 바라보며 가슴이 저며오는 것을 참아야 했다.

날이 밝자마자 레인의 보좌관과 함께 베데스다에 있는 해군병원으로 달려갔다. 그 병원에는 오랫동안 레인을 치료해 온 레인의 주치의가 있었다. 복잡한 검진을 거쳐 결과를 지켜보던 의사는 다행히 당분간 수술은 하지 않아도 될 것 같다고 말했다. 새벽에 레인이 겪었던 고통은 발 때문이 아니라, 그의 몸 상태가 점점 나빠지면서 생긴 일종의 정기적인 통증이었다고 했다. 우리 일행은 안도의 숨을 내쉬었다. 마지막 선거 유세를 위해 총력을 기울여 준비한 모든 행사가 막바지에 가서 취소되느냐 마느냐 하는 중대한 시점에서 우리 모두는 가슴을 쓸어내릴 수 있었다.

선거전의 영웅

그 당시 다리가 불편했던 레인은 의사가 딱딱한 깁스로 만들어 준 신발을 신고 마지막으로 비 내리는 일리노이의 선거 유세장을 돌았다. 나는 처음으로 미국 국회 의원 선거 유세장을 돌아볼 수 있었다. 모든 것이 새롭고 흥미로웠다. 레인이 태어나서 자란 조용한 시골 도시 록아일랜드와 근처의 스프링필드, 몰린 시는 온통 선거 열풍의 막바지 분위기에 휩싸여 있었다. 곳곳에서 레인을 지지하는 자원 봉사자들이 달려와 레인과 악수했다. 오랜 세월 연방 하원으로 자리를 잡아서인지 여러 곳에 설치된 선거 캠페인 사무실에는 자원 봉사자들로 차고 넘쳤다. 때 묻지 않은 순박한 미소를 가진 시골 사람들에 둘러싸여 포옹하고 그들에게 귀 기울이는 레인은 오늘 새벽, 고통에 몸부림치던 이가 아니었다. 이것이 정치가의 삶인가. 사람들을 향해 보이는 그의 행동 하나하나가 나에게 새로운 감명을 주었다. 이미 20여 년 동안의 국회 의원 활동을 통해 어느 정도 지지자들을 확보하고 있을 거라고 예상했지만, 일리노이 주 제17선거구의 레인은 대통령도 부럽지 않을 만큼 시민들로부터 절대적인 신뢰와 사랑을 받는 영웅이었다.

우리는 투표일 아침 일찍 쉐라톤 호텔로 향했다. 식당에서 아침 식사를 마치고 나오자, 마침 레인의 형제와 조카들이 투표를 끝내고 호텔로 들어오고 있었다. 오늘은 레인에게 매우 중요한 날이었기에, 온 가족과 지인들이 힘을 합해야 하는 날이었다. 마지막 순간까지 최선을 다하기 위해 그의 선거원들이 온종일 열심히 이곳저곳을 땀 흘리며 뛰어다니는 동안, 레인과 나는 호텔 방에서 당선 후 사용할 당선 연설문을 미리 준비하고 있었다. 설사 낙선된다고 하더라도 만약의 경우를 대비해서 연설문은 미리 준비해 두어야 했지만, 모든 사람이 레인의 당선을 확신하고 있었기에 우리의 마음은 가벼웠다.

그런데 오후가 되면서 갑자기 예상치 못한 문제가 발생했다. 레인의 홍보 담당 보좌관이 하얗게 질린 얼굴로 뛰어들어온 것은 투표가 막바지에 다다른 오후 다섯 시쯤이었다. 그의 보고에 따르면 반대쪽 공화당의 투표자 수가 이쪽 민주당보다 훨씬 많다는 것이었다. 투표자 수가 적다면 아무리 지지자가 많아도 다 소용이 없는 일이었다. 나는 들고 있던 연설문 종이를 떨어뜨릴 정도로 당황했다. 하지만 레인은 침착하게 옆에 있는 전화기를 들었다. 그 전화기는 일리노이 선거 구역의 방송 시스템과 연결된 전화기였다. 레인은 사람들에게 지도자다운 호소력 있는 말투로 천천히 말했다.

"레인 에반스입니다. 투표 마감 시간이 얼마 남지 않았습니다. 혹시 아직 투표하지 않으신 분이 있으시다면 모두 투표장에 가셔서 투표에 참여해 주시기를 바랍니다. 부탁드립니다."

너무나 침착한 레인의 모습을 보면서 나는 갑자기 가슴이 철렁 내려앉으며 앞이 캄캄해졌다. 만일 레인이 선거에서 진다면 그의 인생은 앞으로 어떻게 될 것인가. 파킨슨병을 앓고 있는 그가 세상에서 할 수 있는 일이라곤 아무것도 없을 것이다. 그것은 그에게 또 다른 사형선고요, 죽음이었다. 참담하게 무너지는 레인의 모습을 상상하는 순간 나는 다리에 힘이 빠져나가는 것같이 아찔했다. 그런 일은 절대로 있어서 안 되는 일이었다. 주변에 있던 사람들도 잔뜩 긴장한 표정이었다. 지금까지 20년을 한 번도 실패하지 않고 승승장구의 가도를 달려온 그였지만 지금은 그 끝을 예측할 수가 없어 보였다. 모든 사람이 걱정스러운 표정으로 서성이는데 단 한 사람, 오로지 레인만은 특유의 유머를 발휘하여 활짝 웃으며 침착하게 주위 사람들을 격려했다.

"왜들 그렇게 힘이 빠져 있어? 이런 일이 어디 한두 번이야? 이길 수 있을 테니 모두 힘을 내라구!"

다시 승리한 개선 장군

저녁에 투표 시간이 마감되고 개표가 시작되었다. 그야말로 모두가 손에 땀을 쥐는 순간이었다. 우리는 숨을 죽인 채 우리가 묵고 있는 호텔의 널찍한 특실에서 개표 상황에 모든 촉각을 곤두세우고 있었다. 8시쯤 시작된 개표는 한 시간이 조금 지나자 조금씩 윤곽이 드러나기 시작하더니 곧 결과가 나왔다. 레인의 압도적인 승리였다. 나와 레인을 비롯해서 함께 마음을 졸이고 있던 보좌관들과 친지들은 모두 흥분하여 환호성을 지르며 기뻐했다. 우리 일행은 아래층 볼룸에 미리 마련되어 있던 당선 축하 행사장으로 신나게 내려갔다.

수많은 보도진의 카메라 플래시가 터지는 가운데 레인과 나는 나란히 맨 앞에 서서 개선장군처럼 입장했고, 가족들과 보좌관들이 그 뒤를 따랐다. 나는 레인과 함께 무대 위에 올라가 사람들의 상기된 표정에서 레인을 진심으로 사랑하는 이들이 흘리는 감격의 눈물을 볼 수 있었다. 최후의 순간까지 집마다 문을 두드리고, 유권자들을 만나러 뛰어다니던 그들의 노력이 무대 위에 서 있는 내 가슴에 와 닿았다. 나의 남자, 레인이 승리의 손을 드는 감격의 순간이었다. 사람들의 환호성과 박수 속에서 레인은 그들에게 겸손한 미소와 함께 자신감 있는 몸짓으로 손을 흔들어 답례했다. 그리고 그들의 성원에 고마움을 담은 답변의 인사를 침착하고 힘있게 이어 나갔다. 레인은 아픈 몸에도 불구하고 공공의 신복을 외치며 2년 임기의 10선에 승리하였다. 그것이 2002년의 일이다. 곁에 있는 나조차 레인이 아픈 사람이라는 사실을 순간적으로 잊어버릴 정도였다.

그날 밤, 레인은 잠시 누워 쉴 틈조차 없이 바빴다. 계속되는 기자들과의 인터뷰로 거의 밤을 새우다시피 한 레인은 새벽이 되자 바로 록아일랜드의 공장 노동자들에게 감사를 표하기 위해 보좌관들과 함께 길을 나섰다. 레인은 몹시 추운 날씨에도 불구하고 이른 새벽부터 출근하는 도시의 공장 노동자들과 일일이 악수하며 감사의 마음을 전한 후 아침 늦게 피곤한 몸으로 호텔에 돌아왔다. 레인은 노동자들과 함께 호흡하며 그들의 권익을 위해 대변해 주는 낮은 자들의 영웅이었다. 그날 새벽, 나는 긴장이 풀린 탓인지 손가락 하나도 움직일 기운이 없어서 레인을 따라나설 수가 없었다. 아픈 몸을 이끌고 끝까지 일정대로 움직이는 레인을 보며 정치가로 사는 삶이 겉으로 드러나는 것보다 훨씬 힘들고 고달픈 것이라는 생각이 들었다. 아파도 아픈 척할 수 없고, 슬퍼도 슬퍼할 수 없는 사람, 모든 이들이 바라보고 있는 그는 항상 용감해야 하고, 자신감 넘치는 모습과 미소를 잃지 말아야 했다.

모든 선거 과정을 마치고 록아일랜드를 떠나는 차창 너머로 도로 곳곳에 붙은 젊은 시절 레인의 참신한 사진들이 보였다. 나는 옆자리에서 곤히 잠에 빠져 있는 레인의 모습을 가만히 바라보았다. 성한 몸으로도 버텨내기 힘든 빠듯한 일정을 강한 정신력으로 버텨낸 그가 자랑스러웠다. 다시 워싱턴으로 돌아가는 우리의 마음은 그 어느 때보다도 넘치는 생명력으로 가득 차 있었다. 우리는 최선을 다했다. 그리고 승리했다. 우리는 행복할 자격이 충분했다.

서울 방문

2006년 1월, 차창 사이로 매섭게 스며드는 찬 겨울바람 속을 달려 레인과 나, 그리고 레인의 보좌관 일행은 워싱턴 덜레스 공항으로 향했다. 한국 국회의 초청으로 서울에 가게 된 것이다. 레인과 함께 서

서울 방문 당시 장하진 여성부 장관, 주한 미국대사와 함께

울 땅을 밟는 감격은 특별했다. 오래전부터 레인과 내가 그렇게도 원하던 것이 드디어 이루어지는 순간이었기 때문이다. 레인은 우리 식구들을 만날 수 있다고 생각하니 무척 기대되고 흥분된다며 기쁜 표정을 감추지 못했다.

좁은 의자와 공간에서 버텨 내야 하는 열네 시간의 긴 비행은 건강한 사람도 견디기 힘든 일이었다. 하물며 제 몸 하나 제대로 추스르지 못하는 레인이 그 시간을 견디기 힘든 것은 너무나 당연한 일이었다. 내 몸 하나로도 비좁게 느껴지는 비행기 화장실 안에서 레인의 손발이 되어 움직이다 보니 내 이마는 흘러내리는 땀으로 범벅이 되었다. 그래도 사랑하는 사람과 내 고향 땅을 밟을 수 있다는 설

서울 방문 당시 유재건 국회 국방위원장과 국회 방문

렘에 즐거운 마음으로 참아낼 수 있었다. 화장실 문을 닫고 나와서 기다리고 있는 내 앞에 스튜어디스가 아무런 도움이 되지 못한 미안함을 미소로 대신하며 서 있었다. 내게도 저런 시절이 있었던가. 갑자기 그 옛날, CPA 항공사에서 일하던 시절이 떠올라 나는 의미심장한 미소로 답례했다.

마침내 우리는 인천 공항에 도착했다. 우리나라 국회와 주한 미대사관, 양측에서 의전관들이 대기하고 있다가 우리 일행을 반갑게 맞아 주었다. 우리는 곧장 숙소로 정해진 롯데 호텔로 향했다. 비행기 안에서 피곤함에 지쳐 소금에 절인 배추처럼 축 처진 레인의 어깨를 보며 내내 조바심을 내다가 겨우 한숨을 돌리게 되는 순간이었다. 그러나 목적지에 도착한 기쁨이 채 가시기도 전에 레인의 안색을 살피던 나는 가슴이 덜컥 내려앉았다. 레인의 건강 상태가 극도로 나빠졌음을 느꼈기 때문이었다. 나는 밤새도록 뒤척이며 힘들어하는 레인을 돌보느라 꼬박 밤을 새우고 말았다.

어머니와의 통화

이튿날, 나는 조마조마한 마음으로 레인과 함께 일정에 맞춰 서둘러 외출할 채비를 했다. 아침부터 레인을 씻기고 단장하는 일에서부터 하루 동안의 스케줄을 관리하고, 시간에 맞춰 약속장소에 가는 일은 모두 내 몫이었다. 그래도 레인과 함께 서울 하늘 아래에 있다는 사실이 나를 모든 피로감에서 자유롭게 해 주었다. 하지만 레인의 건강 상태가 아주 좋지 않은 것이 계속 마음에 걸렸다. 나의 우려대로 레인은 호텔 엘리베이터에서 잠시 비틀거리더니 결국 중심을 잃고 쓰러지고 말았다. 갑작스러운 사태로 우리 일행에게 비상이 걸렸다. 결국, 그의 아픈 몸이 긴 비행시간을 이겨 내지 못한 것이다. 보좌관의 도움을 받아 그를 호텔 방 침대에 눕히고 안정된 숨소리를 확인한 후에야 나는 긴 안도의 한숨을 내쉬었다.

나는 천천히 창가로 걸어가 커튼을 열었다. 열린 커튼 사이로 정감 넘치는 서울의 풍경이 내 시야로 밀물처럼 밀려들었다. 늦깎이

유학 시절, 휑한 침대에 누워 잠 못 이루며 뒤척이던 수많은 밤마다 당장이라도 모든 것을 포기하고 달려오고 싶었던 내 나라, 사랑하는 어머니와 가족이 있는 내 조국, 내 어린 시절의 추억을 고스란히 담고 있는 이곳에 지금 레인과 같이 있는 것이다. 나는 가만히 잠들어 있는 레인의 얼굴을 바라보았다. 오십 년의 세월을 돌고 돌아 겨우 만난 인연, 그 소중한 인연이 지금 이 순간에도 자신의 몸을 무너뜨리는 병마와 싸우고 있다. 나는 흐트러진 레인의 머리카락을 조심스럽게 올려주고 침대 옆에 있는 전화기를 들었다. 익숙해질 대로 익숙해진 전화번호를 하나하나 찾아서 차례대로 눌렀다.

"여보세요?"

금방이라도 달려들어 어리광이라도 부리고 싶은 푸근한 목소리가 수화기를 타고 흘러나왔다. 내가 온다는 소식을 들은 이후 한시도 전화기에서 눈을 떼지 않고 기다리고 있었을 어머니. 공항에 내리자마자 전화를 드렸어야 했는데 경황이 없어서 그만 하루가 지나 전화를 드리고 말았다.

"엄마. 저예요."

"어디니?"

"호텔이에요."

"그래. 얼마나 피곤하니."

어머니는 항상 그랬다. 딸을 보고 싶은 당신의 마음은 뒤로한 채 딸의 건강과 입장을 먼저 배려해 주시는 분, 평생 가족을 위해 희생만 하며 살아왔으면서도 더 해 주지 못해 안간힘을 쓰는 분이다. 엄마의 손맛이 담긴 게장이 먹고 싶다는 한마디에 비가 쏟아지는 날 두 다리가 성치 않으면서도, 슬쩍 대문을 열고 시장을 보러 나가는 어머니의 뒷모습이 떠올랐다.

"엄마. 레인도 같이 왔어요."

"그래? 그랬구나…."

보고 싶은 딸의 얼굴을 볼 수 없는 안타까움으로 가늘게 흔들리던 어머니의 목소리에 갑자기 버쩍 반가운 힘이 들어갔다.

"나중에 같이 시간 잡아서 만나요."

"바쁠 텐데 너무 애쓰지 마라."

나눔의 집 방문과 명예박사

레인의 몸이 조금 회복되자 우리는 다시 스케줄대로 움직이기 시작했다. 레인이 미 국회에서 군사정전위원회에 속해 있는 덕분에 서울에 머무는 동안 미군 장성들의 깍듯한 예우를 받았다. 군 전용 헬리콥터를 타고 공군 최고사령관의 안내로 판문점을 방문했을 때 레인은 깊은 관심을 보이며 흥미로워했다. 남북문제는 미 의회 의원에게도 매우 관심 있는 문제였던 것이다.

오후에는 일본군 위안부 할머니들이 살고 계신 나눔의 집을 방문

나눔의 집 방문 당시 송월 큰스님과

했다. 일본군 위안부 문제에 대해서 누구보다 적극적인 지원자인 레인이었기에 우리 일행이 탄 버스가 도착하자 오랜 시간을 기다리던 생존자 할머니들이 환성을 지르며 레인을 반겨 주었다. 할머니들과 직접 만나 포옹하며 인사를 나누는 것은 그에게도 감격스러운 순간인 듯싶었다. 그곳의 할머님들이 수년 동안, 한 번도 안 빠지셨다는 수요 집회마저 거르고 그날만큼은 레인을 환대해 주려고 온종일 기다리셨단다. 모두 버스를 타고 근처 식당으로 가려 하는데 전에 미국의 우리 집에 묵었던 아영 스님이 버스 안에 보이지 않자 레인이 버스를 세우라고 하며 결국 스님을 찾아 태웠다. 레인은 그만큼 정이 있는 사람이었다. 우리 모두가 즐겁게 웃었다.

부산의 고신대학교에서 레인의 명예박사 학위 수여식이 있었다.

나눔의 집 방문 당시 일본군 위안부 피해자 할머님들과 함께

나눔의 집에서

그날따라 레인의 건강상태는 무척 악화되어 식사하는 것조차도 불편할 정도였다. 이른 새벽, 멀리 부산에서 고신대학교 총장과 교수 일행이 학위 수여식을 위해 서울까지 올라왔다. 하지만 정작 수여식에서 레인의 답례사는 내가 대신 읽어야 했다. 레인은 강대상 뒤의 의자에 힘들게 앉아 고개마저 앞으로 숙인 채 묵묵히 답례사를 듣고 있었다. 나는 목이 메어 더 이상 답례사를 읽어 내릴 수가 없었다. 레인의 허물어져 가는 모습을 생각하며 나는 그만 눈물을 흘리고 말았다. 청중석에 앉아 있던 손님들, 그리고 나의 친지들이 줄줄 흘러내리는 나의 눈물에, 목이 메어 떨리고 있는 나의 목소리에 함께 눈시울을 적시고 있었다.

가족과의 만남

서울에서 묵는 동안, 내게 무엇보다 소중했던 시간은 레인이 우리 가족들을 만나는 시간이었다. 빠듯한 일정 때문에 많은 시간을 같이할 수는 없었지만, 그와 가족들이 한 자리에 있다는 것은 나에게 말할 수 없는 기쁨이었다. 드디어 레인과 우리 가족이 만날 장소가 마련되었다. 레인의 건강상, 우리가 묵는 롯데 호텔의 한정식 식당에서였다. 아버지, 어머니, 언니, 형부, 그리고 동생들이 한자리에 모였다. 레인이 앉고 서는 것도 힘들어 하는 것을 본 남동생이 온 힘을 다해 그를 붙잡고 자리에 앉혀 주었다. 나는 하필이면 긴 여행으로 이토록 레인의 몸이 망가져 있는 상태에서 식구들을 만나야 하나 하는 안쓰러움도 뒤로한 채 그의 곁에 앉아 뒷바라지하기에 바빴다.

항상 내가 정열을 쏟아 말하던 레인을, 그리고 가끔 한국의 매스컴에 나오던 레인을 직접 만나 바라보는 우리 가족들의 마음에 각자 어떠한 생각이 스쳐 가고 있었을까. 어머니의 입장은 나와 좀 달랐다. 딸의 남자를 본다는 설렘에 한껏 기대하고 나온 어머니는 레인의 부자연스러운 몸과 그 곁에서 수발을 드는 내 모습을 직접 보시곤 가슴 아픈 표정을 감추지 못하셨다. 어머니에게 미연방 의회 의원이라는 직함은 아무런 의미도 없는 듯했다. 그저 딸의 남자가 딸을 편안하게 사랑해 줄 수 있는 건강한 남자이길 바라셨을 것이다. 어머니는 내가 무척 안쓰러워 보이셨는지 결국 헤어지는 순간, 내 손을 잡고 눈물을 글썽이며 "왜 하필이면 네가 저 사람을 돌봐야 돼…" 하시다가 그만 힘없이 돌아서셨다. 나는 아무 말도 못 한 채 돌아서는 어머니의 뒷모습을 바라봐야만 했다. 오랫동안 나의 가슴 속에서 슬픈 어머니의 뒷모습이 쉽게 지워지지 않았다.

평생 당신의 딸이 어디에 내놔도 빠질 게 없다고 믿고 살아온 어머니로선 가정을 이룰 나이가 훨씬 지난 딸이 기어코 혼자 이 모진 세상을 헤쳐나가는 모습을 보며 늘 안타까워하셨다. 그렇다고 딸의 고집을 꺾을 용기도 없는 어머니로선 뒤늦게 하던 일을 그만두고 뜬금없이 신학을 공부하겠다고 떠나 버린 딸의 얼굴을 그저 망연히 바라볼 수밖에 없었을 것이다. 어머니의 긴 한숨 속에는 '지 팔자를 낸들 어쩌랴' 하는 체념과 절망이 깊이 묻어 나오곤 했다. 그런 딸에게 느닷없이 남자가 생겼다니 어머니로선 가슴이 쿵쾅거릴 정도로 놀랍고 기쁜 소식이었을 것이다. 하지만 그 남자에게 현대 의학으로는 도저히 고칠 수 없는 불치의 병이 있다는 것을 알고 또다시 망연해 하시던 어머니였다. 딸이 짊어질 십자가라면 언제든 마다치 않고 당신이 지겠다며 나서고도 남을 어머니셨지만, 딸의 선택 앞에서는 항상 져 주며 한 걸음 물러서시는 어머니. 나는 그 어머니께 더 이상 우등상이나 출세의 영광을 안겨 드리는 자랑스러운 딸이 아니었다. 언제부턴가 당신의 가슴에 아픔만 안겨 드리는 못난 딸이 되어 버리고 만 것이다. 그러던 어머니는 2008년에 이 세상을 떠나 하늘나라로 가셨다.

어머니

어머니는 항상 그랬다. 딸을 보고 싶은 당신의 마음은 뒤로한 채 딸의 건강과 입장을 먼저 배려해 주시는 분, 평생 가족을 위해 희생만 하며 살아왔으면서도 더 해 주지 못해 안간힘을 쓰는 분이다.

결혼에 대하여

나는 남녀가 만나 가정을 이룬다는 것이 아름다운 일이며, 그런 삶은 하나님이 주신 축복이라고 생각한다. 이 땅 위에서 번성하라는 신의 명령일 수도 있다. 하지만 남들이 하니까 나도 따라하고 싶은 생각은 없었다. 나는 어려서부터 나의 주관이 강했다. 내 삶에 대한 꿈과 비전이 있으면 환경을 초월해서라도 온 정열을 다해 이루어 내는 목적 추구형 인간이었다. 그러다 보니 지난날 나에게 결혼하자고 접근하던 남자들에게 상처를 준 것 같아 때로는 미안한 마음도 들었다. 그러나 나는 한 명의 주부로서 가정의 울타리 안에서 평범하게 살기보다 나의 커리어에 더 초점을 맞추었다. '자유와 독립', 그럴듯해 보이는 이 추상적인 말 뒤에 있는 외로운 길을 선택했는지도 모른다. 또한, 사랑한다고 해서 모두가 결혼하는 것도 아닌 것 같았다. 모든 것에는 때가 있고 인연이 있어야 된다고 믿었다. 특히 나는 내 어머니 세대의 여자들이 봉건시대 문화의 영향으로 남자들에게 정신적, 육체적인 희생을 치르며 사는 모습을 보며 자랐다. 그로 인해 내게는 화목한 가정의 그림이 분명하게 자리매김하지 못한 것 같았다. 평소 사람들이 하는 말이 있다.

"외로울래, 괴로울래?"

나는 외로움을 택한 사람이었다. 그러나 나는 늘 외친다.

"나, 사랑하는 사람 만나면 꼭 결혼할 거야."

악화된 레인의 건강

2006년 1월, 어렵게 마친 일주일 간의 서울 방문을 뒤로하고 미국으로 돌아온 이후, 레인의 건강은 걷잡을 수 없이 나빠졌다. 워싱턴에 돌아오면 회복될 줄 알았던 레인의 건강은 나의 기대를 저버린 채 좀처럼 회복될 기미를 보이지 않았다. 레인은 예전보다 더 자주 쓰러졌고, 약도 그만큼 더 많이 필요로 하게 되었다. 몸은 악화되더라도 정신력이 맑으면 대화라도 할 수 있었을 텐데…. 이제는 서로 대화를 나누는 것조차 불가능해졌다.

그해 2월의 어느 날, 레인의 증세가 갑자기 악화되어 의회주차장에서 정신없이 헤매고 있는 것을 누군가 발견하고 월터리드 병원에 입원하게 한 일이 생겼다. 이런 일이 처음은 아니었다. 일찍이 그가 한밤중에 잠옷을 입은 채로 집 근처를 헤매다가 병원 응급실에 보내져, 새벽에 연락을 받고 그 병원으로 달려간 적이 있었기 때문이다. 그렇게 그의 병은 서서히 그를 나락으로 몰아가고 있었다.

레인의 병이 통제할 수 없이 악화되자 결국 육군병원에 입원하는 지경에 이르렀다. 나는 레인이 응급실로 이송돼 입원하던 날 야간 수업이 있었고, 또 그다음 날에는 온종일, 미 의회에서 있을 V-Day 행사에 참여해야 했다. 미국의 여성 인권 단체인 V-Day에서 2006년에는 특별히 일본군 위안부 문제를 하이라이트로 선정하여, 미 의회에서 행사를 치르기로 한 것이었다. 물론 레인이 행사의 기조 연설자로 예정되어 있었다. 이 행사를 위해 서울에서 이용수 할머님 일행이 워싱턴에 도착하기로 예정되어 있어서 아침부터 덜레스 공항에 꽃을 들고 마중 나가 할머님들과 일행을 호텔에 모셔오고, 손님 접대를 하는 등 행사 준비로 숨 가쁜 하루를 보내야만 했다.

마음 한편에는 응급실에 실려 간 레인에 대한 걱정으로 초조하고 미안한 마음이 나를 누르고 있었다. 의회에서 예정되어 있던 이용수 할머님의 기자회견을 진행하면서 레인이 앉았어야 할 텅 빈 자리를 보며 지금쯤 외롭게 병원의 침상에서 자신과 싸우고 있을 레인을 생각하니 가슴이 먹먹해졌다. 그래도 겉으로는 웃으면서 무사히 행사와 기자회견을 마쳤다. 어떤 젊은 여학생이 우리나라 역사에 이리도 슬픈 일이 있었는지 몰랐다며 할머님의 두 손을 붙잡고 엉엉 울기도 했다. 모든 행사가 끝나자마자 할머님 일행을 유니언 기차역까지 배

이용수 할머님 일행과 방청석에서 눈물을 흘리던 여학생

웅해 드린 후, 나는 파김치처럼 지친 몸을 이끌고 곧바로 레인이 입원해 있는 병원으로 달려갔다. 병원 침대에 누워 나를 발견한 레인은 오지 않는 엄마를 원망하며 기다리던 아이처럼 퉁퉁 부어오른 얼굴로 서럽게 눈물을 흘렸다.

"왜 이제야 오는 거야?"

병실로 들어서는 나를 손가락으로 가리키며 서러워하는 레인 앞에서 아무런 말도 할 수가 없었다. 마침 그의 저녁 식사가 준비되었다. 나는 화가 나서 투정부리는 아이를 달래듯 저녁 식사에 차려진 수프를 한술씩 그의 입에 넣어 주었다. 나의 가슴에 후회의 물결이 가득 밀려왔다. 그가 입원하던 날, 수업을 마치고 밤늦은 시간에라도 병원에 왔어야 했던 것을. 차라리 중간에 다른 사람들에게 일을 맡기더라도 오늘 잠시 들렀다 갈 것을. 옆에서 지켜보던 간호사가 잔뜩 후회하던 나에게 한마디 거들었다. 이틀 전, 레인이 입원한 후에 기다리던 내가 계속 나타나지 않자 '나는 여자친구가 있는데 이렇게 안 나타나는 것을 보니 아닌가 보다'며 계속 한숨을 쉬곤 했단다. 간호사도 내가 나타난 것에 대하여 무척이나 반가워하는 눈치였다.

레인이 병원에 입원해 있던 3주 동안, 나는 수업시간을 제외하고는 매일 점심을 싸들고 가 그의 병실에서 하루를 보냈다. 그의 건강 상태가 호전되지 않자 그의 주치의가 나를 복도에 데리고 나와 조용히 말했다.

"레인의 병은 이제 더 회복이 불가능합니다."

나는 사형을 선고받은 것같이 충격을 받았다. 이미 어느 정도는 짐작하고 있었지만, 의사의 입을 통해 직접 그 사실을 전해 들으니 온몸의 힘이 빠져나간 것처럼 내 마음이 무너져 내리고 말았다. 마음 한쪽에서는 절대로 포기할 수 없다는 절규가 윙윙대고, 다른 한쪽에는 절망 속에서 허우적거리는 내가 있었다. 나는 밤늦게 운전하며 집으로 돌아오는 길에 끝내 울음을 터뜨리고 말았다. 아무리 닦아도 고장 난 수도꼭지처럼 흘러내리는 눈물을 막을 길이 없어 앞을 분간하지 못할 지경이었다. 결국, 길 한쪽에 차를 세워두고 소리 내어 울고 말았다. 내가 세워 둔 차창 너머로 무심한 차의 헤드라이트 불빛들이 밤의 물결을 헤치며 나의 눈물에 흐려져 지나가고 있었다.

요양원은 안 돼요

입원 중 레인의 몸 상태는 하루가 다르게 심각해졌다. 그는 눈도 뜨지 않고 음식마저 거부하며 침대에 드러누워 지냈다. 주치의의 결정에 따라 퇴원하는 대로 레인을 요양원으로 옮기자는 제안이 있었다. 그곳에서 더 악화하면 마지막 단계인 호스피스로 옮겨져 생의 마지막을 마감하는 것이 중환자들이 밟는 순서였다.

다음 날, 나는 레인의 처소를 옮기기 위해 레인의 보좌관, 그리고 그의 남동생과 함께 보좌관이 물색했다는 어느 요양원을 방문했다.

거기에는 인생의 막다른 길에 다다른 노인과 장애인들이 여기저기 힘없이 누워 있거나 간호사의 도움으로 휠체어에 실려 인생의 버려진 시간을 메꾸고 있었다. 곳곳에 음울한 죽음의 그늘이 드리워진 그곳은 이 세상과는 동떨어져 있는 듯한 어둠과 절망의 세계였다.

"아! 안 돼! 이곳은 레인이 지낼 곳이 아니야! 이렇게 어둡고 비참한 곳에 레인이 와야 한다니…."

나로서는 도저히 용납할 수 없는 일이었다. 나는 그만 그 자리에 주저앉아 울음을 터뜨리고 말았다. 어떻게 이런 곳에 레인을 둔단 말인가. 나의 모습을 보던 다른 사람들도 같은 느낌을 받았는지, 아니면 내가 불쌍해서인지 침묵을 지키며 숙연해졌다. 레인의 보좌관과 남동생이 잠시 의논한 후 레인을 우리 집에서 얼마간 지내게 한 후, 차후 다시 의논하는 것이 어떻겠냐고 내 의견을 물어 왔다. 그들도 레인을 떠나보내고 싶지 않은 나의 고통스러운 마음을 아는 듯했다. 나는 흔쾌히 그 제안을 받아들였다.

퇴원을 하는데

드디어 레인이 퇴원하여 우리 집에 오는 날이 되었다. 예기치 못한 상황이었지만 힘들더라도 레인과 함께 지낼 수 있다는 사실로 마음을 달랬다. 나는 매일 매일 온갖 정성을 다해 레인을 돌보았다. 지성이면 감천이라더니 레인의 몸 상태는 조금씩 호전되기 시작했다. 나중에 알고 봤더니 의사가 레인이 병원에 입원했던 주에 매일 먹어야 할 약을 실험적으로 줄여서 몸 상태가 더욱 악화된 것이었다. 수년간 레인을 보살피며 레인이 먹는 약에 대해 보조 간호사 정도의 수준으로 전문지식을 쌓게 된 나는 의사에게 늘 약 처방에 대해 의견을 제시하곤 했다. 주치의는 즉시 약을 바꾸어 처방해 주었고, 약을 조절하면서 레인의 병세는 눈에 띄게 호전되었다. 얼마 지나자 레인은 하늘을 나는 새처럼 우리 집 2층 계단을 가볍게 오르내리며 밤에 잠도 잘 자고, 정신도 맑아졌다. 의사는 병원을 찾은 레인의 몸 상태를 보더니 "옥자, 당신이 없었더라면 레인의 오늘은 없었을 겁니다. 당신이 이루어낸 기적입니다"라며 과분하게 치하해 주었다.

어찌 해야 할지

그런데 레인의 건강이 점점 악화되면서 나를 곤혹스럽게 만드는 일이 생겼다. 바로 레인의 화장실 사용 문제였다. 나는 혼자서 모든 뒤처리를 할 수 없게 된 레인을 위해 어쩔 수 없이 가끔 남자 화장실에 들어가야 했는데, 그 일은 내게 고역 중의 고역이었다. 물론 레인을 처음 만났을 때만 해도 이것은 상상도 할 수 없는 일이었다. 하지만 나로서는 우리에게 닥친 참담한 현실을 거부할 수 없었다. 나는

007 영화의 한 장면처럼 먼저 남자 화장실 안에 누가 있는지를 두리번거리며 확인해야 했다. 아무도 없는 것을 확인한 다음 재빨리 레인을 부축해 들어가 민첩한 동작으로 레인의 손발이 되어 모든 과정을 도와야 했다.

그러다가 혹시 중간에 누군가가 들어오기라도 하면 레인과 나는 쥐 죽은 듯 조용히 화장실의 좁은 공간 안에서 숨을 죽이고 있어야 했다. 때로는 사람들이 많이 들락거려서 우리를 곤경에 빠뜨릴 때가 있었는데, 우리는 어쩔 수 없이 모든 사람이 빠져나갈 때까지 오랜 시간을 숨죽여 기다려야만 했다. 그럴 때면 극도의 긴장감으로 속이 바짝바짝 탈 지경이었다. 하지만 불편한 몸으로 남자로서의 기본적인 자존심도 팽개친 채 숨죽이고 있어야 하는 레인을 생각하면 답답한 심경을 마음 놓고 내비칠 수도 없었다. 겨우 볼일을 끝내고 남자 화장실을 빠져나와 안도의 한숨을 내쉬는 나를 발견한 철없는 어린아이들이 여자가 왜 남자 화장실에서 나오느냐며 이상한 듯 고개를 갸웃거렸다. 내가 당황해서 얼버무리자 저희들끼리 킥킥거리며 놀려대다가 저쪽으로 사라졌다. 그나마 교회에서는 모든 사람이 우리의 사정을 알고 있었기에 견딜 만한데, 공항이나 식당 화장실 같은 곳에서는 종종 난처한 상황이 연출되곤 했다. 마치 서커스 단원처럼 레인과 나는 손에 땀을 쥔 채 이 슬픈 공연을 계속 펼쳐야 했다.

나는 엎치락뒤치락하면서도 한번 잠이 들면 그런대로 달게 잠을 자는 편이었다. 하지만 레인을 돌봐야 할 때는 거의 잠을 제대로 이루지 못했다. 밤새도록 고통에 시달리는 그를 도와줘야 했기 때문이다. 특히 온종일 레인의 손발이 되어 움직이고 나면 온몸의 에너지가 소진되어 쓰러지듯 잠에 빠지기 일쑤였다. 하지만 밤중에 화장실에 가야 하는 레인이 나를 부르면 아무리 잠이 쏟아져도 어쩔 수 없이 일어나야만 했다. 먼저 무거운 그를 침대 위에서 일으키려면 "원, 투, 쓰리!" 하면서 온 힘을 쏟는 씨름이 다시 시작된다. 너무 피곤해서 깊이 잠에 빠진 나를 레인이 "옥자, 옥자!" 하면서 불러댈 때면 물먹은 솜처럼 무거워진 몸을 일으키며 나도 모르게 한숨 섞인 탄식이 흘러나왔다. 나는 길게 하품을 하며 "아이, 이 웬수야!" 하고 중얼거리듯 말했다. 그러자 그 말을 알아들은 레인이 "웬수?" 하면서 눈을 동그랗게 뜨고 나를 따라 하는 것이었다. 아이같이 천진한 그의 모습에 나도 모르게 웃음이 터져 나오고 말았다.

화장실에서 부수적인 일들을 봐 주고 그를 다시 침대 위에 눕히는 일도 내게는 쉽지가 않았다. 그를 침대의 가운데에 정확하게 균형을 잡아서 눕혀야 했기 때문이다. 잘못해서 위치를 제대로 맞추지 못하면 그의 큰 키 때문에 두 발이 침대 바깥으로 불쑥 나가게 된다든지, 아니면 그의 몸이 침대와 균형이 맞지 않게 놓이기도 했다. 그나마 몸 상태가 괜찮았을 때는 그가 자기 몸을 침대로 던지듯 드러눕곤 했다. 그를 반듯하게 눕힌 후 이불을 덮어 줄 때, 그는 너무나 행복한 미소를 지으며 편안하게 웃곤 했다. 나는 많은 시간이 지난 후에 그 미소의 의미를 알게 되었다. 지금까지는 그렇게 그를 세심하게 돌봐 준 사람이 아무도 없었던 것이다. 그 사실이 나의 마음을 또 한 번 아프게 훑고 지나갔다. 처음엔 한 남자로 만났지만, 그는 차츰 나의 한 부분이 되어 내 삶 깊은 곳에 스며들어 있었다.

이용수 할머님의 편지

그러나 레인은 결국 워싱턴에서의 활동을 접고 록아일랜드로 가게 되었다. 그가 떠난 후인 2006년 7월, 이용수 할머님께서 일본군 위안부 행사에 참석하고자 워싱턴에 도착하여, 메릴랜드에 있는 우리 집에 며칠 묵게 되었다. 할머니라고 부르기에는 너무나 젊은 분이다. 나는 할머님이 묵고 계시는 방문을 열고 아침 인사를 드렸다.

"할머니, 화이팅!"

할머님이 당장 반응하셨다.

"아니, 그게 뭐야. 더 힘차게! 화이팅!!" 하고 큰소리로 외치시더니 침대 위에서 아기같이 데굴데굴 구르시며 박장대소하신다. 나보다 훨씬 정력이 넘치는 할머님께 나는 두 손을 다 들었다. 그분은 또한 어디 가서나 예의 바르게 행동하시고, 증언이나 말씀도 조리 있게 잘하신다.

그 할머님은 에반스 의원의 병환이 더 악화하여 워싱턴을 떠나 일리노이의 고향에서 요양 중이라는 소식에 무척이나 가슴 아파하시며 그에게 편지를 쓰셨다.

위신톤 에번스 의원님 많은 수고가
많습니다.
저는 한국에 사는 강제로 밤에 끌려간
피해자 이용수 입니다.
15才살때 밤중에 일본인이 끌고가.
대만 신죽에 있는 일본어로는 도고대군인
들한테 가서 말 안 듣는다고 전기고문에다
칼로 몸을 요.. 정말 끔찍한 짓을 했습니다.
많은 피해자들 도와주산시요 에번스 의원님
이 한 많은 노인들 살려주세요
악날한 일본이 피해자가 살아 있을 때
꼭 사죄와 배상을 받아야 합니다.
의원님과 정신대 대표 서옥자 회장님
정말 고맙습니다.
강제로 끌려간 위안부 피해자들 모두가.
고맙기 생각합니다 이은해 잊지 않겠
습니다 에번스 의원님과 모든 의원님께
이 고마움을 길이길이 감사함을 간재합니다
이용수가 원함은 여러 의원님에 건강을
빌면서 이만 주리겠습니다

2006年 7.

이용수 올림

할머님의 노래

그리고 해가 바뀌어 2007년 2월 15일에 미국 하원 청문회에서 증언하실 이용수 할머님 일행이 다시 워싱턴에 오시기로 결정됐다. 우리 집에서 묵게 되어 있었으므로 레인의 일로 침체되어 있던 나의 마음이 오랜만에 손님맞이 준비로 활기를 되찾았다. 한국 마켓에 들러 푸짐하게 장을 보아 정성껏 육개장과 나물 반찬도 만들고, 집안 곳곳의 먼지를 털며 부산하게 몸을 움직였다. 혼자 외롭게 살아와서인지 손님이 온다고 하면 괜스레 마음이 들뜨면서 설레는 것은 어쩔 도리가 없었다. 게다가 이용수 할머니는 내가 깊이 존경하며 사랑하는 분이었다. 모진 풍파를 겪었음에도 불구하고 교양 있고, 유머도 많으시고, 한결같이 밝은 미소를 잃지 않는 이용수 할머니를 뵐 때마다 마음 깊은 곳에서 한 인간에 대한 존경심이 우러나왔다. 시대를 잘못 만나 꽃다운 나이에 제대로 피어보지도 못한 채 일본군의 잔인한 만행과 성폭행으로 모든 삶이 짓밟혀 버린 불쌍한 할머니의 인생을 생각하면 내 가슴도 아프게 저며 왔다.

하늘이 뚫린 듯 퍼부어대는 눈발을 보며 나의 마음은 비행기가 연착되지는 않을까 하는 걱정으로 점점 무거워졌다. 아침부터 내린 폭설로 인해 워싱턴 부근의 학교들은 전면적으로 수업이 취소될 정도였다. 폭설에도 불구하고 다행히 비행기는 제시간에 도착했다. 멀리 덜레스 공항까지 마중 나간 우리 정대위 임원진들이 미끄러운 눈

길을 조심스럽게 운전해 할머니 일행을 우리 집 앞까지 무사히 모셨다. 그들의 수고가 참 고마웠다. 오랜만에 이용수 할머니의 환한 웃음을 대하자 고국에 계신 어머니를 만난 것처럼 반가웠다. 서울에서 워싱턴까지의 장거리 비행은 젊은 사람조차 견디기 힘든 고생길이었다. 하물며 80세의 노인으로서는 더욱더 감당하기 힘든 여행일 터였다. 하지만 이용수 할머니는 건강하고 밝은 표정으로 뛰어난 정력을 과시하셨다. 이용수 할머니는 다른 사람의 마음을 따뜻하게 만져주는 재주를 가진 분이셨다.

이용수 할머니 일행이 2층에 짐을 풀고 나서 저녁 식사를 마친 후 우리는 1층의 따스한 벽난로 불 앞에서 본격적으로 그동안 나누지 못한 이야기 보따리를 풀어 놓았다. 레인에 대해 누구보다 관심을 기울이고 계시던 할머니는 레인과 연락이 두절된 상황을 설명하자 가

이용수 할머님과 함께

슴 아픈 표정을 감추지 못했다.

"우리처럼 험한 생을 산 사람도 이렇게 힘을 내서 먼 미국 땅까지 와 우리의 입장을 당당하게 밝히고 있잖아요. 힘을 내요. 에반스 의원은 꼭 일어날 거예요."

할머니는 내 손을 잡고 위로해 주었다. 내가 사진전에서 처음으로 할머님들의 아픔과 외로움을 찾아낸 것처럼, 할머니 역시 내가 지금 얼마나 괴로움과 고통에 떨고 있는지 정확하게 꿰뚫어보고 계셨다. 상처받은 자는 결국 상처받은 자가 치유해 준다고 했던가. 우리는 서로의 가슴에 맺힌 상처를 보듬어 주며 그렇게 오랫동안 이야기를 나누었다. 우리는 함께 손을 잡고 하나님께 기도 드렸다. 이 일본군 위안부 문제가 무사히 청문회를 거쳐 미 의회에서 통과될 수 있기를…. 워싱턴을 떠나가실 때 할머니는 내게도 편지를 남겨 주셨다.

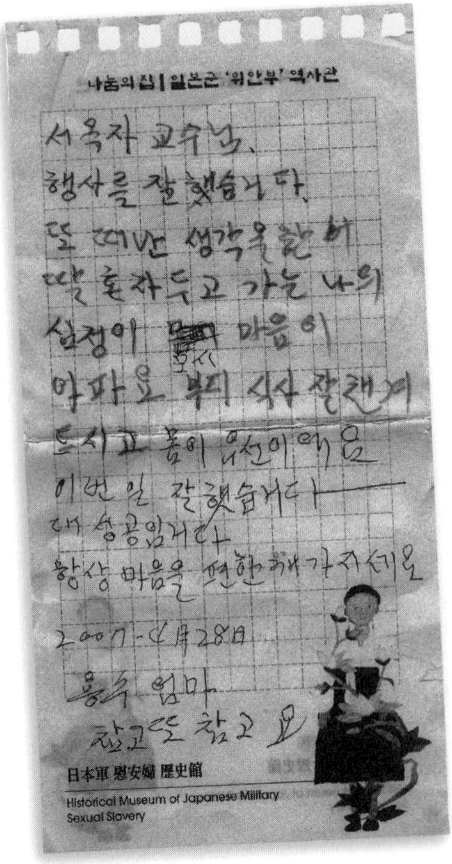
나눔의 집 | 일본군 '위안부' 역사관

서옥자 교수님.
행사를 잘 했습니다.
또 떠나반 생각을 할 해
딸 혼자 두고 가는 나의
심정이 [illegible] 마음이
아파요 부디 식사 잘 챙게
드시고 몸이 유선이에요
이번 일 잘했습니다
대성공입니다
항상 마음을 편안해 가지세요
2007-4月28日
용수 엄마
참고 또 참고 요

日本軍 慰安婦 歷史館
Historical Museum of Japanese Military Sexual Slavery

나는 이 편지를 홀로 건네받았다. 레인은 이미 은퇴를 선언하고 고향에 내려가 있었기 때문이다. 그가 없는 사이에 워싱턴에서는 많은 일들이 일어나고 있었다.

| 제6장 |

침묵의 소리

레인의 은퇴 선언

2006년 4월, 레인이 우리 집에서 지내는 6주 동안, 레인은 많은 고민 끝에 24년간의 의정 생활을 마감하고 은퇴를 선언하기로 결정을 내렸다. 그의 건강 상태로는 더 이상 의정활동을 하는 것이 불가능해졌기 때문이다.

그의 은퇴 선언은 선거구이자 고향인 록아일랜드에서 톱뉴스로 끊임없이 TV와 신문을 장식했다. 미 국회에서도 TV를 통해 많은 상·하원 의원들이 레인의 은퇴를 아쉬워하는 연설을 방송했다. 평소 레인과 친분이 두터웠던 힐러리 클린턴은 레인의 은퇴를 아쉬워하며 격려의 편지와 방문으로 아쉬움을 표했다. 그가 오랜 세월 자리를 굳힌 재향군인위원회에서도 성대히 환송행사를 해 주었다. 그날 많은 정계 인사들이 떠나는 레인을 배웅해 주었다. 무엇보다 레인의 도움을 얻었다는 많은 재향군인이 찾아와 그의 두 손을 잡고 울기도 하며 뜨겁게 포옹했다.

그 행사 동안 내내 버티고 서 있던 레인의 몸 상태는 너무나 좋지 않았다. 옆에서 지켜보던 나는 뼛속까지 마음이 저려 왔다. 차라리 내가 반이라도 대신 아파 줄 수 있다면. 후에 힐러리 클린턴과 함께 찍은 사진을 보니 레인의 얼굴이 아픔을 참아 내느라 일그러져 보였다.

당시 상원 의원이었던 버락 오바마도 미 의회 앞에 나가 연설을 했다. "레인 에반스 의원이 없었다면 오늘의 내가 이 자리에 설 수 없었을 것입니다"라며 아쉬운 마음을 전했다. 오바마 대통령이 처음 상원 의원에 출마했을 때, 레인이 제일 먼저 오바마의 지지 성명을 했기 때문이었다. 나와 함께 인터넷 뉴스로 오바마의 연설장면을 지켜보던 레인의 눈에서 굵은 눈물이 흘러내렸다. 이 운명의 길을 비켜갈 수는 없을까.

많은 정치가, 지인들이 레인이 묵고 있던 우리 집을 방문하거나 전화를 걸어 왔다. 손님들이 찾아오면 그는 싱그럽게 웃으며 악수를 하고 반갑게 맞이했다. 그러나 뒤돌아서서 나와 함께 있을 때면 그의 두 눈에선 어쩔 수 없이 눈물이 흘러내렸다. 망연히 그를 바라보다가 무언가 위로의 말을 찾기 위해 애쓰는 나에게 얼른 자기 입에 손가락을 갖다 대고 '쉿!' 하면서 말을 막았다. 거실에 있는 사람들이 그의 슬픔을 눈치채지 못하게 하기 위해서였다.

사람들이 떠난 후 TV 화면이나 컴퓨터에서 그의 뉴스를 접하게 되면, 그는 아무 말 없이 유심히 바라보다가 그만 또다시 눈물을 흘리곤 했다. 그 깊은 아픔을 표현도 못 하고 홀로 가슴에 삭이고 있는 그에게 내가 어떤 도움을 줄 수 있단 말인가.

어느 나라에나 정치가라는 자리에는 권력의 부침이 있다. 세계에 영향을 미치는 미 의회의 의원이라도 어쩔 수 없이 고령, 스캔들, 낙선 등의 이유로 그 자리에서 물러나야 하는 상황에 놓인다. 그러나 의학이 이토록 발전한 시대에 스스로에겐 아무런 책임이 없는 질병

레인의 환송식

으로 인생의 절정에 오를 수 있는 한 남자가 꿈을 버리고 속절없이 삶의 뒤안길로 물러나야 하는 상황은 레인과 내가 받아들이기에는 너무도 가혹하고 참담한 일이었다.

그런 슬픈 와중에도 레인의 자리를 대신할 후임자 선출이 있었다. 지난 22년간 레인의 선거 캠페인에서 매니저로 일한 필이 선거에 출마하기로 했다. 레인은 힘든 상황임에도 불구하고 온 힘을 다해 전화기를 붙잡고 자신의 후임이 되고자 하는 필과 통화를 했다.

"자네는 이길 거야. 내가 한 걸음 한 걸음 같이할 테니까. 필요한 게 있으면 말해."

레인은 아픈 사람답지 않게 한마디 한마디에 힘을 주어 말했다. 그는 그런 사나이였다. 그래도 전화기를 잡은 그의 손이 떨리고 있었다.

레인의 환송식에서 이태식 대사(당시 주미 한국 대사)와 함께

그리고 레인은 필과의 약속을 성실히 지켰다. 자신의 지역구 주민들이 필을 지지하도록, 할 수 있는 일을 다했다. 몸을 가누기도 힘든 상태에 있는 사내가 후임자의 당선을 위해 혼신의 노력을 다하는 모습은 보기에 안타까우면서도 동시에 감동적인 것이었다. 어찌 그에게 인생에 대한 허탈감, 그리고 자신의 부하에게 영광을 돌려야 하는 상황에 대한 원초적인 질투심이 없겠는가? 그러나 그는 자신의 불행을 억누르고 새로 시작하는 이의 앞날을 위해 거리낌 없이 힘을 쏟을 수 있는 아량과 인생에 대해 원숙한 태도를 가진 이였다.

레인의 프로포즈

2006년 5월, 레인은 우리 집에서 6주간의 병간호를 받고 동생과 함께 록아일랜드로 떠나게 되었다. 헤어지던 날, 나는 레이건 공항에서 보안 검색대를 통과하는 레인을 바라보며 다른 사람들의 시선은 아랑곳하지 않고 펑펑 울었다. 그렇게 모든 것을 다 내려 놓고 이제 먼 길로 돌아가는 그의 모습을 바라보며.

사람들 틈에 끼어 있던 레인이 내 근처로 다가왔다.

"옥자, I love you."

그는 울고 있는 나를 바라보며 사람들의 물결 속으로 끼어들어 갔다. 그 역시 나를 두 눈에 담으려는 듯, 내게 시선을 고정한 채 멀어져 갔다.

그로부터 며칠 후, 레인의 조카가 플로리다 주에서 결혼식을 올리게 되었다. 레인이 남동생과 함께 그곳에 가서 먼저 나를 기다리고 있었다. 여장을 푼 후, 레인과 나는 오랜만에 그 조카가 살고 있는 타운 하우스의 자그마한 수영장에서 둘만의 호젓한 시간을 보내고 있었다. 내가 플로리다의 따뜻한 초여름 햇살을 받으며 수영을 즐기는 동안, 레인은 그늘에 있는 의자에 앉아 편안하게 쉬게 하였다. 나로서도 실로 오랜만에 누리는 여유였다. 그와 나는 저녁 햇살 속에서 자연의 편안함을 즐기며 집을 향해 천천히 걸었다. 다른 식구들은 모두 외출해서 집에는 아무도 없었다.

레인이 갑자기 방으로 들어가 할 얘기가 있다며 내 손을 끌었다. 평소와는 달리 진지한 표정이었다.

"나 당신하고 결혼하고 싶어."

방에 들어서자마자 레인이 나를 똑바로 바라보며 또박또박한 어투로 말했다. 예상치 못한 청혼이었다. 이 얼마나 기다려 왔던 순간인가.

이 순간이 좀 더 일찍 왔더라면! 아쉬움과 기쁨이 뒤엉켜 밀려왔다. 내 마음은 황홀하고 기뻐야 할 그 순간에 오히려 복잡하고 혼란스러웠다. 그와 결혼하기에 너무 때가 늦지 않았을까…. 그와 남은 생을 함께 나눌 수 있다는 건 분명히 기쁜 일이었다. 그의 청혼을 순수한 감격으로 받아들이지 못하는 나 자신이 도리어 당황스러웠다. 그는 지금 죽음의 문턱을 향해 매일 조금씩 다가가고 있는 사람이었다. 그런데 결혼은 나에게 조금 다른 무게감으로 다가왔다. 몇 년 전이었다면 아마 아무런 고심도 하지 않고 기다렸다는 듯이 뜨거운 감격으로 그의 청혼을 받아들일 수 있었을 것이다. 하지만 지금의 나에게는….

"당신의 뜻은 잘 알겠어요. 고마워요. 하지만 나에게도 생각할 시간을 좀 줘요. 괜찮죠?" 나는 레인이 실망할까 봐 걱정이 되어 짐짓 밝은 표정으로 말했다. 레인이 마음에 걸렸는지 잠시 후, 내게 재차 물어봤다.

"우린 잘 해낼 수 있을 거야. 그렇지?"

언제나 긍정적인 그가 부러웠다. 나는 웃으며 대답했다.

"그래요. 잘 해낼 수 있을 거예요."

조카의 결혼식 날이 다가왔다. 조용한 호숫가를 배경으로 아름다운 결혼식이 거행되었다. 많은 하객의 축복 속에서 결혼식이 끝나고 사진 촬영과 피로연 만찬이 이어졌다. 그런데 갑자기 만찬 테이블에서 식사하던 레인이 모든 식구 앞에서 선언하듯 말을 꺼냈다.

"나 옥자와 결혼하기로 했어."

가족들의 표정이 굳어졌다. 예상은 했지만 식구들의 충격은 훨씬 더 큰 것 같았다. 나는 아무 말도 하지 않은 채 식구들의 반응을 지켜보고 있었다.

먼저 친척 중 한 여자가 나를 붙잡고 결혼하기에는 이미 너무 늦었다고 설득하기 시작했다. 그 당시엔 형제들이 법정후견인으로서 모든 결정 권한을 가지고 있었다. 그녀는 레인의 남자 형제들이 죽을 순서를 늘어놓기 시작했다. 제일 먼저 환자인 레인이 죽을 것이고, 그다음이 레인의 큰형, 그리고 셋째, 넷째 형제일 거라고 했다. 나는 망연해졌다. 사람이 살고 죽는 문제를 어찌 인간의 힘으로 좌지우지할 수 있단 말인가. 마치 레인의 죽음을 예견이라도 하듯 순서까지 매기는 그 사람 앞에서 나는 할 말을 잃었다.

내가 그곳을 떠나 워싱턴으로 돌아온 후, 레인에게 전화가 걸려왔다. 나는 대충 상황을 파악하고 있었지만 확인하듯 그에게 물어보았다.

"당신 형제들이 왜 우리 결혼을 반대하는 걸까요?"

"그야 물론 욕심 때문이지."

레인은 단순히 뇌가 망가져 가는 환자만이 아니었다. 어떤 때는 정상인보다 더 생각이 맑고 명철할 때가 있다. 나는 더 이상 아무 말도 하지 않았다. 하지만 그의 가족들의 반대와 앞으로 닥쳐올 일들에 대해서 나부터도 결심이 서지 않았다.

가족과의 갈등

형제가 그토록 원하는 결혼을, 더구나 몸을 가눌 수 없어 늘 타인에게 의존해야 하는 형제가 원하는 결혼을 다른 형제들이 이구동성으로 반대하는 상황을 내가 이해하는 데에는 많은 시간이 걸렸다. 결국 그들도 지구 어느 곳에나 존재하는 사람들과 마찬가지고 어려서부터 핏줄로 연결된 감정, 집착, 욕망 등에 얽혀 있었던 것이다. 게다가 나는 국적과 피부색이 다른 이방인이었다. 미국 내에서도 외부 문화에 익숙하지 않은 중서부 출신인 그들이 한국인 여성을 이해하고 받아들이는 게 힘들었던 모양이다.

퇴임 이후, 레인은 록아일랜드에서 지내면서 건강상의 문제로 행사에 참석하는 것을 극히 제한하고 있었다. 물론 그에게는 다음 해인 2007년 1월 초까지 하원 의원의 자격이 주어져 있었다. 2006년 5월, 나는 메모리얼 연휴를 이용해 록아일랜드를 방문하게 되었다. 조용한 시골 공항으로 마중 나온 레인은 집에서 입던 반바지 차림으로 꽃을 한 아름 들고 나를 반겨 주었다. 레인이 꽃을 들고 있는 모습이 생소했다. 내가 알고 있는 레인은 여자에게 꽃을 주는 남자가 아니었다. 내 기억으로는 딱 한 번 내게 꽃을 준 적이 있을 뿐이다.

오래전 부활절을 앞둔 4월의 어느 날, 나와 내 조카들이 레이건 공항으로 그를 마중 나간 적이 있었다. 오랜만에 반갑게 만난 우리는 근처 포토맥 강가에 위치한 분위기 좋은 레스토랑으로 향했다. 레스토랑 앞에 펼쳐진 넓은 잔디밭에는 노랑과 보랏빛의 들꽃들이 만개한 채 이른 봄의 향취를 한껏 뿜어내고 있었다. 잔디밭을 걸어가던 레인이 별안간 자그마한 노란색 들꽃 두어 송이를 조심스럽게 뽑더니 나를 향해 불쑥 내미는 것이 아닌가. 꽃을 좋아하는 나로서는 참으로 감격스러운 순간이었다. 몇 년 동안 레인을 사귀면서도 한 번도 그에게 꽃을 받아 본 적이 없었다. 작은 들꽃이었지만, 처음으로 받은 꽃이었기에 내게는 너무나 소중한 선물이었다. 나는 그날 온종일 그 꽃을 소중하게 들고 다니며 레인의 마음을 품고 다닌 기억이 있다.

그때까지만 해도 레인과 레인의 동생은 그런대로 잘 어울려 사는 듯했다. 동생은 여전히 2층에 있는 큰 방에서 생활하고 있었고, 환자인 레인은 스스로 우겨서 어릴 적부터 쓰던 방에 있었다. 꼭대기 층이어서 지붕이 삼각형인 작은 다락방이었다. 방이 얼마나 작은지 레인보다 훨씬 작은 나도 자리에서 일어날 때마다 천장에 머리를 박곤 했을 정도였다. 게다가 자기 몸을 마음대로 일으켜 세울 수 없는 레인이 붙잡고 일어날 만한 기구조차 없는 방이었다. 비좁은 화장실과 샤워장에도 붙잡고 샤워할 만한 장치가 전혀 없는 것은 마찬가지였다.

"옥자, 우리 어서 결혼하자."

레인이 간절한 표정으로 나에게 말했다. 나는 선뜻 대답하지 못했다. 나로서는 신중해야만 하는 일이었다. 레인이 얼마 전 동생과 싸운 이야기를 내게 털어놓았다. 레인이 방안에서 온종일 통제받고 틀어박혀 있는 게 지겨워 밖에 나가고 싶어 하자 동생이 이를 강경하게 막았다고 했다. 그러자 레인은 왜 자신을 집에 가둬 두느냐고 소리치며 쿠션을 집어 던졌다는 것이다.

급기야 몸싸움까지 벌어졌던 모양이다. 성인인 동생이 현역 의원인 형을 쓰러트리고 옥신각신하며 상상 외로 어처구니없는 일이 있었다는 것이다. 물론 먼저 싸움을 건 것은 자기의 잘못이지만 정말 슬픈 일이었다며 레인은 이 엄청난 일로 동생에게서 깊은 상처를 입은 것 같았다. 워싱턴을 떠나 야인이 되어 고향집에서 하루하루를 보내던 레인의 생활은 내가 상상했던 것보다 훨씬 더 비참한 것 같았다. 돌덩이가 내 가슴을 짓누르는 듯했다. "당신이 여기에 오니까 동생이 나한테 대하는 태도가 많이 부드러워졌어." 어린애처럼 말을 꺼내는 레인의 모습이 또 한 번 내 가슴을 아프게 했다. 제 몸 하나도 간수하기 어려운 환자라는 이유로 그가 외치던 자유와 독립은 산산이 조각나 버린 지 오래인 듯싶었다.

그와 당장이라도 결혼해서 우리 집으로 데려가고 싶은 마음이 굴뚝같았지만 애써 참았다. 오랜만에 레인을 씻기고 옷을 갈아입히니

다시 알토란처럼 말끔해진 모습이 드러났다. 레인은 나와 함께 당장 약혼반지를 사러 가고 싶다고 말했다. 이 철부지 같은 말에 나는 씁쓸하게 웃으며 머리를 곱게 빗겨 주었다. 그는 크고 강했던 정치가에서 약하고 순진한 소년으로 변해 가고 있었다.

있는 힘을 다하여

레인의 고향에 함께 있는 동안 현충일이 다가왔다. 예상치 못한 손님으로 레인이 야외 행사장에 나타나자 사람들이 몰려들었다. 참석해 주어서 영광이라며 악수를 청하는 사람들과 일일이 악수를 하는 레인의 표정도 밝아 보였다. 그동안 집에만 있던 레인에게 새로운 활력을 불어넣어 주는 것 같았다. 바쁘게 뛰어다니던 행사 진행요원이 레인을 발견하고 반갑게 달려오더니 레인의 건강상태를 살피며 혹시 연설을 해 줄 수 있겠느냐며 조심스럽게 물었다. 레인은 고개를 끄덕였다. 걱정되긴 했지만 스스로 해보겠다는 의지와 용기가 자랑스러웠다. 미처 연설 준비를 해오지 못하긴 했지만 오랜 세월 동안 정치가로 활동해 온 그는 즉흥적인 연설에 어느 정도 익숙해져 있어서 그다지 걱정할 일은 아니었다.

드디어 레인이 연설할 순서가 되었다. 그는 힘든 몸을 이끌고 천천히 연단에 나아갔다. 나는 그의 뒤에 앉아 레인의 일거수일투족을 숨죽이고 지켜보며 바짝 긴장하고 있었다. 혹시 넘어지지나 않을까, 계속 서서 끝까지 연설을 해낼 수 있을까. 나의 마음은 염려와 불안으로 초조했지만, 두 손을 꽉 모아 쥐며 그가 무사히 연설을 마칠 수 있도록 마음속으로 간절히 기도했다. 야외 잔디밭 광장을 채운 수많은 사람의 눈길이 그에게 쏠렸다. 장내는 물을 끼얹은 듯 조용해졌다. 백발이 된 전쟁 참전 용사들이 고이 간직해 온 자랑스러운 군복을 입고, 뜨거운 초여름 볕에도 아랑곳하지 않은 채 숨죽여 레인의 모습을 지켜보고 있었다.

그가 무사히 연단에 서자 갑자기 열광적인 박수가 터져 나왔다. 레인이 구부정하게 서 있는 모습을 연설대 뒤에 앉아 지켜보는 나는 그가 지금 얼마나 힘들게 자신과 싸우고 있는지 알 수 있었다. 그 힘든 시간을 혼자 참아내며 끝까지 연설하는 그의 모습은 나뿐만 아니라 많은 이들에게 감동을 주기에 충분했다. 내게는 세 시간처럼 느껴진 삼 분간의 연설이 무사히 끝났다. 레인의 한마디 한마디는 사람들의 가슴에 깊은 감동을 안겨 주었다. 어떤 상황에도 자신을 추스르고 사람들에게 힘 있는 말을 해 나가는 능력은 이미 그에게 제2의 천성처럼 형성되어 있었다. 그는 다시 소년의 모습에서 벗어나 정치가가 되어 있었다.

행사가 끝나자 많은 사람이 레인에게 몰려왔다. 재향군인들은 거수경례를 한 뒤 레인과 악수하였다. 행사장은 순식간에 하나가 되어 벅찬 감동의 물결이 충만했다.

"We love you! We pray for you!"

—
레인의 현충일 연설

어떤 상황에도 자신을 추스르고 사람들에게 힘 있는 말을 해 나가는 능력은 이미 그에게 제2의 천성처럼 형성되어 있었다. 그는 다시 소년의 모습에서 벗어나 정치가가 되어 있었다.

사람들은 레인과 악수할 때마다 잊지 않고 신뢰와 격려의 말을 건네주고, 눈물을 글썽이며 포옹했다. 레인의 아픔이 그들의 아픔이었다. 지역구의 사람들은 서민의 자식으로 태어나 서민을 대변해 온 그를 가족같이 받아들이고 그의 아픔과 함께하였다.

아직은

록아일랜드에서 며칠 묵는 동안 레인의 법적 문제를 처리하기 위해 변호사를 만나는 자리에 동행하게 되었다. 레인은 현재 임시 법정후견인인 동생을 다른 사람으로 바꾸고 싶어 했다. 젊은 변호사는 토요일이라 쉬는 날임에도 불구하고 사무실에 나와 레인과 나를 만나주었다. 레인이 법정후견인을 나로 바꾸고 싶다고 말하는 순간, 나의 마음은 또다시 혼란에 빠져들었다. 그렇잖아도 레인의 청혼 때문에 나에 대해 못마땅하게 생각하고 있는 가족들이 내가 법정후견인 자리까지 차지하는 것을 본다면 자칫 나로 인해 동생과 레인은 원수지간이 될 수도 있었다.

어떻게든 최악의 상황만은 막고 싶었다. 게다가 나는 아직 레인과의 결혼에 대해서도 결정을 내리지 못한 채 고민하는 중이었다. 그런 상태에서 그의 법정후견인이 된다는 것은 무리라고 생각했다. 그렇다고 아무한테나 덥석 법정후견인을 맡길 수도 없는 노릇이었다. 순간적으로 갈피를 잡을 수 없었다. 나의 딱한 입장을 알 턱이 없는 변호사는 법정후견인 서류를 만들기 위해 신상 정보를 물어보며 차근차근 서류를 메꾸어 나갔다. 무거운 마음으로 지켜보던 나는 망설인 끝에 말을 꺼냈다.

"저 … 제가 아직은 법정후견인이 될 마음의 준비가 안 되었습니다. 조금만 시간을 더 주시면 안 될까요?"

이 선택이 훗날 나와 레인에게 닥칠 엄청난 비극의 씨앗이 될 줄 그때는 알지 못했다.

레인의 신발

그렇게 며칠간 레인의 집에 묵던 마지막 날 저녁, 갑자기 레인이 자신의 신발을 우리가 묵고 있는 작은 다락방에 옮겨 놓고 그 옆에 서류가방까지 나란히 챙겨 놓았다. 나와 함께 워싱턴으로 가겠다는 강력한 의지의 표현이었다. 그런 레인의 모습이 너무나 안쓰럽게 다가왔다. 과연 동생이 레인을 워싱턴으로 보내 줄지, 내가 보기에는 불투명했다. 동생은 레인의 법정후견인이었기 때문에 모든 결정권이 동생에게 있었다. 여행은 물론, 결혼 문제까지도 동생의 동의가 있어야만 이루어질 수 있는 상황이었다.

내가 떠나는 날 아침, 어쩐 일인지 레인의 동생이 일찍부터 안 매던 넥타이를 매고 서둘러 나갈 채비를 하고 있었다. 레인은 동생에게 할 말이 있다며 건너편 큰 방으로 건너갔다. "나 오늘 옥자를 따라 워싱턴으로 가고 싶어." 레인의 작은 말소리가 들려왔다.

"안 돼! 못 가!" 몸 상태가 좋지 않아서 혈압을 재고 있던 나는 야멸차게 소리치는 동생의 목소리에 깜짝 놀라고 말았다. 레인은 엉거주춤 서서 아무 대꾸도 하지 못한 채 말없이 다시 우리가 묵던 작은 방으로 돌아왔다.

그리고 그는 방 한구석에 드러누워 팔베개를 한 채 긴 한숨을 내쉬며 천장을 바라보았다. 더 이상 자신의 삶을 마음대로 할 수 없는 냉혹한 현실을 직시하게 된 그의 슬픔이 긴 한숨에 묻어 나왔다. 미국의 연방 의원으로서 세상을 마음껏 누비며 살아온 그에게 그것은 너무나 가혹한 형벌이었다. 세계를 향해 품었던 그의 원대한 포부와 열정이 초라해진 환자의 찢어진 상처 위에서 너풀거리고 있었다. 옆에서 그 모습을 지켜보는 내 가슴 역시 찢어지는 듯 아팠다. 무언가 위로의 말을 찾지 못하고 혈압계만 만지작거리고 있는 내게 그가 불쑥 팔을 내밀었다.

"내 혈압 좀 재 줘…."

무심히 그의 혈압을 재 보던 나는 화들짝 놀랐다. 그의 혈압이 200mmHg에 가깝게 치솟아 있었다. 나의 빈약한 의학 상식으로도 매우 위험한 수치임을 알 수 있었다. 얼마나 속이 탔으면 이렇게까지 혈압이 치솟았을까. 나는 답답한 마음을 접어 두고 얼른 레인의 동생에게 달려가 레인의 혈압이 너무 높아 병원에 가야 할 것 같다고 알렸다. 그러자 동생은 무표정하게 지금은 바쁘니 오늘 저녁에나 알아보겠다고 말하고는 집을 나가 버렸다.

한 대 맞은 것처럼 멍하게 서 있던 나는 얼른 정신을 차리고 운전기사를 불러 레인과 함께 황급히 근처 병원의 응급실로 향했다. 다행히 레인의 증상은 응급치료를 받고 이내 회복되었다. 치료를 끝낸 후 우리는 가까운 커피숍에서 커피를 마시며 잠시 놀랐던 가슴을 진정시키고 있었다. 그때였다. 뜻밖에도 레인의 동생이 우리 앞에 헐레벌떡 나타났다. 이유를 들어보니 그의 동생이 아침에 법원에 갔었는데 문제가 생긴 모양이었다. 아침 일찍 그의 담당 변호사와 함께 레인에 대한 임시 법정후견인 자격을 연장하러 법원을 찾아갔더니 담당 판사가 왜 에반스 의원과 함께 오지 않았느냐고 물었다는 것이다. 몸이 아파서 함께 출석하지 못했다고 말하자 판사는 이의를 제기했다는 것이다. 어제 저녁에 TV 뉴스와 신문에서 레인이 연설하는 모습을 봤는데 법정에 못 온다는 것은 말이 되지 않는다는 것이다. 결국, 11시에 다시 에반스 의원과 함께 법정으로 오라는 판사의 지시로 동생은 레인을 찾아 이곳까지 한걸음에 달려온 것이었다.

그 이야기를 전해 들은 레인의 표정이 별안간 굳어졌다.

"넌 그동안 날 함부로 취급해 왔어! 난 더 이상 널 법정후견인으로 하고 싶지 않아."

갑작스러운 레인의 단호함에 동생은 당황한 것 같았다. 그로선 예상치 못한 일이었다.

"나도 변호사가 있으니 조금 있다가 법정에서 만나자."

레인은 자신 있는 어투로 말을 마친 후 난감한 표정으로 앉아 있던 동생을 그대로 둔 채 나와 함께 자리에서 일어났다. 다급해진 나는 부랴부랴 토요일에 만났던 변호사와 11시에 만나기로 약속하고 레인과 함께 법정으로 향했다.

판사를 가운데 두고 한쪽에는 레인의 동생과 그의 변호사, 다른 쪽에는 레인과 그의 변호사, 그리고 내가 앉았다. 결국, 심리는 6월

초로 미뤄지고 레인에게는 오늘 당장 옥자를 따라 워싱턴으로 가도 좋다는 판사의 허락이 떨어졌다. 신발과 서류가방을 다락방에 챙겨 놓던 레인의 의지가 승리한 것이다. 우리는 황급하게 법정을 나와 집에서 필요한 약을 챙겨 들고 곧바로 공항으로 향했다.

몰린 시의 자그마한 공항에 도착하자 레인을 알아보는 공항 직원들이 모든 수속을 친절하게 도와주었다. 레인은 오랜만에 압박과 서러움에서 해방된 듯, 홀가분한 표정으로 공항의 창문 너머 수놓인 보랏빛 노을을 바라보며 말했다.

"저기 좀 봐. 옥자. 노을 진 하늘이 정말 아름답게 보여."

레인은 엄마를 따라나선 철부지처럼 마냥 행복해 보였다. 하지만 내 마음은 무겁고 착잡하기만 했다. 내겐 황홀한 노을을 감상할 만한 여유가 없었다. 우리는 지금 어디로 향해 가고 있는 것일까. 과연 앞으로 어떤 예기치 못한 일들이 우리를 가로막을 것인가….

비극의 씨앗

다시 나의 집에 돌아와 며칠을 지낸 레인은 너무나 행복해 보였다. 록아일랜드에서는 밤에 화장실에 가려고 해도 혼자 안간힘을 쓰고 다녀와 다시 어렵게 누워야 했을 것이다. 몸이 굳어서 행동이 자유롭지 못한 그였기에 누운 채로 자유로이 이불을 당겨서 덮을 수도 없었다. 누군가 도와주는 손길이 없으면 밤새도록 이불도 덮지 못한 채 덜덜 떨며 잠을 설쳐야 했을 그였다. 그렇게 힘든 환경에서 지내다가 내가 밤낮으로 곁에서 도와주며 따뜻한 침대에 눕혀 주고 이불을 어깨까지 덮어 주자 그에게서 "바로 이것이 내가 원하는 것이야, 나의 천국!" 하며 저절로 탄성이 터져 나왔다.

레인이 내 집에 머무는 동안 록아일랜드의 담당 검사로부터 여러 번 전화가 걸려 왔다. 내가 레인의 법정후견인을 맡는 게 어떻겠냐는 제안이었다. 고지식한 나는 레인과 결혼을 할 수도 없는 상황에서 굳이 그의 법정후견인을 맡을 이유가 있을까 싶어 사양했다. 이것이 훗날 나를 덮칠 비극의 씨앗이 될 줄을 미련한 내가 어찌 알았으랴….

6월 초, 레인과 나는 예정대로 다시 록아일랜드의 법정에 서게 되었다. 우리는 레인의 집에 묵지 못하고 법원 근처의 호텔에서 묵어야만 했다. 레인의 형제들로부터 법정후견인 자격을 박탈하기로 한 법원의 결정이 이미 알려졌기 때문에, 그 집은 우리가 지내기 거북한 장소가 되었다. 레인이 평생 몸담고 살아온 고향에서 피를 나눈 형제끼리 재판을 하게 되다니! 레인도 가슴이 아픈 듯 말을 잃고 누워 있었다. 담당 검사는 직접 우리가 묵고 있는 호텔로 찾아와 내일 있을 결정을 미리 상세히 알려 주며 이른 아침부터 신문이나 TV 언론이 진을 치고 취재경쟁을 벌일 것이라고 귀띔해 주었다. 하지만 법정 안에는 그 어떤 취재진도 들어올 수 없고, 오로지 나 혼자만 방청석에서 참관할 수 있도록 허가가 나 있다는 말도 전해 주었다. 검사는 자리에서 일어나며 사무실에서 오랜 세월 동안 레인을 도와준 보좌관이 새로운 법정후견인이 될 거라고 말했다. 내 가슴 저 밑바닥에서 불안한 마음이 싹트기 시작했다. 레인은 과연 앞으로 어떻게 될 것인가.

이튿날 아침 8시, 법원에 도착하자 예상대로 법정 앞은 진을 치고 기다리는 취재진들로 꽉 메워졌다. 이미 법정 안에 들어가 있던 몇몇 기자는 재판장의 명령으로 모두 법정 밖으로 퇴장하고 나 혼자 텅 빈 방청석에 남게 되었다. 잠시 후 법정에 레인의 형과 동생이 들어왔다. 레인은 그들을 보는 순간 끝내 참았던 눈물을 흘리고 말았다. 같은 피를 나눈 형제끼리 법정에 선다는 것은 그들 모두에게 견디기 힘든 비극이었다. 나는 침울해 있는 레인의 어깨를 다독여 주며 그의 마음을 위로해 주느라 애썼다. 혹시라도 격해진 감정이 그의 몸을 더 상하게 할까 걱정이 앞섰다. 예정된 판사의 판결문이 낭독되는 것으로 재판은 금방 끝났다. 재판에 걸린 시간은 고작 20분 정도에 불과했지만, 레인에게는 길고 긴 시간이었을 것이다.

레인과 나는 재판 후, 끈질기게 우리를 추적해 오는 기자진을 피해 함구한 채 근처의 카페에서 시간을 보내다가 호텔로 돌아왔다. 호텔에서 쉬고 있을 때, 레인의 형과 남동생이 찾아왔다. 그날 오후, 앞으로 은행이 관리하게 될 레인의 재산을 형한테서 은행으로 넘기는 절차를 처리하기로 되어 있었기 때문이다. 그들이 모두 참석한 가운데 은행의 부지점장이 필요한 서류들에 서명함으로써 얼마 안 되는 레인의 재산이 은행에 의해 법정 관리에 들어갔다. 나의 마음

속에 알 수 없는 불안감이 일렁거렸다. 우리는 그때까지만 해도 은행의 법정 관리가 레인이 물건 하나를 사더라도 영수증을 첨부해서 은행에 제출해야 하는 것을 의미할 줄은 생각하지 못했다. 이튿날 신문을 보니 레인에 대한 기사가 톱뉴스로 실려 있었다. 그리고 레인과 내가 나란히 법정에서 걸어 나오는 사진과 기사가 실려 있었다. 거기에는 '법원에서 레인의 어깨를 쓰다듬으며 위로해 준 여자는 레인과 어떤 관계일까?'라는 내용도 있었다.

눈물의 비행기 표

해마다 여름방학이 되면 나는 가족을 만나기 위해 어김없이 서울을 방문한다. 레인은 언제나 자신을 밤낮없이 힘겹게 도와주는 나를 위해 비행기 표는 꼭 자신이 사주고 싶어 했다. 처음엔 사양했지만 나는 그렇게 해야 속이 편할 것 같다는 레인의 마음을 그대로 받아들이기로 했다.

레인과 나는 새로 임명된 은행의 부지점장으로부터 동의를 받은 후 최종적으로 새로이 법정후견인이 된 레인의 의원 사무실 보좌관을 만나 볼 겸 레인의 사무실로 갔다. 주인을 잃은 사무실에는 짐이 담긴 박스가 여기저기서 뒹굴고 있었다. 그와 나의 추억이 담겨 있는 그의 사무실. 자신이 24년간 밤낮으로 일하던 사무실을 둘러보는 레인의 심정이 어떨지 헤아려 보았다. 레인과 나를 한참 동안 기다리게 한 레인의 옛 보좌관은 레인의 비서를 통해 자기 사무실로 들어오라고 알려 왔다. 얼마 전까지만 해도 레인이 그의 상관이었는데 이제는 그가 레인의 상관이 된 것같이 행동했다.

사무실 안에 들어가자 그는 화가 난 듯한 표정으로 나를 노려보았다. 나는 영문도 모른 채 당황했다. 그는 상관인 레인이 옆에 있는데도 나를 향해 큰 소리로 말했다.

"레인이 왜 당신 비행기 값을 내야 합니까?"

나는 갑작스러운 냉대에 적응하지 못해 놀란 얼굴로 그를 멍하니 바라보았다. 얼마 전까지만 해도 나를 더없이 친절하게 예우하고, 레인을 위해 애쓰는 나의 노고에 누구보다도 깊이 고마워해 주던 그가 아니던가. 지난번에 서울을 방문했을 때 동행하여 한국에서 극진한 대우를 받고 온 그가 워싱턴으로 돌아오는 비행기 안에서 레인을 위해서 내가 하는 일은 연봉 15만 불이 넘는 일일 거라고 말하기도 했는데. 옆에서 듣고 있던 변호사 친구도 돈으로는 계산할 수 없는 보은이라며 맞장구치던 기억까지 생생한데, 나는 왜 지금 그가 내게 호통치고 있는지 영문을 알 수가 없었다. 돌이켜 생각해보니 나는 레인의 간호사, 운전사, 비서, 통역관, 요리사, 가정부, 동행자 등의 역할을 하며 그림자처럼 그를 따라다니며 도왔다. 그래도 명색이 대학교수인 내가 대가를 받는다고 선뜻 그런 일을 할 수 있었을까? 내 생각으론 억만금을 준다고 해도 절대로 할 수 없는 일이었다.

한순간에 다른 사람처럼 변해 버린 옛 보좌관의 모습에 나의 머리는 충격으로 모든 기능이 정지되어 버린 듯했다. 사람이 어떻게 이렇게 바뀔 수 있단 말인가. 아무리 생각해 봐도 나의 작은 머리로는 이해가 되지 않았다. 그의 앞에 어처구니없는 표정으로 서 있자니 내 속 어디선가에서 모멸감이 솟구치듯 올라왔다. 나는 더 이상 참지 못하고 그 자리를 황급히 뛰쳐나왔다. 내 옆에서 아무 말도 하지 못한 채 멍하니 앉아 쳐다만 보고 있는 레인이 원망스러웠다. 아직 법적으로는 그의 상관인 레인이 자신의 여자가 어이없이 굴욕당하는 것을 왜 막아 주지 못한단 말인가.

황망히 집으로 돌아온 나는 그대로 무너져 내리듯 침대에 엎드려 울음을 터뜨렸다. 눈물샘이 터진 듯 걷잡을 수 없이 흐르는 눈물은 어느새 베개를 축축하게 적시고 있었다. 내가 구걸을 한 것도 아니고, 레인이 자신의 돈을 쓰겠다고 하는데 왜 이런 모멸스러운 대우를 받아야 하는지. 자존심 깊은 곳에 상처를 받았다. 그리고 누구보다 레인이 야속했다. 레인은 이미 내게 청혼한 상태고, 우리는 누구보다 더 깊은 인연으로 서로를 의지하고 보살피며 지금까지 헤쳐 오지 않았던가?

얼마나 지났을까. 느지막한 오후, 레인이 여자 비서의 차에 실려 집에 도착했다. 집안으로 들어서자마자 그는 당시 우리 집에서 기거하고 있던 연변 출신의 대학원생 옥화에게 내가 어디 있느냐고 황급히 묻고 파김치가 된 몸을 이끌고 힘겹게 2층 계단을 걸어 올라왔다. 레인은 있는 힘을 다해 침대에 누워 있는 내 곁으로 다가왔다. 허물어져 가는 그의 육신은 온종일 아무도 신경 써 주지 않은 듯 엉망이 되어 있었다. 지칠 대로 지쳐 보이는 그가 애원하듯 말했다.

"제발 나와 결혼해 줘. 당신을 사랑해…."

마음대로 눕힐 수도 없는 나무토막처럼 뻣뻣한 자신의 몸을 간신히 내 곁에 눕힌 레인이 나를 향해 말했다.

"나 좀 안아줘…. 너무 외로워."

나는 그의 말에 많은 뜻이 담겨 있음을 알고 있었다. 지금 그도 나만큼 고통에 휩싸여 자신과 싸우고 있을 거라는 것도 알고 있었다. 하지만 상처받은 내 마음은 쉽게 몸을 움직여 주지 않았다. 나는 베개에 얼굴을 묻은 채 서러움을 삼켰다. 자기의 삶을 자기가 원하는 대로 끌고 가지 못하는 레인의 한이 높은 천장에 서려 있었다. 레인과 내가 갑자기 너무 먼 곳에 있는 것처럼 느껴졌다. 우리는 운명의 수레바퀴에서 튕겨 나온 상처받은 자들이었다. 상처받은 두 사람은 각자의 상처를 부여잡은 채 침묵 속에서 천장을 바라보며 아픔을 삭이고 있었다.

왜 일리노이로 떠나야 하는지

2006년 7월 초, 내가 여름방학 동안 서울로 떠나던 날, 나는 레인이 록아일랜드에서 지낼 수 있도록 일정을 잡아 주었다. 나는 서울에 도착하면 기도원에 들어가 레인과의 결혼 문제를 두고 하나님께 기도

할 계획이었다. 나는 중요한 선택의 순간에 모든 일을 주님께 맡기고 결정해 왔었다. 특별히 어려운 일에 부딪히면 금식기도를 했다.

아침에 레인을 깨끗이 씻기고 단장시킨 후 엄마가 철없는 어린아이를 떠나보내듯 걱정스레 레인의 얼굴을 한참 동안 바라보았다. 그가 나를 향해 기운 없이 말했다.

"나는 내가 지금 왜 일리노이로 떠나야 하는지 이해가 안 돼…."

그는 내 곁을 떠나기 싫은 것이었다. 자기가 있을 곳 하나 마음대로 정하지 못하는 그의 처지가 또다시 나의 마음을 아프게 만들었다. 그렇다고 아무도 보살펴 줄 이 없는 집에서 레인을 혼자 지내게 할 수는 없는 일이었다. 항상 누군가의 손길을 필요로 하는 레인. 그날따라 더욱 가슴이 아팠다. 그가 애써 눈물을 참고 있는 나를 보며 말을 이었다.

"나는 당신이 정말 걱정돼… 서울에 가서 몸조심해."

레인의 따스한 마음에 나는 할 말을 잃어버렸다. 정작 몸조심해야 할 사람은 자신이었음에도 먼저 내 걱정을 하고 있는 것이다. 나는 단정하게 빗긴 그의 머리를 다시 한 번 만져 주며 먼 길을 떠나야 하는 레인을 눈에 담고자 오랫동안 바라보았다.

잠시 후 밖에서 자동차 경적 소리가 울렸다. 그의 보좌관이었던 새로운 법정후견인이 레인을 데리러 왔다. 지난번 일을 생각하면 그와 얼굴을 대하는 것조차 힘들었지만, 레인을 위해선 어쩔 수 없는 일이었다. 내가 공항까지 레인과 같이 가고 싶다고 했더니 그는 끊어내듯 차갑게 안 된다고 말했다. 다시 레인이 그한테 다가가서 옥자가 공항까지 같이 가면 안 되겠느냐고 조심스럽게 말하자 그는 자기 부인도 공항에 나오지 않으니 나 역시 나올 필요가 없다고 했다. 이것은 철저히 공무라는 것이다. 나는 어이가 없어 그 자리에서 물러서고 말았다.

아쉬운 듯 떨어지지 않는 발걸음으로 나를 쳐다보며 말없이 자기의 법정후견인이 하라는 대로 차에 오르는 레인의 모습이 마치 어딘가로 끌려가는 순한 양처럼 보였다. 그가 나를 쳐다보며 뒷걸음질하는 발자국마다 서러운 한이 여름 아침 햇살에 뭉개져 있었다.

그 어색한 순간에 내 머릿속에서는 인생무상이라는 말이 스쳐 지나갔다. 수십 년을 아래에서 보좌하던 사람이 하루아침에 지시를 내리고 그 지시에 그대로 따를 수밖에 없는 레인의 현실, 그리고 입도 벙긋하지 못하고 그 현실을 바라볼 수밖에 없는 내 처지가 바로 인생무상이 아니고 무엇이겠는가? 차창 밖으로 흔드는 그의 서러운 손이 나를 두고 그렇게 초여름 안갯속으로 점점 멀어져 갔다.

혼자 두고 가지 마

그리운 서울에 도착했다. 착륙하는 비행기 창 너머로 익숙한 서울의 풍경이 들어오자 진한 감격으로 마음이 울컥해졌다. 고향이란 언제 찾아와도 편안한 엄마의 품속 같은 곳이다. 서울 집에 도착한 후 레인에게 잘 도착했다고 전화를 걸었다. 동생의 눈을 피해 무선 전화기를 들고 집 밖으로 나와 불볕더위 속에서 전화를 받은 레인은 애원하듯이 부탁했다. 자기를 너무 오랫동안 혼자 두지 말아 달라고. 늦어도 두서너 주 안에 미국으로 돌아와 자신을 구해 달라고. 법정 싸움까지 벌인 동생과 불편한 감정을 안은 채 한집에서 산다는 건 그에게 고문처럼 힘든 일일 것이다.

그것을 모르는 것은 아니었지만, 나에게는 별다른 대안이 없었다. 지금 돌이켜 생각해 보니 그것은 모두 나의 잘못된 판단이었다. 서울에 오지 말고 곁에서 계속 그를 돌보아 줄 것을. 나는 지금도 그 깊은 후회와 회한을 떨치지 못한다.

서울에 있는 동안 레인과의 결혼 문제에 대해 확실하게 결정지은 후 미국으로 가고 싶었다. 어쩌면 레인은 주위 사람들의 예측대로 머지않아 삶의 최후를 맞을지도 모른다. 그 불안함을 정리하고, 홀가분해진 마음으로 미국에 돌아가고 싶었다. 더 이상 레인을 기다리게 할 수는 없는 일이었다.

나는 친하게 지냈던 기도회 동지들과 함께 사흘 동안 모 금식 기도원에서 지냈다. 레인을 위해 온몸과 영혼으로 합심하여 기도했다. 하나님께서 특별히 세우신 계획이 있고, 따라서 레인을 이 무서운 죽음의 병에서 고쳐 냄으로써 하나님의 영광을 위해 쓰실 것이라고 확신했다. 기도원에 다녀온 후 레인과의 결혼에 대한 나의 마음은 확실하게 결정되었다. 그전까지는 결정이 서지 않았기에 레인과의 관계에 대해, 또 법정후견인의 제안에 대해서도 주저할 수밖에 없었다. 하지만 나는 이제 레인을 위해서라면 어떤 일이든 할 수 있었다. 이제 레인에게 결혼을 승낙한다는 나의 의사를 전하는 일만 남았다. 그가 기뻐할 모습을 떠올리니 나도 모르게 얼굴에 웃음이 피어올랐다.

레인에게 전화를 걸었다. 그의 청혼을 받아들이기로 마음먹었다고 전하자 그는 예상대로 뛸 듯이 기뻐했다. 이제는 더 이상 버려진 신발짝처럼 이 사람 저 사람 손에 왔다 갔다 하지 않아도 된다는 사실이 무엇보다도 기쁜 모양이었다. "하나님께서 당신의 병을 완전히 고쳐 주실 거예요. '아멘' 해봐요."

내가 말하자 그가 낮은 소리로 대답했다.

"아멘."

나는 오랜만에 정겨운 가족들과 만나 여동생의 정성 어린 보살핌 아래 그동안의 피로를 풀어내며 더할 수 없이 편한 생활을 누리고 있었다.

"언니. 꼭 그 사람하고 결혼해야 해?"

여동생이 가족끼리 식사하는 시간에 그동안 꾹 참고 있었던 말을 불쑥 꺼냈다. 식구들은 모두 나의 대답에 촉각을 곤두세우고 있는 듯했다. 나는 말없이 고개를 끄덕였다.

"레인 참 불쌍한 사람이야. 내가 곁에서 보살펴 줘야 해."

"내가 보기엔 언니가 더 불쌍해!"

"그만해. 언니가 어련히 알아서 하겠니."

보다 못한 어머니가 동생과 나의 말씨름을 가로막고 나섰다.

한번 마음 먹으면 꼭 해내고야 마는 나의 고집을 누구보다 잘 알고 있는 우리 식구들은 더 이상 나의 결혼 계획에 대해서 말을 꺼내지 않았다.

결혼을 꿈꾸며

2006년 9월 중순, 내가 워싱턴으로 돌아온 후, 드디어 레인이 우리 집으로 다시 오게 되었다. 7월 초에 우리 집을 떠난 후 거의 두 달 반이 넘는 기간을 헤어져 있었던 셈이다. 나는 레인에게 구체적인 결혼 계획을 이야기했다. 그는 무척이나 좋아하면서 될 수 있으면 빨리 결혼하고 싶다고 말했다. 막상 마음을 먹고 나니 이렇게 쉽게 결정할 수 있는 일을 가지고 왜 그동안 그렇게 고민했는지 후회스럽기도 했다.

"그리고 제발 부탁이야! 앞으로 다시는 날 두 달씩이나 혼자 내버려두지 마."

식구들 핑계를 대며 귀국을 미루다가 뒤늦게 미국으로 돌아왔기에 그에 대한 미안함이 마음 한구석을 차지하고 있었다.

오랜만에 그를 만나 다시 아침마다 씻기고 옷을 입히는 일상이 시작되었다. 그의 건강상태가 점점 더 악화되면서 보살피는 일이 점점 더 힘들어져 결국 시간제 파출부를 두기로 했다. 다행히 내가 교수로 일하는 학교는 집에서 차로 5분 거리에 있었기 때문에 학교 일을 제외한 모든 시간은 레인을 위해 쓸 수 있었다.

그렇게 두 달을 우리 집에서 지내던 레인이 다시 록아일랜드로 돌아갔다. 나 혼자서 레인을 돌보기 힘든 상태였기 때문에, 그의 법정 후견인은 레인이 간병인의 도움으로 살 수 있도록 아버 빌리지라는 동네의 '어시스트 리빙홈(환자를 위해 특별히 마련된 집)'에 만반의 준비를 해 두었다.

아버 빌리지Arbor Village

얼마 후 나는 가을 방학을 이용해서 레인이 있는 곳으로 가기로 했다. 시카고 공항에서 록아일랜드까지 다시 비행기를 갈아타는 번거로움을 없애기 위해 레인과 그의 직원이 3시간 동안 운전해서 시카고 공항까지 나를 마중 나와 주었다. 그냥 한곳에 앉아 있기도 힘든 몸을 이끌고 먼 거리를 힘들게 달려온 레인의 마음이 절절하게 느껴져서 가슴이 뭉클했다. 나는 창백한 낯빛과 무거워 보이는 몸짓에서 그의 건강이 점점 더 나빠지고 있음을 느낄 수 있었다. 나의 마음이 땅속 저 밑으로 내려앉는 것 같았다.

시카고에서 레인과 함께 3시간 가량을 서쪽으로 달려 레인이 근래에 입주한 아버 빌리지라는 동네에 도착했다. 레인은 조용한 벌판에 지어진 이 타운 하우스에서 어쩔 수 없이 그 동생과 함께 살고 있었다. 관리 사무실에서 레인을 위해 여러 가지로 특별히 신경을 써주는 듯했다. 레인은 어딜 가나 사람들에게서 극진한 대우와 사랑을 받고 살았다.

내가 있는 동안 그의 동생이 자리를 비켜주기라도 하듯 집에 나타나지 않았다. 방이 두 개인 타운 하우스는 환자들을 위한 시설을 잘 갖추고 있었다. 레인은 오랜만에 침대를 사용하고 있었다. 얼마 전까지만 해도 그가 취침하기 전에 한 알만 먹던, 먹으면 바로 뻗게 된다는 '녹다운 펀치약'을 지금은 하루에 여섯 알이나 복용하고 있었다. 그렇게 많은 약에 시달렸으니 그의 뇌와 위장이 얼마나 상하고 마비되어 있을까 생각만 해도 끔찍했다. 무슨 약인지 알지도 못한 채 그저 주는 대로 약을 받아먹는 레인은 거의 온종일 정신을 못 차리고 잠만 잤다. 오랜만에 그의 긴 몸을 침대에 잘 눕게 도와주고 이불을 어깨까지 덮어 주니 환하게 웃으며 행복해 했다. 그는 여전히 매일 밤마다 침대에 몸을 내던진 후에 대충 누워서 잠을 자는 모양이었다. 혼자 몸을 움직여 침대에 눕기도 힘든 그를 누군가 옆에서 밤낮으로 계속해서 지켜볼 수 있다면 얼마나 좋을까.

록아일랜드에 와서 지내다 보니 한국 음식점이 없어서 불편했다. 달고 느끼한 미국 음식이 별로 입에 맞지 않는 나로서는 한국 음식이 그리웠다. 그런 나의 심정을 알아챈 레인이 전화번호부 책을 뒤져서 기어코 한국 교회 하나를 찾아냈다. 나는 아픈 몸에도 불구하고 빛나는 그의 명석함에 깜짝 놀랐다. 일요일이 되어 우리는 레인이 찾아낸 은혜 한인 교회를 방문해 따뜻한 환영을 받았다. 마침 성도들로부터 우리가 추진 중이던 일본군 위안부 결의안 759호의 서명도 받고, 먹고 싶던 김치와 김치찌개까지 실컷 얻어먹고 나니 내 마음마저 든든해졌다. 목사님과 교인들은 레인을 위해서 기도하겠다고 말해 주며 우리를 집까지 데려다주었다. 한국인의 훈훈한 정은 어디에서든 변함이 없음을 느끼며 마음에 뿌듯함과 감사함이 넘쳤다.

비가 추적추적 내리는 오후였다. 레인과 나는 변호사 사무실에서 레인의 변호사와 G 검사에게 결혼 의사를 밝혔다. 레인의 변호사와 G 검사는 단짝처럼 친해 보였다. 그들은 레인과 나의 결혼 이야기를 듣자마자 자기 일처럼 기뻐하며 축하해 주었다. 어느 판사에게 가서 결혼 선서를 할 것인지, 결혼 피로연은 어떻게 하는 게 좋은지, 취재진들은 최소화하는 것이 좋다는 등 여러 조언을 해 주며 레인과 나보다 더 흥분하며 기뻐했다. 물론 앞으로 법정후견인의 승낙이 필요하긴 했지만, 우리는 모두 별문제 없을 것이라고 낙관했다. 우리의 결혼이 예상보다 더 순조롭게 진행되는 것 같아서 나는 긴장이 풀리며 마음이 조금 여유로워졌다. 우리에게 이렇게 많은 후원자가 있다는 것이 든든했다. 레인은 몹시 피곤했던지 집으로 돌아오자마자 잠이 들었다. 나는 잠이 든 레인의 밑에 꿇어앉아 기도를 올렸다. 우리의 앞날을 지켜 주소서.

5박 6일의 록아일랜드 방문을 마치고 비가 주룩주룩 내리던 날, 레인과 나는 아쉬운 작별을 해야만 했다. 집에서 손을 흔드는 레인을 뒤로 한 채 내 몸은 돌아섰지만, 나의 마음은 여전히 레인과 함께 그곳에 머물고 있었다.

뜻밖의 난관

미국과 한국에 잘 알려진 친한파 국회 의원, 레인 에반스가 24년간의 의정 생활을 마치고 은퇴한다는 소식이 한국 뉴스로 보도되자 서울에서 많은 사람이 적극적으로 모임을 시작했다. 무엇보다 대한민국을 위해 많은 일을 해 온 레인이 지병으로 끝내 은퇴한다는 소식은 많은 이들에게 충격과 아쉬움을 남겼다. 많은 한국인이 영주권 신청자의 방문비자 문제를 비롯하여 혼혈아의 자동시민권 문제, 그리고 일본군 위안부 문제 등 한국에서도 잘 알려진 사안들을 레인이 적극적으로 내세웠다는 것을 알고 있었기 때문이다.

그리하여 서울에서는 '에반스 의원 방한추진위원회'까지 생겨 레인과 나를 서울에 초청해 그의 병을 고쳐 주고 싶다는 정성 어린 소식을 알려 왔다. 하지만 지난번 한국 방문 때 긴 여독으로 인하여 병이 더욱 악화된 경험을 되새겨 보면, 다시 서울을 방문한다는 것은 쉬운 일이 아니었다. 그래서 결국 나는 우리의 상황을 정중하게 설명하면서 서울 측에 아쉬움을 표했다.

얼마 후, 서울에 있는 한방 의료진이 워싱턴을 직접 방문해서 레인의 치료를 돕겠다는 감동적인 답변이 되돌아왔다. 나는 가슴이 뭉클할 정도로 감사했다. 우리 민족의 의리와 정이란 그 얼마나 따뜻하고 아름다운 것인가. 결국 레인을 돕기 위해 모 후원인의 도움으로 워싱턴까지 날아온 의료진은 우리 집에 머물게 되었다.

우리는 레인이 워싱턴을 방문할 11월을 손꼽아 기다리고 있었다. 그런데 문제가 생겼다. 레인이 록아일랜드에서 워싱턴까지 올 수 없게 된 것이다. 법정후견인의 반대 때문이었다. 일이 생각지도 않게 복잡하게 얽혀 갔다. 의료진은 먼 길을 찾아와 레인을 기다리고 있는데, 정작 환자 본인이 고향에서 발만 동동 구르며 오지 못하는 믿지 못할 상황이 벌어졌다. 나는 입술이 바짝바짝 타들어 감을 느끼며 초조해지기 시작했다. 본인의 신용카드를 쓸 수 없는 불쌍한 레인이 전화로 자기가 비행기 예약을 할 테니 나의 신용카드로 결제할 준비를 하고 있으라고 말했다.

기다리다 지친 나는 무거운 마음으로 얼마 전까지도 레인의 부하 직원이었던 법정후견인의 사무실로 찾아갔다. 열린 문틈 사이로 보이는 레인이 쓰던 사무실에는 레인의 짐들을 챙겨 쌓아 놓은 박스로 온통 가득 차 있었다. 그것을 보는 순간 인생의 허망함과 덧없음이 내 조그만 가슴을 메웠다. 권력이란 저런 것일까. 언젠가 이곳 국회에 근무하던 경찰의 말이 생각났다. 권력이란 밀물처럼 들어왔다가 썰물처럼 빠져나가는 것이라고….

나와 레인의 혼담이 나오기 전까지만 해도 나와 함께 레인에 대해 걱정하며 친절을 베풀던 보좌관은 레인의 법정후견인이 되자 태도를 싹 바꾸고 말았다. 레인을 상관으로 모시고 거의 24년간 일해 온 그였는데, 그랬던 그가 레인의 비행기 예약을 취소한 것이다. 서울에서 온 사람들이 어떤 치료팀인지 모르고, 알 수 없는 의술에 레인을 맡길 수 없다는 것이었다. 언제는 침술을 신뢰한다고 말했던 그가 아니던가. 레인이 서울을 방문할 때 그도 동행하여 서울의 발전상을 보지 않았던가.

나는 레인을 살리기 위해 자존심도 팽개치고 사무실로 찾아가 그에게 두 손으로 애걸했다. 제발 레인을 워싱턴으로 보내 달라고. 만약 치료를 시작해서 사흘 정도가 지나도 아무런 효과가 없으면 그 즉시 의료진을 서울로 돌려보내겠노라고. 그에게 매달리다시피 애원하다 보니 눈물이 솟구쳐 흘렀다. 그는 애걸하는 나에게 하루만 시간을 달라고 했다.

그의 사무실을 돌아서서 나오던 나는 다리가 후들거리고 떨려서 금방이라도 주저앉을 것만 같았다. 그 순간 법정후견인이 될 기회가 주어졌을 때 망설였던 나 자신이 너무도 원망스러웠다. 집에 돌아와 내가 어떤 소식을 들고 올까 목을 빼고 기다리는 치료팀원분들의 얼굴을 볼 면목이 없었다. 이틀 후, 그 후견인은 내게 직접 전화를 하지 않고 내 친구에게 전화를 걸어 통보했다. 레인은 못 온다고.

어이없는 허탈감이 온몸을 감쌌다. 그렇다고 이대로 물러설 수는 없는 일이었다. 결국 내가 직접 록아일랜드에 가기로 마음먹었다. 이것이 그와 나를 위해 싸울 수 있는, 아니 싸워야 하는 마지막 기회임을 직감했기 때문이다.

어이없는 이별

2006년 11월, 추수 감사절이 다가오고 있었다. 사람들이 오랜만에 가족, 친지들과 모여 칠면조를 구워 먹으며 즐기는 날이다. 나의 방문을 레인에게 알리려고 해도 이상하게 전화가 연결되지 않았다. 전화할 때마다 녹음된 안내 목소리가 나오더니 특별한 접근코드를 누르라고 했다. 뒤늦게 알고 보니 레인의 전화는 나와의 통화를 막기 위해 누군가가 차단해 놓은 것이었다. 물론 레인은 그 전화벨 소리를 듣지 못한다고 했다. 그러다 보니 레인과 나와의 통화는 불가능해질 수밖에 없었다. 그 불통은 이후 오랜 기간 계속되었다. 내가 레인에게 접근할 통로가 막힌 것이다.

결국, 나는 서울에서 온 의료진을 우리 집에 둔 채, 시카고 공항에 내려 차를 빌린 뒤 혼자 세 시간 동안 황량한 일리노이의 중서부 벌판을 달렸다. 마치 레인을 구출하러 가는 007 영화의 주인공이 된 것 같았다. 과연 이 구출 작전이 성공할 수 있을까? 마침내 레인의 타운하우스에 도착한 나는 설렘과 불안감으로 조심스럽게 벨을 눌렀다. 하지만 안에서는 아무런 기척이 없었다. 다시 한 번 벨을 눌렀다. 혹시나 해서 전화를 걸어 봤지만 역시 연결이 되지 않았다. 밖에 차 한 대가 주차된 것을 보면 집안에 누군가 있을 것 같은데 안에서는 아무런 기척이 없었다. 할 수 없이 집밖에 세워둔 렌터카 안으로 돌아와 무작정 기다리기로 했다.

얼마를 기다렸을까. 차 한 대가 들어오는가 싶더니 백미러를 통해 한 여자가 차에서 내리는 모습이 보였다. 그녀는 이 동네를 관리하는 여자인 듯싶은데 기다리고 있던 내 차 옆을 무심하게 스쳐지나 집 안으로 들어갔다. 부리나케 차에서 내린 나는 그 여자의 뒤를 바짝 따라 집 안으로 들어섰다. 뜻밖에도 레인은 응접실 소파에 힘없이 앉아 있었다. 내가 누른 벨 소리를 들었을 법도 한데 간병인이 모든 일을 통제하는 듯했다.

무언가 어색한 분위기가 집 안을 감싸고 있었다. 앞뒤 사정을 모르는 내가 간병인에게 악수를 청하며 나를 소개했다. 그가 이마에 손을 대고 "휴…" 하면서 긴 호흡을 내뿜었다. 그제야 나는 한바탕 소동이 지나갔음을 직감할 수 있었다. 갑자기 무거운 분위기가 온 집안에 내려앉았다. 나의 온몸에 불안감과 두려움이 엄습했다. 나는 레인을 끌고 황급히 레인의 방으로 들어갔다. 그리고 레인에게 다짐하듯 부탁했다.

"레인! 내 말 잘 들어요! 혹시 무슨 일이 생기더라도 절대 날 혼자 내버려둬서는 안 돼요. 아셨죠? 레인!"

레인이 고개를 끄덕이는 순간, 갑자기 요란하게 레인의 방문을 두들기는 소리가 들렸다. 문이 열리자 서너 명의 남자들이 성난 이리떼처럼 들이닥치더니 나를 둘러싸고 노려보았다. 지난 10월, 내가 이 집을 방문했을 때 여러 가지로 심기가 불편해 아예 이 집에 나타나지도 않았던 레인의 동생과 레인의 사무실 직원이었다. 그들은 삿대질까지 해대며 내게 달려들었다. 왜 미리 알리지도 않고 이곳에 왔느냐는 것이었다. 나는 어처구니가 없었다. 그들이 레인의 집 전화를 차단해 놓은 탓에 아무리 전화를 해도 계속 불통인데 내가 무슨 수로 미리 알릴 수 있단 말인가. 레인과 함께 추수감사절을 보내러 왔다고 했더니 레인과 이 집에 같이 있을 수 없으니 근처 호텔에 방을 잡으라고 강압적으로 말했다. 그리고 레인을 만나려면 누군가의 감시하에 이 집에서만 잠시 만나고 갈 것이며, 단둘이 만나는 일은 절대로 있어서는 안 된다는 조항들까지 덧붙였다.

이 모든 것이 레인의 비행기 표마저 취소시킨 법정후견인으로부터 내려진 조치라는 것도 잊지 않고 알려 주었다. 그들이 그만 가보라는 식으로 나를 밖으로 내몰려고 하자 레인이 나서서 말리려고도 했지만, 받아들여질 리가 없었다. 레인은 그들에게 이미 모든 결정권을 빼앗긴 이빨 빠진 호랑이에 불과했다. 때마침 레인의 조카와 그 남편이 추수 감사절이라 방문 중이었는지 어디선가 나타나 모습을 보였다. 얼마 전까지만 해도 반갑게 웃으며 인사를 나누는 사이였던 그들이 지금은 싸늘한 표정으로 쫓겨나다시피 하는 나를 빤히 바라보고 있었다. 사람의 인연이란 얼마나 덧없는 것인가. 모두 레인의 도움을 받으며 살아온 사람들이 레인이 간절하게 원하는 것을 짓밟고 묵살하고 있는 현실이었다. 이 모든 사건이 결국 레인과 내가 결혼하겠다는 말을 꺼낸 다음부터 일어났다는 사실이 나를 더욱 슬프게 만들었다.

쓸쓸한 추수감사절

레인의 집에서 쫓겨나오다시피 한 나는 근처에 있는 조그만 쉐라톤 호텔에 짐을 풀었다. 남들은 추수감사절이라고 가족들과 행복한 만남의 시간을 보내는데, 나는 낯선 호텔 방 안에서 처량하게 홀로 서성거렸다. 짐을 풀고 그들에게 허락받은 시간에 맞춰 레인을 데리러 그의 집에 갔다. 그래도 저녁 시간만은 둘이 나가서 두어 시간 정도를 보내도록 허락해 주었다. 낮의 일로 충격을 받은 듯 레인의 몸 상태는 몹시 안 좋아 보였다. 몸은 지쳐서 굳어질 대로 굳어 있고, 정신도 맑지 못한 듯 아무 말도 하지 못했다.

솟아오르는 분노를 애써 억누르며 레인과 함께 근처의 일본 음식점에서 저녁 식사를 했다. 평소 초밥을 즐기던 레인은 이제 음식을 앞에 두고도 제대로 먹을 수 없는 지경에 이르고 말았다. 기운이 없어 식사는커녕 앉아 있는 것조차 힘들어 보였다.

사랑하는 사람과 오랜만에 마주 앉았는데, 평범한 대화조차 나눌 수 없는 이 현실을 견디기가 힘들어졌다. 그 옛날, 그래도 그가 건강했을 때 이곳을 방문했던 추억이 떠올라 볼 위로 눈물이 쏟아져 내렸다. 나는 남들이 보건 말건 아랑곳하지 않고, 눈물범벅이 되어 레인 앞에서 흐느끼고 말았다. 이미 마비되어 가는 그의 뇌와 신체 기능에 자신은 얼마나 답답하고, 표현 못 할 고통과 아픔으로 산산조각나 있을까. 자신의 몸 하나 제대로 가누지 못하는 그가 나를 위해서 해 줄 수 있는 것은 아무것도 없었다. 그래도 그는 자신 앞에서 울고 있는 여자를 보며 통제할 수 없는 육체와 혼탁해지는 정신 사이에서 발버둥 치며 무슨 말인가 해보려고 안간힘을 썼지만, 결국 아무 말도 할 수 없었다. 말 못 하는 우리 두 사람의 통곡만이 허공을 가르고 있었다. 우리는 어찌할 수 없이 곤두박질치는 운명의 나락으로 그렇게 한없이 끌려 내려가고 있었다.

밤 9시, 나의 핸드폰이 울렸다. 나는 집에 빨리 레인을 데려다주라는 사무실 직원의 재촉 전화를 받고 어쩔 수 없이 레인을 집에 내려 주고 홀로 텅 빈 호텔 방으로 돌아왔다. 결국, 나는 밤새도록 뒤척이다가 하얀 새벽을 맞고 말았다.

다음 날 아침이 되자 핸드폰이 울렸다. 화들짝 놀라 받았더니 레인이었다. 오늘 아침에는 정신이 좀 맑아진 것 같았다. 내가 어젯밤 헤어지면서 레인의 손에 내 전화번호를 쥐어 준 것을 빼앗기지 않고 챙겨 두었다가 아침 일찍 전화한 듯했다. 다시 원래의 레인으로 돌아온 것 같았다. 그는 주위 사람들을 의식한 듯 조심스럽게 내게 말했다.

"이곳에서 변호사를 알아봐 줘. 기회가 될 때 함께 찾아가서 의논하는 게 좋겠어."

통화는 거기에서 끝이 났다. 나의 가슴은 금세 벅차올랐다. 그의 정신이 다시 맑아진 것 같아서 힘이 나고 기뻤다.

이방인의 도시,
록아일랜드

록아일랜드에서의 이튿날 아침, 레인과 나를 스파이처럼 따라다니는 사무실 직원과 동행한 우리는 그가 늘 물리치료를 받는 피트니스 센터로 향했다. 레인과 나는 한 차에 타고 뒤에서는 사무실 직원이 다른 차로 우리를 놓칠세라 부리나케 좇아오고 있었다. 모처럼 차 안에서 둘만의 짧은 시간이 주어졌다. 우리에게 주어진 시간은 5분 정도였지만, 그 시간 안에 어떻게 행동할지 빨리 결정해야만 했다. 마침 어제 레인과 내가 애타게 찾던 레인의 변호사로부터 함께 사무실로 오라는 전화를 받고 오후 3시로 방문 약속을 해둔 상태였다.

중국 음식점에서 마주 앉은 레인과 나의 점심식사는 참으로 어색했다. 사무실 직원이 우리와 함께 합석해서 우리 두 사람이 사적인 대화를 할 수 없도록 감시했기 때문이다. 우리는 그저 조용히 앉아 가끔 서로를 바라보면서 무심하게 식사할 수밖에 없었다. 대체 레인과 내가 무슨 죄를 지었기에 이렇게 범죄자 취급을 받아야 하는지 이해할 수가 없었다. 점심식사가 간단히 끝나자마자 레인은 사무실 직원과 함께 다시 집으로 가야 했다. 그 직원은 오후 3시쯤 레인을 데리러 오라는 말을 남긴 후 레인과 함께 집 안으로 홀연히 사라져 버렸다. 나는 속으로 안도의 한숨을 내쉬었다. 3시면 변호사와 약속한 시각을 맞출 수 있기 때문이었다.

우리는 레인의 법정후견인을 나로 바꿀 계획이었다. 호텔 방에서 변호사와의 약속 시각을 확인하고 있는데 레인의 사무실 직원으로부터 전화가 걸려 왔다. 3시 약속을 취소하고 저녁 시간에나 레인의 집으로 오라는 것이었다. 단둘이 있는 시간을 최대한 없애라는 지시가 있었던 모양이었다. 어깨에서 힘이 쭉 빠져나가는 것 같았다. 이제 어떻게 해야 한단 말인가. 할 수 없이 나는 변호사와의 만남은 포기한 채 지인의 소개를 받아 홀로 다른 변호사를 찾아갔다. 처음 만난 변호사에게 레인과 겪었던 그 모든 일을 처음부터 되짚어 설명해 나가는 일은 무척 괴로웠다. 결국 그 변호사는 내 이야기를 모두 듣고 레인의 변호사만이 이 일을 해결할 수 있을 것 같다는 짤막한 조언만을 내놓았다. 이 조언 한마디를 듣기 위해 지금까지 장황하게 나 자신을 설명해야 했단 말인가. 게다가 시간마다 가격을 정산하는 변호사는 또 얼마나 비싼 계산서로 나를 놀라게 할 것인가. 허탈한 마음뿐이었다. 나는 패잔병같이 힘없는 걸음으로 호텔에 돌아왔다. 전에 나를 즐겁게 해 주던 레인의 고향, 록아일랜드는 이제 내게 아픈 상처만을 안기는 차디찬 이방인의 도시가 되어 있었다.

저녁에 호텔에서 다시 레인을 만났지만, 그도 신경을 쓴 탓인지 몸 상태가 매우 좋지 않아 보였다. 아침에는 맑은 정신으로 사태를 파악하던 레인이 저녁이 되자 독한 약에 취한 데다 몸도 지쳐서 잠에 빠지고 말았다. 결국, 몇 마디 대화도 나누지 못한 채 잠시 잠든 레인의 얼굴만 바라보다 보니 정해진 두어 시간이 다 흘러갔다. 나는 어쩔 수 없이 레인을 집으로 데려다주어야 했다. 레인은 더 이상 자유의 몸이 아니었다. 사람들의 통제하에, 그리고 마비되어 가는 뇌와 몸은 그가 추구하던 자유와 독립하고는 멀어져 있었다. 차 안에서도 머리를 앞으로 푹 숙이고 잠에 빠져 대화할 수 없는 레인을 집으로 데려다주며 내 마음은 끝없는 나락으로 떨어지고 있었다.

발길을 돌리다

록아일랜드에서 이틀 밤을 홀로 지내고 난 이른 아침, 전화가 울렸다. 혹시나 레인인가 싶어서 반갑게 받았더니 우리를 감시하러 따라다니던 사무실 직원이었다. 그는 다소 흥분한 말투로 어제 레인과 내가 변호사를 만나려 했다는 사실을 들먹이며 이제부터는 절대로 레인을 만날 수 없다고 싸늘하게 쏘아댔다. 법정에 조치를 취해 놨으니 만약 내가 레인을 만나려 접근한다면 경찰이 나를 체포할 것이라는 내용이었다. 둔기로 세게 머리를 맞은 것처럼 눈앞이 캄캄하고 아득해졌다. 레인의 변호사가 그들에게 무슨 말을 했는지 나로서는 도저히 짐작되지 않았다. 어떻게 그들이 레인과 내가 변호사를 만나려고 했던 사실을 알았을까?

모든 것이 꿈을 꾸는 것 같았다. 충격을 받은 나는 모든 생각을 정지한 채 멍하니 서 있었다. 이럴 수가! 모든 사람이 하루아침에 우리의 적으로 돌변하다니…. 도저히 믿을 수가 없었다. 더 이상 아무것도 할 수가 없었다. 온몸의 힘이 빠져나가 빈 껍데기만 남아 있는 것 같았다. 더 이상 내가 이곳에 남아 있을 이유가 없었다. 나는 결국 다리에 힘이 풀려 그 자리에 털썩 주저앉아 버리고 말았다. 이제는 아예 레인을 만날 수조차 없다니. 레인의 변호사까지 합류하여 나와 레인을 떼어 놓으려 하는 것이구나. 얼마 전까지만 해도 우리의 결혼을 맘껏 축복해 주려던 그가 아니었던가. 무엇이 그로 하여금 이렇게 등을 돌리게 한 것일까. 아무리 생각해도 그 이유를 알 수가 없었다. 게다가 레인에게서 전화가 걸려 오지 않는 걸 보니 이미 레인은 내게서 받은 전화번호마저 빼앗긴 것 같았다.

나는 레인과 작별 인사도 한마디 나누지 못한 채 슬픔을 머금고 황량한 일리노이 중서부의 평원을 다시 달렸다. 그들은 레인에게 내가 말 한마디 없이 사라져 버린 이유를 어떻게 설명했을까. 나는 자꾸만 머릿속을 비집고 들어오는 생각들을 떨쳐내며 몸부림치듯 달렸다. 아무것도 생각하지 말자. 눈물이 앞을 가려 운전을 할 수가 없었다. 나는 하늘을 향해 통곡이라도 하고 싶은 심정이었다. 그리하여 그렇게 애타게 기다리던 우리의 만남은 공중에 산산이 부서지는 파편이 되었다.

반가운 전화

레인은 내 전화번호를 적은 쪽지가 늘 그의 손에서 사라진다고 했다. 그에게 내 번호를 외우도록 노력도 해봤지만, 점점 뇌 기능이 저하되는 레인으로서는 전화번호를 외운다는 것이 너무나 지치고 힘든 일이었다. 내게 전화를 걸고 싶어도 전화번호가 생각나지 않아 멍하니 전화기만 보고 있었을 레인. 가슴이 또다시 저려 왔다. 후에 알고 보니 그는 이 사람 저 사람에게 물어 힘들게 나의 전화번호를 알아낸 후에나 누군가에게 부탁해서 내게 전화할 수 있었다고 했다. 보름, 아니면 3주에 한 번쯤 오던 그의 전화는 나중에는 완전히 끊기고 말았다.

어쩌다 레인에게서 전화가 걸려오면 나는 소녀처럼 뛸 듯이 기뻐하며 반가워했다.

"포기하지 마세요, 레인! 하나님께서 당신의 병을 꼭 고쳐 줄 거예요. 이것이 절대 당신 삶의 끝이 아니에요. 힘들 때 기도해요. 아셨죠?"

나의 간절한 외침을 묵묵히 듣고 있던 레인은 "아멘" 하는 것으로 나와 같은 마음임을 알게 해 주었다. 무엇이 레인을 옥죄고 있는지 어느새 레인의 음성은 전화기에서 사라져 버리고 뚜뚜 하며 통화 끊긴 소리만이 허공에서 맴돌았다. 나는 끊어진 전화기를 한동안 멍하니 바라보다가 그래도 아직 레인이 살아 있음에 감사해야만 했다.

그러고는 그의 목소리를 핸드폰에 저장했다가 되풀이해 듣곤 했다.

레인의 가족들과 법정후견인이 필사적으로 나와 레인의 만남을 막는 데는 몇 가지 이유가 있었다. 무엇보다도 내가 레인을 만나면 함께 담당 변호사를 바꾸고, 법정후견인을 바꿀 수 있었기 때문이다. 그들은 내게 법적 권한을 빼앗기고 싶지 않았던 것이다. 그리고 주위에서 들은 이야기로는 내가 아시아에서 온 한국 여자이기에 나를 무시하는 인종 차별 의식이 작용했을 가능성도 있다. 그들은 한국 여자가 미국 여자같이 거세게 맞붙어 싸우지 않는다는 것도 알고 있었을 것이다. 그들에게 레인과 나의 순수한 사랑, 결혼 따위는 안중에도 없었다. 그들은 내가 그를 돌볼 능력이 없을뿐더러 우리가 결혼하면 그의 평화로운 삶이 파괴될 것이며, 심지어 내가 돈만 추구하는 '금 캐는 여자gold digger'라는 소문을 그의 고향에 퍼트려 놓았다.

나는 이 말에 심히 분노했다. 워싱턴의 정계를 오래 두고 보면 미의원들이 다양한 배경을 가지고 있다는 걸 알게 된다. 미국의 최고 권력 집안을 바탕으로 정치가가 된 사람, 미국에서 최고의 학벌을 자랑하는 사람, 고향 집의 땅을 보려면 말이나 자가 비행기로 돌아야 할 정도로 거대한 부를 가진 사람 등등. 반면에 버락 오바마나 레인 에반스처럼 평범하거나 하층민 출신의 사람들도 있다. 그중에서도 레인은 지나칠 만큼 공복의식이 강해서 자신을 위해 돈을 쓰거나 모으는 사람이 아니었다. 이를 누구보다 잘 아는 그의 가족들과 주위 사람들이 아니던가.

레인의 한

2007년 2월 초, 나는 내 조카의 결혼식 준비로 약간 분주했다. 메릴랜드에 있는 성당에서 결혼식 예행연습을 하던 날 저녁, 뜻밖에도 레인으로부터 반가운 전화가 걸려 왔다. 그의 정신이 근래에 보기 드물 정도로 너무나 맑았고, 발음도 또렷했다. 그는 심각하게 스스로를 한탄하며 말했다.

"내 나이 54세에 감옥에 갇힌 죄인처럼 자유도 없이 이 사람 저 사람에 의해 통제받으며 살아야 한다니. 나의 삶이 너무 한심해…."

"레인! 반드시 하나님이 당신을 일으켜 주실 거예요. 힘을 내세요."

"워싱턴에 가고 싶어."

"레인. 당신 담당 변호사를 찾아가서 의논해 봐요."

"문제 있는 사람들이 너무 많아서… 변호사까지도… 아무도 내 요청을 안 들어 줘."

그리고 레인의 전화는 끊겼다.

2007년 3월 중순, 레인으로부터 다시 전화가 걸려 왔다. 그의 정신이 맑은 듯해서 기뻤다. 내가 물었다.

"당신 아직도 이런 상황에서 나하고 결혼하고 싶어요?"

그가 말했다.

"이런 고통을 다 겪고서도 못 한다면 말이 안 되지. 꼭 해낼 거야."

나는 그의 강한 의지에 가슴이 뭉클해질 정도로 감동했다. 잠시 후 그가 말을 이었다.

“이대로 가만히 있을 수 없어. 전략을 세워야겠어.”

맞는 말이었다. 이대로 언제까지나 우리의 운명이 다른 이들에 의해 좌지우지되도록 방치해 둘 수는 없는 일이었다. 그의 단호한 의지가 서려 있는 한마디에 다시 희망이 끓어오르기 시작했다.

‘그래, 레인은 할 수 있을 거야. 어떠한 어려움이 닥쳐도 레인은 이겨낼 수 있을 거야.’ 나는 속으로 힘껏 외치고 있었다.

새로운 후견인

레인이 전화로 전략을 세워야 한다고 한 후, 얼마 안 되어 레인의 주변 상황에 변화가 생겼다. 그 사이에 레인의 법정후견인이 다시 바뀐 것이다. 레인이 자신의 결심을 실제로 행동에 옮긴 셈이었다. 재향군인회에 일하던 T와 현재 레인의 간병인인 G가 공동으로 새로운 법정후견인이 되었다. 나한테 의논 한마디 없이 그 두 사람을 세우게 된 배경이 조금 의심스럽긴 했지만, 이전의 법정후견인만큼 지독하랴 싶어서 조금은 안심이 되었다. 레인은 법정후견인을 그 두 사람으로 바꾸면 자유로워질 수 있으리라 생각했던 것 같다. 물론 우리의 만남까지. 그러나 법정에서 새로운 두 후견인에 대한 판결이 난 후, 레인과 내가 자유롭게 통화할 수 있던 날은 오직 이틀뿐이었다.

아무런 예측도 못 한 우리는 곧 다가올 부활절에 레인이 이곳 워싱턴에 올 계획에 대해서 의논하며 들뜬 기분으로 다시 만날 날을 고대하고 있었다. 그의 간병인을 이곳으로 데리고 올 것인가, 아니면 내가 데리러 갈 것인가에 대해서도 의논했다. 나는 전화를 끊고 즉시 워싱턴의 주미 대사관에 연락해서 그간 몇 달 동안 애타게 주인을 기다리고 있던 광화 훈장을 드디어 레인에게 전할 수 있게 됐다고 말했다. 한국 정부에서는 레인의 노력에 감사하는 뜻으로 대통령이 수여하는 광화 훈장을 전달하기로 되어 있었다. 하지만 정작 받을 사람을 만날 길이 없으니, 대사님과 K 공사는 안타까운 마음에 속만 끓이고 있었던 것이다.

그동안 한국 대사관에서는 레인의 후견인 사무실에 여러 번 연락했으나 반응이 없었다. 그뿐만 아니라 레인에게도 그 사실을 전혀 알리지 않았다는 것을 후에 알게 되었다. 한국 대사관에서 내게 연락이 올 때마다 매번 조금만 기다려 달라고 부탁하는 것도 한계가 있었다. 그러던 차에 레인의 법정후견인이 바뀌었다는 소식을 듣고 많은 사람이 기뻐했다. 게다가 일본군 위안부의 법안 121호 통과를 위해 치열한 로비를 벌이고 있는 상황에서 레인이 이곳 미 국회에 나타나 고참 국회 의원으로서 지원해 준다면, 이 법안도 무난히 통과될 수 있으리라는 기대감에 워싱턴에 있는 지인들도 모두 흥분하고 기뻐했다.

그러나 그 흥분과 기쁨도 잠시뿐이었다. 3월 말, 나는 캘리포니아의 샌디에이고 대학에서 열리는 미주 총 한인학생회 회의KASCON에 일본군 위안부 문제에 대해 강사로 초청을 받아 가게 되었다. 샌디에이고에 도착해서 호텔로 향하던 중 차 안에서 핸드폰 메시지를 확인했다. 레인의 새 법정후견인 T의 녹음된 음성이 흘러나왔다. 레인은 연방 의원직에서 은퇴한 후 평화로운 삶을 살아야 하는데 내가 접근하면 레인의 건강에 좋지 않고 방해되므로, 앞으로 레인에게 접근하면 경찰을 부르겠다는 내용이었다. 나는 애써 떨리는 마음을 누르며 핸드폰을 내려놓았다.

결국 바뀐 것은 아무것도 없었다. 얼마 전 레인과 마지막으로 통화한 내용이 떠올랐다. 갑작스러운 전화에 다급한 목소리로 상황이 더 나빠질 수도 있다는 레인의 말과 함께 전화는 뚜뚜 하는 소리만 남긴 채 끊어졌다.

그동안 간간이 레인의 손에 나의 전화번호를 남몰래 쥐어 주던 모 씨도 더 이상 레인과 나를 연결해 주는 일에 끼어들지 않는 것 같았다. 누군가 우리 사이를 연결해 주면 블랙리스트에 올라가는 모양이었다. 유일한 전화 연결의 통로가 끊어지자 레인은 더 이상 내게 연락하지 못하고 있었다. 물론 차단된 전화는 여전히 풀리지 않았다. 전화벨이 울릴 때마다 혹시 레인인가 달려가 받아 보면 전혀 엉뚱한 전화에 힘이 빠질 때가 많았다.

내가 할 수 있는 일이라곤 가슴에 레인의 사진을 부둥켜안고 아침저녁으로 열심히 기도하는 일뿐이었다. 나의 하루는 레인을 위한 기도로 시작하고 끝났다. 온종일 그의 소식을 기다리고 있다가 창가로 어둠이 내려앉으면 나의 마음은 어쩔 수 없는 절망감으로 허물어진다. '아, 오늘도 아무 일 없이 그냥 지나가는군요.' 그러나 아침을 맞으면 나는 다시 무릎을 꿇는다. 나의 기도가 언젠가는 꼭 이루어지리라는 믿음을 가지고. 나의 기도 방석이 다달이 해어지고 있었다.

얼마나 힘들까

2007년 6월 초, 워싱턴에 사는 레인의 옛 친구인 P로부터 연락이 왔다. 고향인 시카고에서 여름휴가를 보내는 동안, 레인이 있는 록아일랜드에 들러 레인이 어떻게 지내고 있는지 만나 볼 예정이라고 말했다. 누구보다 레인의 소식에 목말라 있던 나에게는 단비가 내리는 것처럼 기쁜 소식이었다. P가 워싱턴을 떠난 후, 초조한 마음으로 그에게서 전화가 오기만을 기다렸다.

그러던 어느 날, 드디어 시카고에서 전화가 걸려 왔다. 그 전날 레인을 찾아가 두 시간 정도 만났다는 그의 말에 나는 숨이 멎을 것만 같았다. 나는 전화기에 귀를 바짝 대고 온 신경을 곤두세웠다. 레인의 상태는 아주 악화된 것도 아니고, 그런대로 하루하루 견디고 있는 것 같다고 말했다. 그나마 다행스러운 것은 그가 레인을 만났을 때, 레인의 생각이 맑은 편이었다는 것이다. 나의 예상대로 레인을 돌보는 간병인이 그에게 레인을 만나서 절대로 옥자 이야기를 하지 말라고 주의 사항을 일렀다고 했다.

결국 P가 가지고 간 나의 짤막한 편지는 간병인의 감시로 레인에게 전해지지도 못했다. P는 '옥자가 널 아직도 사랑하고 있다'는 부탁의 말조차도 전하지 못했다고 했다. 레인은 말없이 고개를 끄덕이다가 갇혀서 사는 것이 너무 답답하다고 한탄하며 조만간 워싱턴에 가겠다는 의지를 밝혔다고 했다. 하지만 그 누가 그의 의지에 귀 기울여 준단 말인가. 작년 11월에 이곳에 오기로 했다가 결국 자기 뜻을 펼치지 못한 아픔이 그의 가슴에 아직 응어리져 남아 있는 것 같았다. 자유와 독립을 외치던 그가 조그만 공간에 온종일 갇혀 살아야 한다니. 창살 없는 감옥에서 그의 몸과 마음이 얼마나 삭아 가고 있을까. 직접 보지 않아도 선명하게 그의 모습이 그려졌다.

P는 레인을 방문해서 찍은 사진 서너 장을 이메일로 보내 주었다. 가슴 벅찬 떨림으로 오랜만에 레인의 얼굴을 대하는 순간, 나는 가슴이 무너져 내리는 것 같은 참담함으로 눈물을 쏟고 말았다. 친구의 카메라 앞에서 어색한 표정으로 웃고 있는 레인의 얼굴에 고통의 흔적이 역력해 보였기 때문이다. 내가 늘 입혀 주던 낯익은 셔츠와 바지 차림에 퉁퉁 부어오른 눈과 불안하게 내려앉은 입술, 누군가 빗어 주지 않은 듯 짧게 자른 그의 머리는 마구 흐트러져 있었다. 어설프게 쥔 주먹이 그의 무릎 위에 힘없이 놓여 있었다. 그의 시선이 나를 향해 부르짖고 있는 것 같았다. 제발 자신을 이곳에서 구해 달라고. 나는 레인의 사진을 붙잡고 오랫동안 울고 또 울었다.

그날 이후, 나는 매일 아침과 저녁에 레인의 사진을 품에 안고 더욱 간절한 마음으로 하나님 앞에 무릎 꿇고 눈물로 기도했다. 더 이상 그를 이 고통의 늪에서 헤매지 않게 해달라고. 어떻게 해서든 다시 그가 일어날 수 있는 기적을 허락해 달라고. 내가 그를 위해 할 수 있는 일이란 기도밖에 없다고 생각했다. 복잡한 소송으로 시간과 힘을 소진하느니 하나님이 레인의 병을 고쳐 주시면 근본적인 해결책이 되지 않을까 믿었다.

먼 길을 찾은 공로 훈장

2008년 초, 레인은 13개월 만에 한국 정부가 수여한 수교 훈장, 광화장을 전달받게 되었다. 일본군 위안부 문제, 영주권 신청자들의 방문비자 문제, 혼혈아의 시민권 취득 문제 등 공이 많은 그에게 노무현 대통령이 2006년 12월 주미 한국 대사관을 통해 전달하였는데, 한국 대사관으로부터 통고를 받은 레인의 법정후견인들이 연락을 받고도 일 년이 넘도록 레인에게 알려 주지 않았다. 하지만 한 나라의 대통령이 수여하는 수교훈장을 1년 넘게 환자인 본인에게 알려 주지 않았다는 것에 참으로 실망스러운 마음이 들었다. 그것은 개인적인 차원을 떠나서 우리나라 대통령에 대한 모욕이고, 레인에게도 치욕적인 일이라고 생각했다.

그렇게 레인과 나를 철저히 차단하고 짓밟아 버리는 것이 과연 레인을 위한 것일까? 겉으로는 레인의 건강과 마음의 평화를 위해서 옥자에게 접근 금지 명령을 내렸다고 하며, 레인의 주위 사람들은 똘똘 뭉쳐 단단한 성을 쌓아 철통같이 나의 접근을 막았다. 결국 한없이 기다릴 수만은 없었던 한국 대사관이 록아일랜드의 담당 검사를 통해 연락하여 힘들게 면회가 이루어졌는데, 그 짧은 면회는 '옥자'의 이름을 절대 언급하면 안 된다는 조건으로 성사되었다.

그 훈장 수여식이 있기 얼마 전, 레인이 지인을 통해서 오랜만에 내게 전화를 걸어 왔다. 그는 한국 정부로부터 수교 훈장을 받게 되었다고 기뻐하며 흥분해 있었다. 그의 정신 상태는 놀라울 정도로 맑았다. 그리고 내게 다가오는 추수감사절을 함께 보내자며 자기를 데리러 그곳에 와달라고 했다. 나는 이때다 싶어 그에게 명확히 설명해 주었다.

"레인, 내가 당신에게 가고 싶지 않아서 그런 게 아니에요. 당신의 법정후견인들이 내가 나타나면 경찰을 부른다고 협박하며 접근금지명령을 내려서 못 가고 있어요. 이 문제를 해결할 사람은 당신밖에 없어요. 그들에게 가서 당장 이 문제를 해결하고 우리의 자유를 찾아야 해요."

레인은 기가 막힌다는 듯 단호히 대답했다.

"알았소. 이 문제를 당장 처리하겠소."

그러나 그는 환자였고, 나와 만날 수 있는 자유를 요구했지만, 그 누구도 귀 기울여 주지 않았다. 생각과 몸이 원하는 대로 되지 않는 그는 변호사를 만나거나 누군가에게 전화하려면 옆에서 누군가 도와주어야만 하는 속수무책의 인간일 뿐이었다. 본인의 바람이 거절되어 버리자 레인은 속을 태웠고, 몸과 정신상태는 더욱 악화되었다. 후견인들은 옥자 때문에 레인의 병이 다시 더 악화되었다며 대사관과의 대화도 일절 단절하였고, 그 후로는 레인의 전화도 완전히 두절되었다.

아픈 몸으로 광화훈장을 받은 레인

레인을 보호한다는 명목하에 그의 주위 사람들은 법의 테두리 안에서 허용된 권리를 마음껏 남용하고 있었다. 법이 인간을 위해 존재하는가, 아니면 인간이 법을 위해 존재하는가. 나는 철저한 법치국가의 허점에 깊은 좌절을 느끼고 있었다. 어떻게 24년간 미연방 의원으로 일하던 자의 최소한의 바람과 자유가 환자라는 이유만으로 이렇게 처절히 짓밟혀 버릴 수 있단 말인가.

동아일보 2008년 1월 17일 자에 기사가 실렸다. 나는 그 당시 부친상을 당해 잠시 서울에 방문했다가 그 기사를 접하게 되었다. 레인의 구부정한 어깨 위로 분홍색 수교훈장 띠가 걸쳐 있었다.

'한국인의 친구' 에반스 의원이 2006년 말 은퇴 후, 요양소에서 지내고 있으며, 말조차 이어가기도 힘든 듯, 한겨울 날씨에도 얼굴에 진땀을 흘렸다는 기사를 읽으며 나의 가슴은 갈기갈기 찢겨 갔다. '이제라도 내 나름대로 변호사를 선임해서 소송하고 그를 구출해야 하지 않을까? 아니, 너무 늦었나? 아니야, 기도한 대로 하나님이 이루어 주실 거야.' 나의 마음은 하루에도 수십 번이나 오르락내리락 롤러코스터를 타고 있었다.

하루를 천년같이

그가 살아난다고 소망하는 순간, 나의 세계는 천국이요, 그가 이대로 세상을 떠나는 것은 아닌가 절망하는 순간, 나의 세계는 지옥으로 바뀌었다. 우리의 삶은 똑같은 사건을 어떻게 바라보고 생각하느냐에 따라 행복할 수도 있고 비참할 수도 있다. 이것은 내가 늘 상담학 수업에서 가르치는 주제이다. 나는 선택의 여지없이 반드시 그가 내 곁에 살아 돌아오리라고 믿는 소망의 세계를 택했다.

나에게 두 번째 계획은 없었다. 반드시 그가 살아오리라 굳게 믿으며 소송할 수도 있었지만 나는 호흡하는 순간순간을 밤낮으로 오로지 하나님에게만 매달렸다. 하나님 안에서 숨 쉬며, 잠자리에 들고, 대화하는 연속이 나의 삶을 받쳐 주는 원동력이었다.

봄이 다가오는 계절이면 밸런타인데이를 레인과 함께 보낼 수 있기를, 부활절을, 그리고 활짝 핀 봄의 벚나무 아래서 손을 붙잡고 함께 걸어갈 수 있기를 간절히 기도했다. 그러나 기다림의 시간은 비켜 지나가고 무성한 여름도 무심하게 지나갔다. 어떤 때는 달력에 하루하루 동그라미를 치며 그가 내 곁에 돌아올 날을 그려 보기도 했다. 그러다 가을이 오면, 추수감사절이면 만나겠지, 그다음엔 크리스마스가 되면, 연말이 오면 만날 수 있겠지 하는 바람을 이어가면서 하루하루를 붙잡아 보려 했지만, 세월은 무심하게 계속 흘러만 갔다. 나는 한 해의 마지막을 보낼 때마다 덮쳐오는 처절한 절망감과 싸워야 했다.

침묵을 깨우고

그렇게 침묵 속에 6년이란 세월이 흘러 2012년에 들어섰다. 나는 레인과 같은 하늘 아래 살고 있다는 것을 위안으로 삼으며 소망의 닻줄을 굳게 붙잡으려 온갖 힘을 쏟았다. 그렇게 지내던 어느 날, 레인이 살고 있는 록아일랜드의 모 지인이 전화를 해 주었다. 그가 오랜만에 레인의 근황을 알려 주었다. 본인의 거절로 마땅히 받아야 할 연방 하원 의원 퇴직연금도 제대로 타지 못하는 상황에서, 그나마 남아 있던 그의 집과 재산은 지난 몇 년간, 이래저래 모두 소진되어 그는 이제 무일푼이 되었다는 것이다. 어느 요양원에서 아무도 돌보는 이 없이 버림받은 채 장애인 의자에 앉아서 눈을 감고 밤낮을 보낸다고 했다. 내 눈에서 불이 났다.

2012년 5월, 학교의 봄 학기 졸업식이 끝나자 나는 친하게 지내던 학생과 함께 시카고 공항에 내렸다. 차를 빌려 한 맺힌 일리노이의 중서부 벌판을 다시 달렸다. 세 시간을 달려 그의 숨이 스며 있는 듯한 그의 고향, 록아일랜드에 도착했다. 바쁜 일정에도 만사를 제쳐 놓고 나를 위해 며칠 간 동행해 준 학생, 수진이가 고마웠다.

몇 년 전만 해도 레인의 건강이 괜찮았을 때, 우리는 선거가 있을 때마다 이 자그마하고 조용한 시골 도시를 신나게 누비곤 했다. 어디선가 그의 체취가 풍기는 듯했다. 무엇이 우리를 이렇게 떼어 놓았는가? 드높이 펼쳐진 하늘을 바라보았다. 같은 하늘 아래서 그와 나는 무엇 때문에 만날 수 없다는 건가? 내가 너무나 쉬운 답을 찾지 못하는 걸까? 그 답을 찾으려 먼 하늘 위를 계속 바라보았다.

휠체어의 레인

나는 곧장 그가 있는 요양원으로 달려갔다.

'아… 레인이, 나의 사랑하는 레인이 이 건물 안에 있구나….'

나의 심장이 심하게 뛰다 못해 멈춰 버릴 것만 같았다. 숨을 몰아쉬며 리셉션 데스크로 갔지만, 전해 들은 대로 방문객이 누구인지 확인도 하지 않았다. 한 직원이 레인은 식당에 있을 거라고 친절하게 알려 주었다. 모든 것이 순조롭게 진행되는 듯했다.

식당 안 여기저기에서 휠체어에 몸을 맡긴 환자들이 보였다. 나의 온몸과 영혼이 그리고 온 세포가 레인의 옛 모습을 찾느라 긴장하고 있었다. 그 순간, 내 눈에 휠체어에 몸을 맡긴 채 고개는 아래로 푹 숙인 버림받은 사람, 레인의 뒷모습이 들어왔다. 나는 온 힘을 다해 그의 곁으로 달려갔다. 휠체어의 받침대 위에 있어야 할 그의 두 발은 차가운 바닥에 널브러져 있었고, 그의 두 팔은 무릎 위에 누군가 던져 준 듯한 수건으로 휘감겨 있었다.

그의 두 손을 잡았다. 얼음장같이 차가운 두 손, 두 발, 차가운 양 볼…. 나는 그를 어디부터 감싸 줘야 할지 몰랐다. 나는 우선 그의 두 발을 받침대 위에 얹어 놓았다. 그의 차가운 체온을 따듯하게 해 주려고 두 손으로 그의 두 손을 감싸 비벼 주고, 차가운 양 볼을 비벼 주고… 그리고 얼어붙은 그의 마음까지도 녹여 주고 싶었다. 내가 전해 들은 대로 그는 계속 두 눈을 감은 채 뜨지 않았다. 그의 귀에 대고 속삭였다.

"나, 오치 코치가 왔어…. 일부러 당신한테 안 온 게 아니야…. 그들이 나를 못 오게 했어."

'오치 코치'는 레인이 가끔 나의 이름, '옥자'를 장난스럽게 불러 주던 이름이었다. 잠시 후에 감겨 있던 그의 두 눈이 기적적으로 번쩍 뜨였다. 처음에는 나를 못 알아보는 듯했다. 나는 다른 이들의 시선은 아랑곳하지 않고 그를 부둥켜안은 채 엉엉 소리를 내며 통곡했다. 그러자 그도 함께 울기 시작했다. 이렇게 그의 뇌와 무거운 육신은 끝없는 나락으로 가라앉고 있었다. 무엇을 어떻게 하면 이 불쌍한 레인의 병을 고칠 수 있단 말인가. 내가 그의 병을 반만이라도 대신 떠안아 아플 수 있을까.

때마침 그의 점심식사가 배달되었다. 빨대를 끼운 오렌지 주스와 으깬 감자가 쟁반 위에 놓여 있었다. 내가 시중을 들겠다고 간병인에게 양해를 얻고, 레인이 빨대를 통해 주스를 쭉 마시게 했다. 레인은 어린아이같이 시키는 대로 했다. 그러는 도중에 그곳에서 일하는 듯한 여자가 나를 저만치서 이리저리 눈여겨 관찰하더니 이내 다가왔다. 나의 이름을 종이에 쓰라고 했다. 그녀가 사라진 후, 무언가 찜찜한 마음이 들었다. 조금 후, 예기한 대로 그녀가 내게 돌아왔다. 나의 이름이 블랙리스트에 있으니 사무실로 오라는 것이었다. 레인에게는 내가 곧 돌아오겠다고 어깨를 다독여 주었다. 나는 텅 빈 요양원 사무실로 들어가 동행한 수진이와 앉아서 조용히 기다렸다.

초조한 기다림의 침묵이 반 시간쯤 흘렀을까. 별안간 두 명의 경찰이 직원과 함께 사무실에 들어왔다. 두 경찰은 앞으로 내가 이 요양원에 접근하면 체포하겠다며 통지서를 내밀었다. 조금 전까지만 해도 친절하게 대했던 그곳 직원들이 몰려와 레인이 울고 있다며 내가 그를 힘들게 해서 운다고 삿대질해댔다. 내가 곧 돌아온다고 해서 기다리다가 안 나타나니까 우는 레인을 보고 모든 일을 다 내 탓으로 돌렸다. 결국, 나는 경찰에 의해 요양원 밖으로 쫓겨 나왔다. 나는 수

진이가 운전하는 차 안에서 레인의 체취가 묻어 있는 손수건에 나의 얼굴을 가져다 댔다. 그의 숨 쉬는 듯한 체취가 영원히 내 속에 남기를 바라면서.

마지막 만남

요양원에서 쫓겨난 우리는 근처에 예약해 둔 모텔에 짐을 풀었다. 나는 로비에 앉아서 어린아이같이 계속 흐느껴 울었다. 머리에서 발끝까지 온 힘이 빠져 있었다. 동행해 준 수진이가 없었다면 얼마나 더 힘들었을까. 닷새를 묵는 동안 수진이와 나는 혼신을 다하여 밤낮으로 기도만 했다.

마침 오래전에 만났던 나의 변호사와 연락이 닿아 그가 레인을 만날 수 있도록 힘써 보겠다고 했다. 길기만 한 하루하루를 버티며 변호사로부터 연락이 오기만을 초조히 기다렸다. 나는 워싱턴으로 돌아가기로 예정되어 있던 날 아침이 되어서야 변호사를 통해 45분간 레인을 만날 수 있다는 통고를 받았다. 그것도 레인과 나를 잘 아는 지인의 도움으로 담당 검사가 특별히 배려해 준 덕분에 허락된 것이었다.

닷새를 지내고 떠나는 마지막 날 아침, 나는 잠시라도 레인을 만날 수 있다는 희망에 들떠 다시 요양원으로 달려갔다. 나의 조그만 가슴이 쿵쾅쿵쾅 뛰고 있었다. 요양원 안에서 레인의 두 법정후견인이 성난 독수리같이 왔다 갔다 하고 있었다. 한 법정후견인은 레인의 여자 간병인이었고, 다른 한 사람은 레인 밑에서 잔일을 도와주던 남자였다. 내 옆을 휙 지나가는 그들 곁에 매서운 찬바람이 스쳐갔다. 그곳 직원이 내게 차갑게 말했다. 면회는 45분이 아니고 30분, 그리고 절대로 레인에게 손을 대면 안 된다고. 그래도 레인을 잠시라도 만날 수 있다는 설렘에 머리끝까지 치밀어 오르는 모욕을 삼키고 허락받은 면회실로 들어섰다.

넓찍한 방에 들어서는 순간, 나는 내 눈을 의심했다. 레인이 큰 책상 앞에 깨끗한 모습으로 눈을 뜨고 휠체어에 앉아 있었다. 그리고 큰 책상 끝 쪽에 세 사람이 팔짱을 끼고 내가 무슨 범죄인이라도 된다는 듯이 나를 노려보고 있었다. 두 명의 법정후견인과 요양원 직원이었다. 그들의 눈초리를 의식하며 나는 레인에게 무슨 말을 꺼내야 할지 당황스러웠다. 내가 무슨 말을 하겠는가. 레인은 이미 깊이 있는 말을 이해하고 대화할 능력을 잃어버렸는데…. 처음에는 그가 나를 못 알아보는 듯했다. 나는 아무 말도 못 한 채 창백한 레인의 얼굴만을 바라보았다.

두 후견인이 번갈아가며 레인 곁으로 다가왔다. 피곤하지 않으냐 물으며 'yes'라고 대답만 하면 자기네가 알아서 하겠다고 레인을 종용했다. 나와의 면회 전에 레인의 몸이 피곤하다고 한마디만 하면 핑계 삼아 바로 그를 데리고 나가려고 각본을 짠 듯했다. 나의 면회를 무산시키려는 계획이었다. 몇 번이나 그 둘이서 번갈아 묻자 드디어 레인이 크게 소리를 질렀다.

"No!!!"

그는 표현을 못 했지만 무언가 알고 느끼는 것 같았다. 결국, 두 후견인은 우리를 방해하는 것을 포기할 수밖에 없었다.

나는 한정된 그 30분 사이에 사랑한다는 말 한마디도 하지 못했다. 그의 아픈 손, 차가운 뺨을 한번 만져 주지도 못하고, 그저 그의 얼굴만을 쳐다볼 뿐이었다. 고작 "우리 교회 사람들이 당신을 위해 기도하고 있어요"라는 말만이 내 입에서 겉돌고 있었다.

드디어 떠나야 할 시간이 다가왔다. "레인, 나 갈게. 다시 올게요" 하며 일어났다. 별안간 레인이 어린아이가 떠나겠다는 엄마를 쳐다보듯이 왜 떠나느냐는 눈빛으로 애타게 나를 쳐다보았다. 이미 충혈된 그의 두 눈에 눈물이 가득 고여, 두 볼을 타고 주르륵 흐르고 있었다. 두 후견인은 레인을 한시라도 빨리 데려갈 참으로 그의 곁에 다가와 끌고 나갈 채비를 했다. 나는 그 독수리 같은 남자 후견인에게 내가 레인의 이마에 작별 키스를 해도 되느냐고 물었다. 레인은 그들의 소유물처럼 보였다. 레인과 나에게는 그 어떠한 권리도 없었다. 나는 떨어지지 않는 발걸음을 가까스로 떼어 레인의 모습을 나의 가슴에 품으며 면회실을 빠져나왔다.

이후 나의 변호사가 여름방학 동안에 두 주간 레인을 돌볼 수 있도록 검사가 허락했다고 말해 주었다. 워싱턴에 돌아온 나는 고민 끝에 되돌아가지 않기로 했다. 그 법정후견인들이 내가 편히 레인을 돌보도록 내버려 둘 리가 없다고 생각했기 때문이다. 무엇보다도 하나님이 반드시 레인을 일으켜 내 곁에 오게 하리라는 확신에서 그런 결정을 내렸다. 그런데 그 만남이 레인이 살아 있을 때의 마지막 만남이 될 줄 어찌 알았으랴.

| 제7장 |

그대의 목소리가 되어

정말이란 말인가

레인을 잠깐 방문한 지가 어느덧 2년이 지났다. 우리의 이별은 8년이란 긴 세월을 넘어가고 있었다. 2014년 11월 6일 아침, 나는 학교 수업의 휴식 시간을 이용해 핸드폰 음성메시지를 확인하고 있었다. 레인의 고향에 사는 귀에 익은 지인의 목소리가 들리었다.

"옥자, 이런 말을 전하기가 너무나 가슴 아프오. 슬프게도 어젯밤, 레인이 이 세상을 떠났소."

믿기지 않았다. 같은 메시지를 듣고, 다시 듣고, 반복해도 같은 내용이었다.

'아니야, 그럴 수가 없어.' 내 조그만 가슴은 그 사실을 받아들일 수가 없었다. 웬만하면 강의를 계속하려 했지만 도저히 감당할 수 없었다. 머리가 멍해지고 온몸의 기능이 정지되었으며 아무 말도 할 수가 없었다. 결국 수업을 중단해야 했다. 나에게 학생들이 다가와 어깨를 다독여 주었다.

내가 일하던 대학교는 버지니아에 있었다. 내 집이 있는 메릴랜드로 연결되는 순환 도로를 운전하며 집으로 오는 길, 흘러내리는 눈물에 시야가 가려 운전을 할 수가 없었다. 누구에게 먼저 이 소식을 전해야 하나…. 그 시간에 전화를 받는 사람은 아무도 없었다. 다들 정말 바쁜가 보다. 이 세상에서 나는 언제나 혼자였다.

정녕 그가 내 곁을 그렇게 떠났단 말인가? 그렇게 말 한마디 하지 못한 채, 고통스럽게 한 많은 이 세상을 영원히 떠났다는 말인가? 나는 충격 속에 생각과 감각을 잃었다. 내가 착각 속에 살아온 것인가? 나는 왜 이리도 바보처럼 살았는지. 레인의 법정후견인들과 소송을 해서 이길 수도 있었는데….

나는 집에 돌아와 침대 위에 몸을 던져 발작하며 소리를 지르고 울어댔다. 나의 통곡이 높은 천장을 타고 울려 퍼졌다. 그 천장을 넘어 하늘을 바라보았다. 그런 진흙탕 싸움을 하는 것보다 그가 병에서 나으면 모든 것이 해결된다고 믿고 오로지 하나님께 밤낮으로 매달려 기도해 온 나였다. 하나님에게 불가능한 것은 없다고 믿고, 기도에 응답하시는 하나님이라 믿고, 내일 세상이 무너져도 레인은 반드시 내게 살아 돌아오리라고 믿었는데… 그가 떠났다니…. 그 수없이 많은 내 기도들은 어디로 갔단 말인가? 하나님이 반드시 레인 에반스를 다시 세워 쓰시리라는 나의 믿음은 정녕 그렇게 잘못된 것이었는가?

이렇게 상처 난 신앙을 품고 나 자신과 씨름하는 데는 시간이 좀 걸렸다. 신학자, 스텐리 존스Stanley Jones가 말했다. '기도란 항복이다. 하나님의 뜻에 항복하고 그분의 뜻에 맞추는 것이다. 기도란 나의 뜻대로 되게 해 달라고 하나님을 끌어당기는 것이 아니라 나의 뜻을 그분의 뜻과 어울리게 맞추는 것이다.'

기쁨이란 고통이 없다는 의미가 아니고 하나님의 존재와 함께 가능하다는 것이다. 나는 계속 낮아지고 작아져야 한다.

떠나간 그대를 향하여

믿기지 않는 현실이었지만, 나는 긴 생각 끝에 그의 장례식에 참석하기로 했다. 가지 않는다면 나의 일생에 더 큰 후회로 남을 것이었다. 고맙게도 평소 레인과 함께 만나곤 했던 C 변호사와 친구 써니가 동행하기로 했다. 모두 절대로 나 혼자 가서는 안 된다고 말렸다.

미국 곳곳에서 그의 별세 소식이 들렸다. 오바마 대통령은 "우리는 오늘 미국의 한 위대한 영웅을 잃었습니다"라며 애도의 메시지를 보냈다. 그의 생애가 여러 매체에 소개되었다. '힘없는 자들을 위하여, 소외되고 도움이 필요한 자들의 소리가 되어'라는 제목 아래 어려운 사람들을 위해 일한 그의 생애가 매체에 넘쳤다. 시카고의 대표 신문인 트리뷴지도 특별히 그에 대한 기사를 다루었다. 미국의 매체들은 주로 재향군인회를 도운 업적, 고엽제 법안통과 등을 다루었다. 그런데 한국의 매체들은 다른 면을 조명하였다. 일본군 위안부 문제를 처음으로, 그리고 지속해서 도운 선구자, 영주권자의 미국방문비자 문제와 혼혈아의 시민권 취득 문제를 해결한 레인의 업적이 보도되었다. 내가 레인과 2006년 초에 한국을 방문한 영상들이 계속 나왔다고 했다. 모든 업적을 어떤 각도에서 보느냐에 따라, 그 사람을 다르게 조명하고 있었다.

장례식 발표가 있었다. 11월 8일과 9일에 장의식장에서 고인에게 조의를 표하는 시간이 있고, 11월 10일 아침에 그의 고향인 록아일랜드의 국립묘지에 안장될 예정이라고 뉴스가 보도되었다. 우리 일행은 예정대로 토요일에 시카고 공항에서 차를 빌려 중서부의 황량한 벌판을 달렸다. 어둡고 적막하기만 한, 밤의 벌판이었다. 정말로 레인이 더 이상 이 세상에 존재하지 않는다는 현실이 믿기지가 않았다. 그의 영혼이 저세상으로 떠났단 말인가. 나 혼자 왔다면 무섭기까지 할 캄캄한 벌판이 무한의 세계로 펼쳐져 있었다. C 변호사와 써니가 차의 앞자리에 앉고, 나는 뒷자리에 앉아서 넋 나간 사람처럼 간헐적으로 울부짖다가 웅얼거리기도 했다. 그렇게 우리 일행은 캄캄한 밤을 가르며 달렸다. 어두운 밤은 침묵을 지키고 있었다.

말 없는 그대를 바라보며

드디어 우리 세 사람은 록아일랜드에 도착했다. 늘 조용하고 나지막하게 느껴지는 그의 고향. 이제 레인이 이곳이 아닌 저세상으로 떠나가야 한다니…. 2년 전에 묵었던 근처의 모텔에서 여정을 풀고, 나는 신음하며 깊은 잠으로 빠져들었다. 잠을 잘 수 있다는 것이 기적이었다.

이튿날 아침, 우리 일행은 레인의 시신을 모셨다는 장의식장에 도착했다. 그곳은 우리가 묵는 모텔에서 5분 거리로 가까운 곳에 있었다. 이미 레인은 죽은 자이기에 그에게 해당하는 모든 법적 제재가 말소되었으므로, 레인의 법정후견인들에겐 나를 쫓아낼 법적 권리가 더 이상 없었다. 이틀간이나 길게 마련된 접견 기간 때문인지 생각보다 쉽게 방명록에 서명하고 입장할 수 있었다.

주위를 둘러보니 그가 평소 사용하던 물품들이 여기저기 걸려 있고 그의 법정후견인 두 명, 그리고 레인의 형제와 조카들이 손님들과 이야기를 주고받고 있었다. 그들에게 나는 원수이자 레인 곁에 다가오면 안 되는 문제의 여자일 뿐이었다. 그러나 이제는 원망도 다툼도 다 필요가 없어졌다. 죽은 자는 말이 없기에. 모든 것이 끝났다. 지금 레인이 살아 있다면 무슨 말을 할 것인가.

나이가 지긋해 보이는 해병대 출신들이 그의 관 곁을 묵묵히 지키고 서 있었다. 나는 그의 관 앞에 다가섰다. 영혼이 떠난 그의 몸은 차가운 대리석같이 감각이 없었다. 그를 괴롭히던 육신의 고통은 이제 그를 떠났다. 그의 차디찬 얼굴에 나의 볼을 가져다 댔다. 억제할 수 없는 눈물이 두 볼을 타고 마구 흘러내렸다.

"레인, 미안해. 오랜 세월 얼마나 아파하며 괴로워했어요. 너무나 당신과 함께 있고 싶었어요. 나 바보라고 원망해요? 내가 당신을 위해 지난 8년간 해 준 것이 없는 것 같아요. 나는 당신이 내 곁에 오기를 기다리고 기다렸어요. 나는 이제 무엇을 기다리며 살아야 하나요?"

나는 한없이 오열했다.

"대답 좀 해봐요, 레인."

늘 유머러스한 그가 지금도 내게 농담을 할 것만 같았다.

'나, 이제 고통 없고 눈물 없는 곳에 있어… 너무 슬퍼하지 마….'

그의 목소리가 맴도는 듯했다.

나는 그가 누운 관 옆을 떠나기가 싫었다. 그의 곁에서 밤새도록 그를 지켜 주고 싶었다. 일단 다음 사람을 위하여 떠난 뒤 주변에서 서성거리다 다시 그의 곁으로 와 그를 쳐다보았다. 남자 후견인이 내게 접근했다. 그는 너무 오래 있지 말고 떠나라고 차갑게 쏘아댔다.

나는 용기를 내어 레인의 남동생과 조카들에게 다가갔다. 우리는 두 팔을 벌려 따듯하게 포옹했다. 서로를 미워할 시간은 이미 지나갔다. 우리는 모두 레인을 사랑했고 그가 잘 되기를 바랐을 터이니, 서로의 생각과 관점이 달라서 생기는 오해도 있었겠지 생각했다. 그렇게 서로를 포용하는 시간 속에 레인과의 수많았던 추억이 영화처럼 스쳐 지나갔다.

마지막 길

2014년 11월 10일, 월요일 아침, 우리는 레인의 장례 미사가 있는 성당으로 서둘러 향했다. 레인의 집 근처에 이렇게 중세적이고 거대한 성당이 있으리라고는 상상하지 못했다. 앞면에 'Lane Allen Evans, Aug. 4, 1951~Nov. 5, 2014'라고 적힌 식순을 받아들고 부지런히 앞쪽에 자리를 잡아 앉았다. 그의 식구들은 오른쪽 맨 앞에 앉고, 연방 하원 의원들과 레인의 옛 동료들이 왼쪽 앞에 자리 잡고 있었다. 레인이 살아 있었다면 나를 어디에 앉혔을까 생각해 보았다. 이 얼마나 바보 같은 상상인가.

나는 천주교식 장례를 처음으로 경험했다. 거룩하고 장엄하며 영적인 감동을 주는 장례 미사였다. 평소에 레인과 함께 알고 지내던 지인들이 자리에 조용히 앉아 있는 나를 발견하고 손을 흔들거나 찾아와 포옹했다.

미사의 시작을 알리는 트럼펫의 구슬픈 소리가 드높은 성당의 천장을 타고 울려 퍼졌다. 레인의 영혼이 성당 안으로 너풀너풀 날아들어오는 것 같았다. 그 트럼펫 소리에 나뿐만 아니라 장내에 앉은 모든 이들의 눈에 눈물이 솟구쳐 올라왔다. 레인의 한이 공중을 나도는 듯했다. 살아생전 그가 못다 한 말들이 그곳에 있는 레인을 사랑하는 모든 이들의 마음 속으로 밀려 들어오는 듯했다. 거대한 성당의 넓고 높은 공간에서 그의 영혼이 우리를 바라보는 것 같았다. 이제 우리는 서로가 다른 공간에 존재하고 있단 말인가?

잠시 후에 미 해병대 깃발로 덮인 그의 커다란 관이 복도를 통해 천천히 들어오고 있었다. 나는 마구 울부짖고 싶었다.

'레인…. 우리는 진정 이렇게 만나야 되는 거야? 이렇게 관에 누워 나의 곁을 떠나가야 하는 거야?'

그의 가족들이 오른쪽 맨 앞자리에 묵묵히 앉아 있었다. 레인의 바로 아래 동생으로 내가 잘 알던 D는 입장할 때부터 만면에 환한 미소를 띠고 있었다. 레인이 이제는 고통 없는 곳으로 갔으니 웃는 건가… 아니면 이별의 아픔을 승화한 미소일까…. 마음속에 흐르고 있는 회한의 눈물들, 그리고 못다 한, 후회스러운, 미안한 마음과 보내는 마음, 떠나는 마음… 수없는 대화가 이 공간을 메우고 있으리라.

그의 동료들의 조사가 이어졌다. 미국인들은 장례식에서도 유머 섞인 말들을 자연스럽게 했다. 평소에 나를 천사라고 부르던 J 의원이 내게 와서 눈물을 흘리며 나를 꼭 껴안아주었다. 무슨 말이 더 필요하겠는가. 성당 안에 가득히 울려 퍼지는 성가의 합창은 마치 천국에서 천사들이 부르는 노래인 듯, 우리 모두를 천국의 세계로 안내했다. 레인의 영혼이 천국에서, 아니 이곳에서 그만의 해맑은 미소로 웃으며 지켜보는 듯했다.

집례 담당 신부님께서 향이 퍼지는 향로를 좌우로 길게 흔들며 레인이 누워 있는 관 위를 돌았다. 드넓은 성당 안으로 영혼의 향기가 퍼져 갔다. 장례 집전 미사가 끝나고 그의 관이 다시 내가 서 있는 곁을 지나 뒤쪽 문으로 빠져나가고 있었다. 바로 그 뒤를 잇는 행렬에서 그의 옛 친구인 이란계 여자 E가 나와 마주치자 나의 손을 잡아 주며 지나갔다. 레인의 전 비서실장 D도 눈물범벅이 된 나를 보더니 손을 잡아 주며 사람들의 행렬을 따라 바쁘게 뒤쫓아 나갔다.

나는 서서히 일어나 나가면서 성당 중간쯤에 앉아 있던 지인을 만나 걸음을 멈추었다. 그가 바로 내게 늘 친절하게 레인의 근황을 알려 주던 이였다. 우리는 서로의 어깨를 껴안았다. 언제나 부드럽게 말하는 그가 어제 장의식장에서 고인을 만나는 동안 레인의 법정후견인들이 힘들게 하지 않았느냐고 소상하게 물었다.

영구차 행렬이 록아일랜드 국립묘지의 장지로 향했다. 경찰대의 호위를 받으며 그의 관을 실은 영구차가 정든 고향길을 빠져나가고 있었다. 나는 받아들이고 싶지 않은 아득히 꿈같은 행렬 속에 끼어 흘러가고 있었다. 장례 행렬이 근처 레인의 집 앞을 지나갔다. 그가 태어나고 소년 시절을 보내며 장래의 꿈을 꾸었던 곳, 그 동네 길 이름을 레인을 추모하고 기념하는 의미에서 레인 에반스 에비뉴Lane Evans Avenue로 바꾸기로 했단다. 그의 고향 길가에 서 있던 행인들이 그들의 영웅, 레인에게 고개 숙여 마지막 경의를 표했다. 언젠가 내 곁에 돌아올 줄 믿었던 나의 남자여, 언제나 내 곁에 있을 줄 알았던 나의 사람이여. 나를 두고 이리도 슬프게 떠나십니까.

레인의 장례식

레인의 영혼이 천국에서, 아니 이곳에서 그만의 해맑은 미소로 웃으며 지켜보는 듯했다.

그대를 놓아두고

록아일랜드의 국립묘지에 드디어 행렬이 도착했다. 차가운 초겨울 바람이 드넓은 벌판 위로 윙윙 몰아치고 있었다. 나는 여전히 눈물을 흘리며 슬퍼하는 J 의원과 손을 꼭 잡고 무리 속에 끼었다. 해병대가 드높은 하늘을 향해 스물한 발의 예포를 연속으로 발사했다. 허공에 메아리치는 예포 소리가 가슴을 파고들었다. 젊은 해병대원이 깍듯하게 거수경례한 후, 해병대 기를 차곡차곡 정성 들여 접었다. 하얀 장갑에 들린 해병대 기가 레인의 큰형인 스티브에게 전해졌다. 이후 간단한 기도와 성경 봉독이 있었다. 다른 봉인 예배 절차와는 달리, 큼지막한 상 위에 관을 올려놓고 원하는 사람들만 관 앞에서 경의를 표하는 것으로 예식은 끝이 났다. 혼잡을 피하기 위하여 서둘러 차를 출발시키라는 방송이 있었다. 참석한 손님들은 지체하지 않고 서둘러 각자의 차로 돌아가 떠날 준비를 했다. 산 사람은 바삐 가야 하고 죽은 자는 여기 남아야 한다.

나는 떠나기 싫었다. 레인의 관 곁에서 마지막 이별의 순간을 앞두고 서성거리고 있었다. 차갑고 서러운 바람이 록아일랜드의 벌판을 가로지르며 나의 옷깃 속으로 파고 들어왔다. 레인이 누워 있는 은색 관 위에 내가 얹어 놓은 붉디 붉은 장미 한 송이가 바람결에 잎사귀를 파르르 떨고 있었다.

'사랑하는 이여, 나는 그대를 내 가슴에 품고 가노라. 그런데 당신

레인의 장례식

'사랑하는 이여, 나는 그대를 내 가슴에 품고 가노라. 그런데 당신은 훨훨 비상하려 하는가?'

은 훨훨 비상하려 하는가?'

레인이 떠난 그의 고향 땅 록아일랜드는 이제 내게는 차갑고 낯선 곳이 되었다.

Let It Be

2014년 11월 19일, 차가운 초겨울 바람이 부는 미 의회 언덕에서 레인의 정든 집을 바라보며 그 앞을 지나간다. 어디에선가 레인이 하얀 얼굴에 해맑은 미소를 띠고는 싱긋 웃으며 양쪽 바지 주머니에 두 손을 넣은 채로 나타날 것 같았다. 그가 좋아하던 비틀스의 노래가 들린다.

"Let it be, let it be··· There will be an answer, let it be."

그냥 그런대로 내버려둬··· 그 어딘가에 대답이 있을 거야, 괜찮을 거야.

서럽고 슬프기만 한 발걸음 소리마다 레인과의 추억이 되살아나는데, 그 소리는 차가운 겨울바람과 함께 멀어져만 간다. '이제 다시 푸른 하늘을 바라보며··· 당신이 그리도 외치던 자유와 독립! 마음껏, 훨훨 날아다니소서. 무한의, 구속이 없는 시간과 공간의 영원으로 마음껏 비상하소서.'

마음속으로 기도하며 그가 일하던 레이번 의원 빌딩으로 올라가는 언덕길 옆에 있는 레인의 집 앞에 멈추어 섰다. 내 눈을 사로잡은 것이 있었다.

'FOR SALE'

집을 판다는 광고 간판이었다. 레인과 내가 사랑하고, 꿈꾸고, 투쟁하던 그 집을 판다는 것이다. 양철판으로 걸린 간판은 거센 바람에 이리저리 뎅그렁거리며 흔들리고 있었다. 나는 순간 그 흔들림을 참지 못하고 맨손으로 양철 간판을 잡았다. 싸늘한 냉기가 내 손으로, 그리고 뼛속으로 타고 들어왔다. 그가 지금 나의 모습을 본다면 무어라고 말해 줄 건가? 나에게 무엇을 원할까? 그 순간 그의 목소리가 들려온다.

"옥자, 일어서. 용기를 내! 나와 함께 앞으로 나아가자. Go Forward!"

해병대식 명령이었다. 무언의 말을 듣고 나는 그 자리에 풀썩 주저앉았다. 핸드백이 거꾸로 뒤집혀 내용물이 쏟아지고 냉랭한 잔디의 습기가 내 엉덩이를 적시고 있었다. 나는 그 무한의 순간을 놓칠세라 소리를 내어 읊조렸다.

"그래, 나는 다시 일어설 거야. 나는 레인의 경주를 끝마쳐야 해. 버림받은 자, 소외된 자들의 목소리가 될 거야!"

손등으로 눈물을 훔쳤다. 마스카라가 두 눈에 번져 거멓게 손등에 묻어났다. 길을 가던 이들이 흘끔거렸다. 그래도 괜찮았다. 나는 기뻤다. 그의 목소리를 들은 것이다. 당당히 떨치고 일어나 언덕 위를 바라보았다. 저 멀리 국회의사당의 지붕이 보였다. 그것은 내가 여의도 샛강을 떠나 온 세상을 방황하다가 자리 잡은 이곳에서 우연히

2015년 4월, 아베 수상 워싱턴 방문 시, 미 의회에서 이용수 할머님과 가진 기자 회견

레인, 나는 이제 당신의 목소리가 될 거예요. 이 세상의 낮은 자들을 위해서 당신이 하던 경주를 계속해 나갈게요.

알게 된 사나이, 레인 에반스와 서로를 의지하며 꿈을 꾸던 미국 국회의 봉우리였다.

"레인, 나는 이제 당신의 목소리가 될 거예요. 이 세상의 낮은 자들을 위해서 당신이 하던 경주를 계속해 나갈게요."

"Positive!!!"

그가 미 해병대식으로 대답한다. 나의 '게임 플랜'이 좋다는 것이다. 우리의 '게임 플랜'은 아직 끝나지 않았다.

그대의
목소리가
되어